IN COMPARTMENT 813

論創海外ミステリ80

八一三号車室にて

Arthur Porges
アーサー・ポージス

森英俊 編

論創社

IN COMPARTMENT 813 AND OTHERS: A SHORT COLLECTION
by Arthur Porges

The Fanatical Ford (1960),Perfect Pitcher (1961),Match for a Killer (1962), Love and Death (1963),The Devil Will Surely Come (1963),The Unsolvable Crime (1964),Cool Wife (1964),The Puny Giant (1964),The Birthday Murders (1965),The Missing Miles (1965),The Perfect Wife (1965),Lester Uses His Head (1965),Bank Night (1966),In Compartment 813 (1966),Ricochet (1966),The Bet (1967),Murder of a Priest (1967),The Lonesome Game (1968),The Silent Death (1968),The Second Debut (1968),Puddle (1972),The Scientist and the Two Thieves (1974), Pit of Despair (1975),Fire for Peace (1975),The Impassable Gulf (1975), Two Lunchdates with Destiny (1990)

目次

【第一部　ミステリ編】

【第二部　パズラー編】

第一部

ミステリ編

銀行の夜

白須清美訳

ページ・ハンプトンは、自分のデスクからそう離れていないところにある巨大な地下金庫室のことを考えていた。〈セキュリティ・アメリカン銀行〉の頭取という立場からすれば、ごく自然なことに思えるかもしれないが、考えている内容はおよそ普通ではなかった。ほかの銀行の頭取と違い、彼はスチールとコンクリートでできた箱の安全性について気を揉んではいなかった。むしろ、それを破りたくてたまらなかったのだ。

常に五十万ドル以上の現金がそこにあるという魅力的な事実は別にして、ハンプトンには金庫破りをしなくてはならない理由があった。なぜなら、ある意味、彼はすでにそうしていたからだ――彼はゆうに八十万ドルを越える銀行資金に手をつけていた。自分自身の横領を隠してくれるのは、注意深く計画された、もっと大きな損失だけだ。

十分な給料を払われていない窓口係や支配人に比べ、彼に弁解の余地はなかった。彼の給料は非常に高かった。だが、支出はもっと多かった。妻と死別した彼は、容姿もよく、世評も高く、きわめて魅力的で、見た目がよくて金のかかる女性を好む傾向があった。銀行家に期待される、ありふれた〝イメージ〟を覆し、ジャガーを乗り回した。金融に関しては保守的な傾向があったので、この脱線は許された。人々はそれを見て、彼の無鉄砲さはすべて車に注ぎ込まれていて、不良債権に向けられることはないと判断していた。

スパニッシュ・コーヴを見下ろす崖の上に建つ、六万五千ドルの家という不動産の重荷も、ハンプトンを追い詰めるものだった。第一に、それは彼の手が届くような家ではなかった。さらに悪いことに、崖は（南カリフォルニアではよくあることだが）自然の傾斜や必要不可欠な分水嶺《ぶんすいれい》の保護にはおかまいなしに引き裂かれていた。その結果、雨によって下層土が液状化し、一流の建築家が設計したその地域一帯の大きな屋敷は、容赦なく崖の縁まで滑っていった。

有名な技師で、以前からここに住んでいたジェファーソン・リードのおかげで、この地滑りは止められた。すべての地所の所有者から金を徴収し、リードはいくつかの要所に滑り止めのコイルを埋め込んだ――ダム建設者から学んだやり方だ――こうして柔らかい地面を固め、雨による侵食を防ぐ。次の雨季が終わったら、もっと恒久的な手段を取るべきだが、当面、家は安全だと彼は請け合った。

それは遠大な計画だった。ほんの数週間前までは、公開市場でもほとんど価値のなかった高級不動産を救ったのだ。全財産が海に投げ出されようとしているのに、一流の建築家の手になる最高の家――比類ない太平洋の眺望さえついてくる――を誰がほしいと思うだろうか？

一方、この徴収は、すでに金を使いすぎていたハンプトンには間の悪いことだった。しかも、主要な滑り止めコイルのために彼が支払う電気代は、謀殺とまではいわなくても故殺級といえた。それらすべてが、彼が常に金庫室のことと、マイナス思考の力について考えている原因だった。

ハンプトンはいかなる時でも策士だった。教授たちを騙すことで、うまいことといい大学を出た。本を読んで勉強する代わりに、彼は教師のことを研究した。使い古された手だが、抜け目のない人間がやれば、失敗することはめったになかった。

最小限の努力で学位を得ると、ハンプトンは自分の長所を最大限に生かして銀行に就職した。外見もよかったし、声は温められた蜂蜜のように滑らかだった。そして洞察力も研ぎ澄まされていた。獲物がどれだけジグザグに走っても、ハンプトンは同じ角度を向き、これはと思う人物のわがままに常に合わせ、それを支持した。それでいて、非常に男らしく、さっぱりした態度なので、誰も彼のことをイエスマンやおべっか使いとは思わない。こうして、四十三歳にして彼は銀行の頭取になった――そして、法の上では違っても、事実上の犯罪者に。

さて、ハンプトンのような策士が問題の解決に知恵を絞れば、必ず成功するものだ。だが、どれほどのやり手でも、他人がそれに気づかなかったとはとうてい信じられないほどうまいからくりを、めったに思いつけるものではない。成功間違いなしの計画を考えついたとき、ハンプトンは自分で自分が怖い気がした。金庫室を破り、自分の横領を隠蔽して、ほぼ五十万ドルを帳消しにできるばかりでなく、運がよければ疑われすらしないのだ。さらにいいのは、誰にも容疑がかからないかもしれない。実際、警察の記録に犯罪として残らない可能性はとても高かった。

だが、ひとつ解決しなくてはならない小さな問題があった。技術的な助けがいる――爆発物に詳しい人間が必要だ。そして、このささいな障害も、生じたのとほぼ同時に解決した。モリーのほかに誰がいる？　モリソン・ボール、破壊小隊の元軍曹で、現在も州兵隊に所属している。そこには兵器があるはずだ――爆発物もたっぷりと。

朝鮮で、ハンプトンとボールのチームは闇市場で大儲けした。ハンプトンが策士なら、ボールは完璧な共犯者だった。シカゴのウェストサイド出身の無法者で、彼にとって人間の命の価値は、アルベルト・シュヴァイツァー博士よりもフン族のアッティラの考えのほうに近かった。それでも、奇妙なことに、ボールには自分だけの基準があった。頭がいいとはいいがたかったが、非常に忠実で、いったんリーダーと認めれば、いわれた通りに行動する。朝鮮でつかまり、過酷な懲罰を受けたときも、彼は決してハンプトンを巻き込まなかった。そしてハンプトンは階級にものをいわせ、あらゆるつてを使って相棒を無罪放免にさせた。運の悪い現地住民と数人の真面目なGIに、彼らの能力をはるかに超えた手柄を押しつけて、二人はまんまと逃げおおせた。

無骨で教養もなく、家畜小屋の豚のようなボールにとって、ハンサムで都会的で、口がうまく、屈託のないハンプトンは神のような存在だった。そして、チームの頭脳が、部下の有能さを大いに評価しているのも事実だった。本国に戻ってからは、当然離れ離れになったが、今こそチームを復活させ、昔のように仕事をするときだとハンプトンは思った。

人里離れたところにある小さなバーで、ハンプトンは共犯者となる男と会い、計画の全体を話した。

「あそこには間違いなく三十万ドルはある」彼は心の中で実際の額の半分強にして、ボールにいった。モリーには十万ドルだって大金だ。どのみち、全部馬に注ぎ込んでしまうのだから。「さて」彼は続けた。「わたしは毎日金庫室に出入りしている。どの金曜日の夕方でも、金を奪って高飛びすることができる。だが、どこへ逃げる？　最近では、どこからでも犯人の身柄を引き渡すことができるようになった。それに、わたしはこの国が好きだ。アマゾン川流域のどこかへ行って、買えるものといったらバナナくらい、最寄りの医者は三千マイル北にいるような場所で贅沢三昧をしようとは思わない。虫の群れや、ワニや、人食い魚や、首狩り族がいるようなところなんて！　まっぴらごめんだ！」

「ああ」ボールは驚くほど抜け目なくいった。濁った青い目をぎらぎらさせている。「で、そいつはあんたにとって、ごく簡単なことなんだろう？　できればこの近くにいたいわけだ」

「たぶんね」ハンプトンはにやりとした。「いずれにせよ、素晴らしい計画がある。いいか、これなら盗みが行われたことにすら気づかれない。わたしの考えはこうだ。爆発があったとする――きわめて大きいやつだ。金庫室に大きな穴を開けるほどの。それに火災も起こす。あれを使って――何ていったっけ――テルミット？」

ボールはゆっくりとうなずいた。「その通り。アルミニウムの粉と酸化鉄。爆発すれば、溶けた鉄が降り注ぐ」――彼は〝鉄《アイラン》〟と発音した――「そして、近くにあるすべてのものを焼き尽くすんだ」

「いいぞ。それにナパーム弾もだ。テルミット爆弾で焼けなかったものをそれで焼く」

「どうやって？」

「簡単なことだ。おまえは爆弾を作る。あまり大きすぎず、できれば平たいものを。だが、肝心な仕事のために、大きなのが一発いるだろう――そう、靴箱くらいの大きさの。地下室には、当分いっせいに調べられることのない、たくさんの棚や区画がある。そういった場所すべてに爆弾を置く。一番大きいのは、金庫のすぐそばに。それに誘発されて、ほかのも全部爆発するだろうか、それともやはりタイマーが必要か?」

モリーは額にしわを寄せて、しばらく考えた。「昔のことなんでね」彼は詫びた。「今の州兵隊じゃ、その手のことはやらないから。ああ」彼はハンプトンにはっきりといった。「大きいのが爆発したときに着火する、導爆線のようなものが使えると思う。そうすれば、ほかのも爆発するだろう――数フィートしか離れていないところにあるものは全部」彼は相棒をいぶかるように見た。「そいつが中に仕掛けられたことは、いずれわかる。どう説明するつもりだ?」

「貸金庫があるのは、一種の控室のようなところだ。誰でもそのひとつに爆弾を置くことができる。わたしは空いている貸金庫の鍵を手に入れ、部屋じゅうに火薬を詰めることができる。わたしのアイデアは、金庫室のそばでたくさんの大爆発を起こして、本当の爆発がどこで起こったか誰にもわからなくさせることなんだ。あたりはめちゃめちゃになるだろうが、それでいい。一般向けの説明としては、脅迫状の束がある。銀行に恨みを持っている人間がどれだけいるか、モリー、おまえには想像もつかないだろう。六セントの過振りで、小切手が不払いで戻ってくれば、手数料として三ドル請求されるんだ! リトル・ネルだって、盲目の男を蹴飛ばすだろう」

「リトル・ネルって、ジェイ通りのあの大柄なブロンドかい? あの女なら、自分の行きたいところへ連れていくのに、盲人をベルトでつなぐだろう。あの――」

「その話はもういい」ハンプトンは唇を歪めて遮った。「大事なのは、頭のおかしいやつが自分の貸金庫に爆弾を仕掛けて、銀行に仕返ししようとすればできるということだ。たぶん、ひとつの貸金庫が爆発したくらいで、それだけの被害をもたらすことの説明はできないだろうが、さっきもいった通り、われわれがうまくやれば、何が起こったか誰にもわかるまい。それに、出納係も出入りしている。彼らは十分な給料が支払われていないし、借金で首が回らなくなっているやつも、少なくとも二人は知っている。そこから抜け出せる方法がわかれば、わたしを出し抜くことだってあるだろう！」

「ああ」ポールがいった。「おれは何があってもあんたの味方だ。昔のようにな、ページ。しかも、多少の金が入るってわけだ。おれの取り分は？」

「こちらのアイデアだからな――三分の一でどうだ――十万ドルなら――公平だろう。どうだ？」

「うひゃあ！」ポールは小声でいった。「あんたも太っ腹だな、ページ。何の文句もないぜ！」

「オーケー。爆弾を作ってくれ。だが、くれぐれも気をつけるんだぞ。自分の持ち場から離れた武器庫を選べ。錠前破りは今もできるはずだ」

「そうとも」

「原料を手に入れたら、いいか、靴箱のサイズの、タイマーつきのものを作るんだ。普通の時計仕掛けのものでいいが、ちゃんと動くようにするんだぞ。爆発しなかったら、わたしはサン・クエンティン刑務所一の笑いものになる。十八時間から二十四時間で十分だ。平日のうちに、爆弾をこっそり金庫室へ仕掛けておく。金曜日の夕方、警備員と二人で鍵をかける前に、タイマーつきのものを置いてスイッチを入れる。大爆発が起こったときには、そこから遠く離れて、週末いっぱい釣り旅行に出かけているという寸法だ」

「いつ金を持ち出すんだ?」

「最後の最後だ。金庫を閉める前に、警備員にちょっとした用事をいいつける。何かを取りにいかせ、二十分は金庫室でひとりになる。それから警備員と施錠する。わたしの読みが正しければ、そしておまえの爆弾が本当に金庫室を吹き飛ばせば、紙幣は全部粉々になるだろう。灰が残る場合を考えて、かなりの札は残しておくつもりだが、テルミット爆弾なら灰も意味をなさないだろう。何より」彼はくすくす笑った。「わたしは紙幣番号のリストを手に入れることができる。それを処分しておくつもりだ」

「怪しまれないか?」

「危険は少ない。オフィスもいくつか破壊されるだろう。そうだ——」彼は一瞬、間を置いた。「それを確実にしたい。タイマーつきの爆弾を二つ作ってくれ。ひとつは記録の大部分を吹き飛ばすため、金庫室の外に仕掛ける。そうすれば、事件はますます混乱するだろう。狂人の嫌がらせと思われるに違いない」

「どれだけの人間が犠牲になる?」

「ひとりもいない」ハンプトンは冷静に答えた。「銀行からは人はいなくなる。その近辺も同様だ——煉瓦が飛んだとしても。あのあたりは、土曜日には真っ暗になる。商業地区だからだ。ところで、金にはしばらく手をつけるわけにはいかない。わたしは監視されるだろうからな。金は、すでに目をつけている安全な場所に隠しておく。おまえの分は、一週間ほどしてから渡す。だが、自分のには一年は手をつけないつもりだ——手に入れられればの話だが。それから辞職でもして、東へ行く」

「なぜ監視されるんだ?」ボールが訊いた。「さっきの話じゃ――」

「それはだ」ハンプトンが遮った。「ソウルにいた頃のように、頭の悪い連中を相手にしているわけじゃないからだ。警察――それに財務省の連中や保険調査員――は馬鹿じゃない。五十万――いや――全部の金が謎の火災で焼失したとすれば、連中は疑いを抱くだろう。だが、金庫室に一銭も残っていなかったことを証明するのは無理だ――と、願っている――そして、しばらく経てば、頭のいかれたやつが〈セキュリティ・アメリカン銀行〉を爆破したとき、金も一緒に焼失したと考えるだろう。それに、水が出ることも計算に入れている。壁のどこかに、太い配水管が通っているんだ――ロビーの派手な噴水に水を送るやつが。だから、計画はわたしに任せて、おまえは爆弾を作れ、モリー。そうすれば、一生楽して暮らせるんだ」

「時間はどれだけある?」

「そうだな、週末の二十五日に爆破したい。月曜は祝日だ。したがって、銀行は金曜の夜、土曜、日曜と――月曜が休みになる。わたしは電話すら通じないところへ釣り旅行に出かける。月曜の夜に帰ってきて、知らせを聞いて驚くというわけさ。その頃には、警察はわたしが高飛びしたと思っているだろう。戻ってくれば、善良なページを疑ったことを恥じるに違いない。それこそ思う壺だ――裏返しの心理学というわけさ。

警察はふたたびわたしを疑うのをためらうだろう。だが、全員に目を光らせるに違いない。それが警察の仕事だからな。派手に金を使うやつを見逃さない。だが、わたしの周りでは見つからないだろう！　決して。わかったか？」彼はボールの目を見ていった。「爆発は土曜の朝、七時から十時の間に起こしたい。タイマーは金曜日の午後六時半になる前にセットしなければならない――六時まで営業しているからな。だから、十二時間より少し長いものが必要だ」

「正確な小型時計を二つ使えば大丈夫だ」ボールがいった。「ひとつが十二時間動いたら、次のが始まるようにすればいい。それが一番無難な方法だ。といっても、十二時間以内のほうがずっと簡単だが」

「だが、信用できるか？　ちゃんと動いてもらわなきゃ困るんだ――さもなければ、まずいことになるぞ」

「動くさ。それは心配ない」ボールはかすかに軽蔑したようなどら声で請け合った。「おれのようなプロにとっちゃ、子供だましみたいなもんだ」


それからの日々は、怪我の回復を待つようにじれったかった。運命の週末が近づくと、爆弾はボールからハンプトンの手に渡り、注意深く金庫室や貸金庫、外のオフィスの机の裏側、さらにはファイル棚の一番上にまで置かれた。

金曜日、すべてが計画通りに進んだ。不安になるほどスムースだった。失敗の可能性があるものは必ず失敗するという、あの古臭いマーフィーの法則を覆すような運のよさだった。

六時十二分、彼と警備員を残して全員が帰ると、ハンプトンは警備員に煙草を買いにいかせた。警備員が出ていったすきに、およそ五十七万二千ドルを盗み出す。番号を控えたリストは一時間前に処分していた。元々不完全なリストだが、危険を冒すことがあるか？

　警備員が戻ってくると、気前のいい経営者は彼にたっぷりとチップを渡し、二人して金庫室に鍵をかけた。詰め物をした箱の中では、最初の時計が動き始めていた。緊張の極みにいるハンプトンには、その音が聞こえるような気がしたが、警備員は少しも怪しんでいない様子だ。この手の警備員にはありがちだが、年寄りで、のろまで、関節炎を患っている。緊急事態が起こったときには、顧客と自分自身にとって、強盗団よりも危険な存在になるだろう。

　発見されないためにあらゆる手を尽くした後、ハンプトンは釣りに出かけた――ガラパタ・クリークのはるか上流で、通信手段もない奥地だ。彼はそこで長い週末を耐えながら、大金と美女のことを想像して退屈をしのいだ。

　もちろん、金を自宅の周りに置いてきたりはしなかった。数日前、彼は浜辺にいい隠し場所を用意しておいた。満潮時の水位よりもずっと高いところだ。大きな岩の下、防水性の箱に入れて地中深く埋めたのは、重さ五十ポンドあまりの現金だった。少なくとも一年以上は、そこに寝かせておかなければならない。だがボールの取り分は、金曜の夜に渡すことになっている。頭のいい警官が二人を結びつけて考えないよう、気をつけて使えと釘を刺さなければ。それはまずありえないことだ。朝鮮にいた頃以来、ほとんど会っていないのだし、最近の数回の打ち合わせは、人に見られる心配のない場所を選んだ。

　月曜の夕方、休日の渋滞の中を帰宅する道のりは、永遠にも思えるほどだった。とうとうハンプトンの目に、スパニッシュ・コーヴへと続く曲がりくねった未舗装道路が見えてきた。崖の上の住宅地に続く道へ入ろうとしたとき、彼はひどいショックを受けた。たくさんの赤ランプに、反射鏡をつけた木の台――そして、野次馬の群れ。

家は消えていた。リードの家も、ハリソンの家も、そびえ立つトルーマンの屋敷も。どこも地面があらわになって、網の目のような溝や暗い空洞がむき出しになっていた。

その場に立ち尽くし、何事かと目を丸くしていると、背後で不意に大きな声がした。

「きみかい、ページ？　何たる災難だろう？」

振り返ると、ジョージ・パルグレーヴがいた。広々とした牧場風の彼の家も、やはり消えていた。

「何が起こったんだ？」ハンプトンはやっとのことで尋ねた。

「知らないのか？　ああ、そうか――無理もない。週末は出かけていたんだっけね」新たな聞き手に――悪い知らせとはいえ――大ニュースを伝えるチャンスに、彼は顔を輝かせた。「お手上げだよ、ページ。崖全体が崩れたんだ――長時間の停電で、リードの滑り止めが完全に機能しなくなって、熱せられた脂みたいに滑っていった」

「し、しかし」ハンプトンはどもりながらいった。「たとえ三十六時間電気が来なくても大丈夫だと、彼は繰り返しいってたじゃないか。まさか、それ以上長く停電していたわけじゃないだろう？」

「そのまさかさ。銀行で爆発があって――きみの銀行でね。おい、それも知らなかったのか――しっかりしてくれよ！」

「どういうことなんだ?」

「まず、銀行の建物がめちゃめちゃになった。だが、それがわれわれの頭痛の種じゃない。通りを挟んだ向かいに発電所があるのを知っているだろう? そう、その爆発——それも極めつけの大爆発だった——で、発電機が根こそぎ吹っ飛んだのさ。何ブロックも先から、それが動物の鳴き声のような音を立てるのが聞こえた。それから、停電になった——そして、発電機をひと晩で直すのは不可能だ。電線が切れたとかいう問題じゃないからな。おい、どこへ行く? 気をつけろ!」

身の危険も顧みず、ハンプトンは穴や山を越えて崖の縁へ行き、月光に照らされた波を見た。波が打ち寄せているのは、すでに美しい浜辺ではなかった。五十万トンほどの瓦礫が——一ドル一トンというわけだ——盗んだ金を埋めていた。

だが、彼は泣き言をいう男ではなかった。「くそっ!」彼はひとりごちた。「だが、横領の罪は逃れた。まだ職はある。銀行の金は政府が穴埋めしてくれるだろう。いずれにせよ、あの家は持て余していたんだ。それに、少なくとも五千ドルをモリーに貸しにしてもらえないとすれば、腕が鈍ったということだ」

彼は星空を見上げ、それから、心配そうに見ているパルグレーヴに目をやった。

「ところで、どこへ行っていたんだ?」パルグレーヴが尋ねた。

「釣りの予定だったんだ」ハンプトンはいった。「実際は、楽しみを兼ねた仕事だった。大金をつかむチャンスだった——本当の大儲けだ」

「それで、どうなった？」

彼は星空を見上げ、それから隣人の顔を見た。「張り切りすぎてしまってね」彼は冷静にいった。「台無しになってしまったよ」

跳弾

土屋光正訳

ルーファス・リンクは、揺り椅子の揺れと、嚙む動作を完全に一致させていた。椅子と顎、それぞれの動きは彼の甥の大ざっぱな見積もりでは、きっかり半秒に一度のリズムを刻んでいた。

ティム・ベイラーは議論に負けようとしていることに気づいていた。が、彼はもう一度やってみた。

「ああ、ちくしょう」彼は言った。「あんたにゃわからないのか？　税金があんたの貯えをそっくりのみ込んじまおうとしてるのが。この農場は一銭も産み出しはしないし、財産を食い潰すばっかりじゃないか。このイナゴ一ダースきり棲まない五百エーカーの荒地に、地上げ屋どもは二十五万ドルばかり出そうというんだぜ」

「ああ、それも無理なかろう」老人はうなるように言った。「このみすぼらしい土地百フィートにつき、八千ドルが手に入るとあってはな。まあ、もうすこし辛抱することだ。わしももう六十だ。いつまでも生きられるわけじゃあない。わしが死んだら、お前はもっと多くを手に入れられる。その頃には連中はここが欲しくてたまらなくなっとるだろう。なにせ、町の近くで手つかずなのはここだけだからな。だが、わしが生きとるうちはこのままにしておきたいんだ。

わしはここで生まれた。そして、死ぬときもここでと思っとる。エデンの園とはいえんが、それでもわしはここから丘と林を見渡すのが好きなんだ。鳥たちを眺め、可愛いアロイシアスがあのお気に入りの岩の上にいるのを見ていたい――ご覧、あの大きな悪戯っ子を！」

ティムは叔父が示した方向を一瞥して顔をしかめた。巨大な岩の上の太ったジリスは、彼の心に何の喜びももたらさなかった。そんなものよりも、ファッションモデルのピーチィ・キーンや白いポルシェの滑らかな輪郭、自分の腕の長さにぴったり合う、見事に彫刻された英国製の高価な散弾銃の手触りといったもののほうが好ましかった。

彼はルーファスの小さな骨ばった姿を凝視した。長い顔についた、いかにも老人らしい、絶えずもぐもぐと動く歯のない顎、褐色で見たところうんざりするほど健康そうなしなやかな肌。

間違いなく、彼の叔父は容易に八十歳までは生きるだろう。

そしてティムは待ってなどいられなかった。三十八歳のいまどうしても欲しいものがあり、それは五十歳になる頃にはほとんど意味をなさなくなっているだろう。それに土地なんてどうなるかわからない。ルーファスのそこそこの貯えである金も、資産査定人の上げ続ける税金のせいで消え去ろうとしていた。

農場が既に実質上、町の一部となっており、価値が厖大《ぼうだい》に膨れ上がっていることに鑑みれば、この課税は妥当なことだった。しかし、二十年のうちには分譲地ブームは終わりを告げ、人々は大都市やその近郊の高層マンションに住むようになるかもしれないのだ。

税金は今でさえ、多くの人々にとってあまりに高くなりつつある。五十歳になったとき、自分は価値のない農地を相続し、一文なしになっていることも十二分に考えられる。

だが、どんなにその問題について考えたところで、解決策があるわけではなかった。もちろん、叔父を都合のいい事故に遭わせる計画を考えことも一度ならずある。だが、それには障害が多すぎた。ティムは第一容疑者であるのみならず、唯一の容疑者でもあった。ルーファスを始末することで得をする人間は他に誰もいない。ティムだけがたった一人生きている縁者なのだ。

ルーファスが口と椅子の動きをいっそう早めると、ティムは立ち上がって嘆息した。

「じゃあ、俺は害獣駆除に出かけてくるよ」彼は叔父に伝えた。

「お前の狩り好きにも困ったものだな」老人は不満げに言った。「まあ、好きなようにしなさい。アロイシアスを怖がらせないでくれればそれでいい」

ティムは〈害獣駆除器《ヴァーミンター》〉と呼ばれている、最近買った銃を手に取った。重めの小口径ライフルで、二二口径よりもやや大きい高速弾を撃ち出す。彼のような玄人《くろうと》なら、手持ちの高性能な望遠照準器を使えば、四百ヤード離れたところに伏せていても、丘の上のジリスを十中八九最初の一発で仕留めることができた。

新しい銃はティムを喜ばせ、税金の支払いに関する答えの出ない問題を忘れさせた。害獣《ヴァーミント》を三匹も殺す頃には、ルーファスに対する苛立ちもほぼ消え去っていた。家への帰途、こちらを小ばかにするように、いつもの場所に図々しく二本足で立つアロイシアスを目に留めるや、ティムはあらためて真の邪魔者――自分の行く道に厳然と立ちふさがる、しぶとくて健康すぎる叔父について思いを巡らすことになった。道といっても農地を横切る埃っぽい現実のものではなく、富へと続くそれだ。

大した銃の名手だよ、俺は！　ティムは自分自身に毒づいた。あの老いぼれを始末する絶対確実な方法を思いつかないとは。ただ事故を装う以外に何か巧くやりおおせる方法があるはずだ。素人ならひどい不注意で押し通すこともできるだろう。昔ながらに掃除中に暴発したとか、弾が装塡《そうてん》されているのを忘れていたとかいって。だが、保安官のドレイパーは俺のことを知っているから、決してそんな話をうのみにしやしないだろう。そう、もっと巧妙な手を――玄人でもやらかしそうなへまを考え出さねば。

ティムに完璧な計画を思いつかせてくれたのは巨岩の上のアロイシアスだった。

専門的知識を駆使して、彼はただちにその計画の結果を左右する項目をすべて思い描いた。計画のすべてを頭の中で整理していくうちに、希望に満ちた喜びが湧き上がってきた。まず友人を、文句のつけようもない目撃者を連れてくる。新しい銃を披露するために。ごく自然な振る舞いだ。そして遠距離、プロでも外しておかしくない距離から、アロイシアスを狙撃する。

弾丸はやや低く飛び、岩の平らな面に当たって跳ね返り、揺り椅子の上のルーファス叔父をまっすぐ貫く。だがもちろん、これは実際に起こることではない。そんなに遠くから撃って、石に跳ね返って変形した弾丸が、正しい角度で飛ぶと期待してはならない。そんなことは、万に一つも起こりはしないだろう。

そうではなく、あの老人はもう少し早く死ぬのだ。が、それが不幸な跳弾による事故であることを疑うものはいまい。

さあ、ここで専門知識の出番だ。まず、目撃者が来たら連れいくつもりの、まさにその地点から、一、二発、岩に向けて弾を撃ってみよう。そのとき鉛弾が跳ね返るだいたいの方向が正しいことを確かめる。そうすれば、弾丸は決してポーチの方へは飛ばない、と警官に追及されることもない。

「私は十発の弾丸を発射しましたが」そいつが法廷で証言するのが聞こえた。「跳弾は一発として揺り椅子の近くには当たりませんでした。すべて右か左に大きく外れていました」そう、そんな事態は防がねばならない。

よし、まず弾丸があのジリスの下の平らな斜面からあちらへ飛んでいくことを確かめよう。別に不安があるわけではないが。ティムの知識と経験は、一発も撃たないうちに、そういった跳弾がほぼ確実に起こることを告げていた。それでも確かめてみるに越したことはない。

次にどうやってルーファスの体の中に変形した鉛弾を残すかだ。これも造作ない。岩を撃ったら跳弾を回収すればいい。彼は自慢げに自分に言い聞かせた。そして殺すときは散弾銃を使う。そう、銃身に旋条がない《スムース・ボア》ものだ。そうすれば発射された弾に旋条痕はつかない。弾薬筒からは散弾を抜き、潰れた鉛を詰めておく。それをリンクに喰らわせれば、それがヴァーミンターから発射されたものでないとは、誰も夢にも思わないだろう。すばらしい、一分の隙もないじゃないか！

目撃者として相応しいのは、フランク・ハプグッドをおいて他にはいないだろう。なにせ地元の高校の校長で、ボウリングの名人で、日曜学校の先生をやっていて、そのうえ徴兵委員ときてる。誰も〝ハッピィ〟の証言を疑うまい。

そこで金曜日の午後、叔父が先週と同じように町へ出かけると、ティムは〈不運な事故作戦〉

の第一段階に着手した。アロイシアスのいる石からほぼ四百ヤード離れた地点に陣取り、一発ごとに跳弾の方向を確認しながら、六発の弾を発射したのだ。

彼には慎重を期す必要があった。ポーチや家のあちこちに、あまり多くの弾丸をめり込ませるわけにはいかない。そう、これは一回限りのことなのだ。それでも、彼は跳ね返った弾がおおむね自分の望んだ方向に飛んでゆくことがわかって満足した。そして最後の六発目はちょうど窓の真下にめり込んだ。

彼はそれ以上跡がつかないように注意深く、その弾丸をほじくり出した。こうして彼は、散弾を抜いた弾薬筒に詰める、ルーファスを殺すための鉛の塊を手に入れた。

金曜日の夜、害獣駆除用ライフルを見せるという口実で、ハプグッドと土曜日の朝に会う約束をした。ハプグッドはこういったことでは時間に正確だった。

ハプグッドは十時にやって来て、農場の入り口でティムと会うことになっていた。そこで、九時五十分に、ルーファスがベーコンをたらふく食べて満足し、ポーチで揺り椅子に揺られ始めると、ティムは角度と速度を慎重に計算しながら、ルーファスの背中からその心臓に向けて散弾銃の狙いをつけ、椅子に座ったままの老人の息の根を止めた。

彼は手早く散弾銃を片づけ、ヴァーミンターをつかんで入り口へ急いだ。数分後に姿を現したハプグッドを、ティムは陽気な笑顔で迎えた。

「こいつが動いているところをもうすぐ見せてやるよ!」ティムは熱を帯びた口調でハプグッドに告げた。「照準を合わせれば、四百ヤード向こうのハエの頭だって撃ち抜けるぜ」

ハプグッドは両手で銃を持ち上げると、羨ましそうに頭を振り、溜息とともにそれを返した。「まずは向こうへ行ってルーファスの叔父貴に挨拶をしていってくれよ」ティムは言った。「それから、お披露目といこう」

だが、予定していた地点に着くと、ティムは巨岩を指して言った。「おい、あのてっぺんにいる畜生を見ろよ。あいつをぶち殺してやる。それから叔父貴に会おうじゃないか。見てろよ、ハッピィ」

彼は草むした小山に伏せて、注意深く八倍率の望遠照準器を覗き込み、弾丸をアロイシアスのほんの数インチ下にある小さな平らな部分に跳ね返らせた。アロイシアスは慌てて岩から飛び降り、姿を消した。

「畜生！」ティムはうめいた。「完全に外した。とんだお披露目になっちまったよ！」

「この距離から狙うには小さすぎる獲物だよ」ハプグッドはティムをなだめた。「私なら、もっと近づいても無理だね」

「外すはずがないんだが」ティムは言った。「この装置さえあれば」彼は陰になってよく見えないポーチに目を凝らした。「叔父貴もどうやら遅い朝飯を終えたようだ。もう揺り椅子に座っているからな」

「けれども、揺れていないみたいだが」ハプグッドの声には懸念が混じっていた。「それに座り方も変だ。なんだか前のめりになっているみたいだぞ。ひょっとして――」彼は足を速め、二人は家へと急いだ。

「なんてこった！」ポーチにたどり着くと、ティムは息をのんだ。「意識がないようだ。卒中か何かだ。早く、医者を呼ばないと」

「なあ」ハプグッドは叫んだ。「どうやら」彼の大きくて角ばった顔は真っ青になっていた。「ティム、背中に穴が開いている。君の撃った弾が岩で跳ね返ったに違いない。ああ、まさか！そんな！」彼は目を見開いて、いたましげにティムを見つめた。「いや、君のせいじゃない。だから――」

「いいや、俺が悪いんだ。跳弾する可能性を考えるべきだった。岩はあんなに家のそばにあったんだからな。くそったれ、ばかな真似をしたもんだよ俺も――どこが名射撃手だ！」

「保安官に通報してくる。遺体には手を触れないほうがいいだろう」

彼らは家の中で煙草を吸い、コーヒーを飲んでいたが、保安官が検死官のフレイム医師と救急車を伴ってやって来るまで、あまり言葉を発することもなかった。保安官は押し黙ったまま、事件の説明を聞いていた。相手が叔父の古い友人であり、自分を好いても信用してもいないことを、ティムはよく知っていた。

だが、ドレイパーが申し立てを疑っていたとしても、言葉少なだった。彼はただ医師が死体を救急車に運び込むのを手伝ったあと、二人して車で走り去っていった。

しめしめ、巧くいったぞ！　一時間後、ハプグッドが、あとに残された甥には必要ない悔やみ言をくどくどと並べ立ててから去っていくと、ティムは自分に語りかけた。このみじめな荒地をネルソン・バーカー不動産に高値で売っ払っちまおう。そしたら長い旅に出るんだ——ピーティといっしょにハワイへな。彼はさらに貪欲に、二千五百ドルする、英国製で銃身が二重になっている特注の銃のことも考えた。これからは値段なんか気にしなくていいんだ。この土地は二十五万ドルか、それ以上になるだろう。

それに、ルーファスは少なくともまだ二万ドルを銀行に預金していたはずで、それはもうあの胸くそ悪い資産査定人どものところへ行くこともない。もちろん、遺産税はかかるが、それでも十分に残るはずだ。彼は、あの欲深な地上げ屋ネルソンが悲鳴をあげるまで地価を吊り上げて搾り取るつもりだった。だが、やつは払うだろう。彼はひとりごちた。やつらはこの農場で大金を稼ぎ出せる。俺が一エーカーあたりから稼ぐ分を、ほんの一画から産み出すだろう。詐欺師どもめ！

だが、いかなる夢も悪夢へと変わりうる。次の日ドレイパー保安官がやって来て、相も変わらずひどくぶっきらぼうにティムを殺人の容疑で逮捕した。

「お前がよほどの愚か者じゃないとしたら、俺のことを愚かだと侮っていたようだな」保安官はすごみのある声で言った。「だが、俺をなめてもらっちゃこまるな。お前がこれをどうやって仕組んだかはお見通しだし、ことによっちゃあ巧くいっていたろう。だが、フレイム医師はあの老人の体から二つの弾を見つけたんだ。一つは、ハプグッドが来る前に、おそらくお前が仕込んだものだろう。もう一つは正真正銘の跳弾に違いない。そいつは揺り椅子の下に隠れていた左脚の裏に当たっていた。それで、お前は彼が二度撃たれていたことに気づかなかったんだな。ハッピィの証言を引き出すために撃った見せかけの一発が、ルーファスに当たるなど思ってもみなかったんだろう。さあ、いっしょに来るんだ！」

言い逃れはできない。ティムは即座に悟った。ハプグッドは弾は一発しか発射されていないと証言するだろう。もう一発については、保安官の見事な推理以外には説明のつきようがない。あの散弾銃のトリックは専門家を騙すことはできまい。余分の銃創によって、疑念がこのうえなく深まったとあってはなおさらだ。どんな銃工でも、歪んだ銃弾を滑腔銃から発射させる方法を推測できるだろう。

「それはそうと」ドレイパーに手錠をかけられたときティムは心中を口に出した。「農場は誰が手に入れることになってるんだろう」

死刑になる前に知った、ルーファス・リンクの遺言にあるその条項は、彼を少しも喜ばせなかった。

『……なお甥が私より先に死去せし場合、私の死に際して、農場はアロイシアスのすみかとして手をつけずに保存される事とする。その管理は、あの小動物のことを知るドレイパー保安官に委任し、これはあのジリスが死ぬか、姿を消すまでとする。その後は、遺産はルイス・P・ドレイパーのものとなる……』

完璧な妻

白須清美訳

ときどき、わたしは人を殺しに出かける。以前は、信心深いおばたちの話を思い出しては、罪の意識を感じたものだ。今では、それが何の足しにもならないことがわかっている。実際、当のおば、似たような学校の教師、またある種のタイプの女たちによって、今のわたしが作られたのだ。新聞は大量殺人鬼だ、狂人だと書き立てるが、わたしにいわせれば選択的な駆除者で、世の中をきれいにするためにひと役買っているのだ。

今〝選択的〟といったが、それはある特徴を持つ女性だけを殺すからだ。切り裂きジャックとは違い、売春婦ではない。彼女たちには何の恨みもない。道徳的に健全とはいえないまでも、世の中の役に立つ。わたしが狙うのは、たいてい五十代の女性だ。口やかましく、扱いにくく、傲慢で、人のあらを探し、やかましく、噂話が好きで、堅苦しく、意地が悪く、性別不明のオニババたちは、ほぼすべての場所で大量に見られる風土病のようなものだ。近所を数ブロック歩くうち、あるいは職場からそう離れないうちに、一日に何人も目にすることができる。野鳥観察者がカケスやルリツグミを見つけるのと同じくらいたやすいことだ。

やつらはスーパーに、コインランドリーに、銀行に、自分の家の庭にいて、甘やかされっぱなしの子供たちに大声で話しかけ、不幸な夫に威張り散らす。

こんなことをいえば、わたしを独身の女性嫌悪者だと思うかもしれないが、そうではない。わたしの妻は最高だ。二十年間、申し分のない結婚生活を送っている。妻は可愛らしく、物静かで、優しく、根っから女らしい。わたしのズボンを穿こうと考えたりもしない。

それだけではない——彼女は文字通り、命の恩人なのだ。一度、逮捕されたことがある。状況証拠にすぎなかったが、決定的なものだった。有罪間違いなしというところだった。それは、こんないきさつだった。

わたしが殺人を始めたのは、朝鮮から帰ってきた一九五三年のことだ。たくさんの中国人が、悲鳴をあげてマシンガンに倒れるのを見れば、人の命の価値など暴落してしまう。たぶん、常に典型的なオニババのアメリカ亜種に対して、恨みを抱いているのだろう。当然、そこにはフロイト派の説明があるに違いない。ひとつには、選りすぐりの見本ともいうべき連中に育てられたという生い立ちがある。

いずれにせよ、わたしはある日、銀行で、自分の明細書についてとうとうと文句をいい続ける女を見かけた。女性行員を侮辱し、列を滞らせ、大騒動を起こしている。年は六十歳くらいだが、一インチの厚さの化粧をして、ハイヒールを履き、アフリカ全土を照らすほどの明るさに髪を脱色していた。

わたしは衝動的に彼女の後を追った。そして、相手が路地に入ったとき、この女を永久に黙らせることができたらどんな気分だろうとふと思った。たまたま、わたしはマスターズが書いたギャングに関する素晴らしい小説を読んだばかりで、しかもポケットにはちょうどいい絹のハンカチが入っていた。路地にひとけはなく、老嬢の首は最高にそそられるものだった——痩せこけためんどりのように、老いて骨ばっている——そして、衝動はあまりにも強かった。そこで背後に忍び寄り、ギャング推奨のやり方で手首を交差させると、むらのあるブロンドの頭にさっと輪をかけ、両手を広げた。まるで夢のようだった。女は小さく一度あえぐと、爪先立ちになり、洗濯紐から落ちた服のように倒れた。

そう、それが九人の犠牲者の最初だった。この二年間で、一年に約五人を殺した。それから、わたしは逮捕された。それはわたし自身の手ぬかりだった。慎重に考え出したルールを破ってしまったのだ。そう、最初の殺人の後、わたしは自分がどんなに偶然に恵まれていたかに気づいた。あの〝ひとけのない〟通りには無数の家が建っていて、裏窓や車庫が通りに沿って並んでいたのだ。子供を含むたくさんの人間が、わたしがあの女を殺すのを目撃したかもしれなかった。無事に家に帰れたのは、ひとえに運がよかったからだ。

そこで、わたしはもっと注意深くやることにした。犠牲者は慎重に選び、その習慣を調べ上げ、適切な時間と場所で襲った。もちろん、資源は有り余るほどあった。市内のどのブロックにも、四人から十九人の性悪女が住んでいる。この統計は、政治に関する世論調査よりも信頼できるものだと請け合おう。

けれど、あの運命の夜、わたしはスーパーに必要なものを買いに出かけていた。いつもなら、妻のジュリアもついてくるはずだった。わたしたちはほとんどあらゆることを一緒にやる。だが、彼女は髪を洗いにいっていたので、わたしはひとりだった。

そして、そのスーパーの中で、わたしはこれまで見たことのない、最高の〈アメリカオニババ〉

の標本を見つけた。年は五十くらいで、意地悪そうな小さな目は、アイシャドーや特別に長いつけまつげをもってしても魅力的に見せることはできなかった。声はさながら空気ドリルの音だ。裂けた口は、不釣合いな大きすぎる弓形に塗っていて、彼女にキスされたらサメも気絶するだろうと思われた。

彼女はレジ係を困らせていた。レジに置いてあるメモには、何かの品物――確か、洗剤だったと思う――の値段が三十七セントと書かれていた。だが、店長は棚に三十五セントの値札を出していたのだ。明らかに、レジ係の娘が悪いのではない。メモが間違っていたのだ。だがその女は、彼女をまるで泥棒か何かのように扱った。もっと経験豊富なレジ係なら、老嬢に耳も貸さなかっただろう。昨今では、良いレジ係を探すのは良い客を見つけるよりも難しい。だが、その娘は新人で、明らかに田舎から出てきたらしく、恐怖と屈辱で気絶してしまいそうに見えた。

愚かなことだったが、わたしはいつものパターンを破り、店を出ていく女の後をつけた。それは馬鹿げた、無鉄砲な気の迷いだった。実際、わたしは彼女を駐車場で、二台の車にはさまれた死角でつかまえた。車の鍵を開けようとしたところで、その首にハンカチを巻きつけ、これまでで一番の力を込めて、骨ばった首も折れよとばかりに締め上げた。

運悪く、わたしはその拍子に持っていた食料品を落としてしまい、卵が割れたことに気づかなかった。かいつまんでいえば、状況証拠が残ってしまったというわけだ。警察はアスファルトの上に卵を見つけた。そして誰かがわたしの姿を見ていて、身長、体型、それに上着について報告した。人々はわたしがスーパーで、レジ係に威張り散らしていた女のそばにいたことを覚えていた。そんな類の証拠は山ほどあったが、決め手となるものはなかった。

だが、警察はその夜、実に迅速にわたしの家へやってきた。店長がわたしの家を知っていたのだ。そして、卵のケースと割れた卵を見つけられた。自宅の階段で袋を落としたのだと説明したが、警察は信じようとしなかった。

わが家には一流弁護士を雇えるような金はなく、うちのガチョウは料理された（希望が台無しになるの意）ばかりでなく、黒焦げになってしまったかに思われた。

ジュリアは怒った。当然ながらわたしは無実で、してもいないことでガス室に送られようとしているのだと考えた。まもなくわかるように、彼女は最高の妻だ。

わたしには分がなかった。朝鮮での記録が調べられ、一度ならず素行不良だったことが暴かれた。どのように、というのは関係ない。理由なき暴力といったところだろう。場所もあろうに交戦地帯でのことだ。わかるはずがない！

さて、裁判がほぼ終わりかけ、あらゆる専門家がわたしのガス室行きを予想した頃、別の殺人が起こった。しかも、わたしの使った手口そのままで！ まさしくそのおかげで、わたしは命拾いをしたのだ。こんな事件が起こったら、法学生だって地方検事をやりこめることができるだろう。証拠は状況証拠のみ。わたしは尊敬すべき人物で、仕事はきちんとしており、不利なのは、ほんの青二才で戦争に駆り出された頃の朝鮮での行状だけだ。そこで裁判は無効となり、警察は振り出しに戻って、十一番目の犠牲者を物色していると思われる〝悪魔〟を探すはめになった。

わたしはきわめて理性的に、どこかのいかれた人間が、そのときを狙って真似をしたのだろうと考えた。殺人事件にはよくあることだ。だが、まもなくわたしはベッドの中で真相を知らされることになった。ジュリアが寝言をいったのだ。それは彼女が本当に悩んでいるときだけの現象だった。わたしは秘密を知るのに十分なだけのことを聞いた。こんな具合だ。「わたしは人殺し……両手が血に染まっている……やらなきゃならなかったのよ……夫が……愛する、自慢の夫が――人殺しだなんて！……彼は無実だわ……ほかに方法がないのよ……彼が知ったら、きっとわたしを憎むでしょう……ああ、ジョニー、愛してる……」

わたしは自分が知ったことを明かさなかった。ただ、彼女をそれまで以上に大事にした。新聞に、警察は犯人がスカーフかバンダナを使ったことを突き止めたと書かれていたので、妻は実際にわたしの大きな絹のハンカチを使ったらしい。わたしのやり方にどれだけ近かったか気づきもせずに。妻は小柄だが力が強く、犠牲者の選択も見事だった。よりによって、お隣のミセス・テイクナーを選んだのだ。その恐ろしい魔女を、わたしは処刑したくてたまらなかったが、あまりにも家が近すぎると思っていたのだ！　まったく痛快じゃないか？

だが、過去を記すことで、未来がはっきりと見えてくるものだ。わたしはしばらく殺人をやめていた。その後、復帰した。これまでになく慎重に、さらに六点を稼いだ。警察は血眼になっている。

あの裁判からほぼ九年が経っている。いつしか物事は変わっていく。しばらく前から、わたしはジュリアがどんなふうに振る舞うかに気づいていた。わたしを救ったことで、彼女のうぬぼれは増長したようだ。前にいった通り、彼女は物静かで女らしかった。わたしに一切を任せていた。

だが、わたしをガス室から救った後は、いわば少しずつ横柄になってきた。まるでわたしが所有物でもあるかのように。それに、口うるさくもなった。

そして今日、わたしは彼女の首にしわを見つけた。彼女がニワトリのように首を動かすのも。昨日スーパーで、彼女はどうでもいいことで大騒ぎし、店長のニックを怒鳴りつけた。それをいさめようとすると、わたしに食ってかかったのだ。このわたしに！　そろそろ思案のしどころだ……。

冷たい妻

白須清美訳

電話に向かったとき、エマソン・ウォード教授の顔は冷たくこわばっていた。パニックや後悔、その他いかなる激情も感じている暇はない。妻のレオナは死んだ――殺された。それを変えることはできない。時という川の流れは、岸にいる人間の営みのある一点を通過すれば、二度と同じところを流れることはない。だが、未来はまだ開けているし、彼のほうに強い意志があれば、それを変えることができる。今は、もっとレオナを見習わなくては。

性別についての紋切り型の分類とは裏腹に、彼女は冷静で、論理的で、常にさまざまな行動の可能性を秤《はかり》にかけていた。一方、彼は女のようだといっていいほど衝動的だった。そう、今は彼女をお手本にしなくては。この状況には、冷静さと考え抜かれた賢い行動が必要だ。

警察の番号を回している間も、彼は妻から目を離さなかった。肌は真っ白で、半分ほど満たされた浴槽にぐったりともたれかかり、額には大きな傷跡があった。あの異常者が、ほかの犠牲者にやったのとそっくり同じだ。風呂に入っている女性が見つからないときには、殺してから水に浸けたと考えられている。本物の変態だ――女性とセックス、清潔さとの間に、何か奇妙なつながりがあるというのだろうか？　あるいはひょっとして、女はみな汚いという信念があって、汚れた洗濯物のように洗うべきだと思っているのかもしれない。それとも、女は偽善者で、清潔さに気を使っているふりをしていると思っているのかも――誰も彼もが偽善者だと。こんなやつの頭の中を、理解できる人間がいるだろうか？

内勤の巡査部長が電話に出ると、教授はいきなりいった。「妻が——殺されてる！　あのいかれたバスタブ殺人鬼にやられたらしい。何てことだ！」その声は震え、わずかに甲高くなっていた。

巡査部長は彼を落ち着かせようとした。「すぐにうかがいます」彼はウォードにいった。「落ち着いて——何も手を触れないでください。犯人を捕まえるために、指紋を採らなくてはなりませんので」

「わかりました」教授は請け合った。「たった今確認したばかりですから。妻が」——音を立てて唾を飲み込む——「死んでいるのを」

「そのままお待ちください。そうお待たせしません——二十分くらいで到着します」彼は住所を復唱し、合っていることを確かめると、電話を切った。

ウォードは廊下に出た。開いた浴室のドアの前を通るときには、顔をそむけた。一瞬、彼女に何かかけておくべきだろうかとぼんやり思った。このままにしておくのは無作法なのではないか。だが、それが馬鹿げた考えなのはわかっていた。警察にとって、こんなことは日常茶飯事なのだ。もちろん、ベテラン刑事でさえ不愉快に感じるだろうが、日常的なことには変わりない。

彼女は顔を歪めてもいなかった。死は慈悲深いほど速く、きわめて場違いな凶器によってもたらされていた。異常者のトレードマーク——中身が詰まったソフトドリンクの瓶によって。だが、悪い選択ではない。棍棒によく似ているし、目方もちょうどいい。指紋がついていないのは間違いないだろう。新聞によれば、犯人は手袋をしていたか、触れたものすべてを拭っていた。狂人の多くがそうであるように、細かいことにはキツネのように気を使うが、ある重大な事柄において完全に常軌を逸しているのだ。

やがて警察が到着した。うんざりしたような、自信家の部長刑事。一見冷静だが、明らかに自分の仕事に興味津々の鑑識官、そして不安げな新米刑事。レオナを使って実地研修というわけかと、ウォードは意地悪く考えた。

彼らはあらゆるものを、細心の注意を払って調べた。犯人が侵入したと思われる、こじ開けられた網戸と寝室の窓から、女の胴を思わせる曲線を描いた〈スパークル・アップ〉の瓶まで。それからまもなく、サイレンの音を響かせて検視官が到着し、死体とともに閉じこもった。鑑識官もそれに加わった。

その間、部長刑事のエヴァン・メリルはウォードに質問した。

「奥さんを見つけたのはいつですか?」彼は手帳を構えて尋ねた。

「教授会議から帰った直後です。十時前後だったと思います」

「出席者は相当いたのでしょうね」メリル部長刑事は何気なくいった。

ウォードは鋭く彼を見た。「ええ、少なくとも十八名は」

「車で行かれたのですか?」

「いいえ、歩きです。ご存じの通り、大学はここからほんの半マイルのところですからね」

検視官と鑑識官は、浴室で何やら意見を戦わせているようだった。だが、ウォードと部長刑事の耳には、ぶつぶついうつぶやきにしか聞こえなかった。

「それで、十時に家に着いたと」メリルがいった。「実際に会議を終えて帰ったのはいつでした?」

「九時半頃でしたね」

「半マイル歩くのに三十分かかった?」

ウォードは眉をひそめた。「大学の池でしばらく立ち止まっていたもので。よくあることです。蛙《かえる》の声を聞きながら、水面を見ているのが好きなんです。心が安らぐんですよ」

「誰か、それを見た人は?」

「いないでしょうね。夜更けは冷え込むし、雨も降りそうでしたから。ほかの人たちはさっさと帰ったでしょう。第一、彼らは家が遠いですから」

メリル部長刑事はしばし言葉を切った。それから尋ねた。「奥さんとは、うまくいっていましたか?」

一瞬、教授は怒りをあらわにしたが、やがてあきらめたようにため息をついた。「そう来るんじゃないかと思っていました」彼は口元を引き締めた。「こういう状況では、やむを得ないでしょうね」

「決まりですので」メリルは感情を見せずにいった。

「まあ、結婚十二年目の夫婦なりには、うまくいっていたと思いますよ。口げんかくらいはしますが、互いを必要とし、求め合っている。レオナは、わたしにいわせれば少々冷静すぎて、論理的すぎる女性でした。変だと思うでしょう？　男が女に文句をいうときは、感情的すぎるというのが普通でしょうからね。彼女は何事にも冷静に対応し、行動を起こす前にあらゆる可能性を考えていました。わたしのほうが衝動的です。たとえば、今わたしは、こんなことをしたやつを自分の手にかけてやりたい気持ちです――そいつと五分間だけ、二人きりにしてもらえたら！」

彼は拳を握りしめた。部長刑事はその手がどれほど大きく、力強いかに気づいた。実際、ウォードは大柄で、手も脚も長く、学者といわれて思い浮かべる気さくな雰囲気とは違っていた。エヴァン・メリルは皮肉そうに笑った。

「フロイトの時代から六十年経っても、教授、あなたのような教養ある人物が、異常者を素手で半殺しにしたい――それとも、完全に殺したい？――と考えるとはね！」彼は歯をむき出しにして笑った。「犯人は、悲惨な子供時代を送ったのかもしれませんよ。母親にしょっちゅう風呂に浸けられていたのかも」

ウォードは顔をしかめた。「もちろん、あなたのいう通りです。ひょっとしたら、そいつは自分の行動に何の責任もないのかもしれない。けれど、妻がこんな姿になっているのを見たら――殺してやりたい気になるでしょう。誰の中にも、野蛮人が息づいている――拘束された狂人がいるんです」

「誤解しないでください」刑事はいった。「お気持ちはよくわかります。今回で六度目の犯行で、どの夫や父親、兄弟も、犯人が逮捕されたらそいつと二人きりにしてほしいといいました。誰もそれを責められませんし、たぶん州にとっても多少の金の節約になるでしょう。とはいえ、それは私人としての意見にすぎません。公的には、その男の心を扱うのだというでしょう。肉体を殺しても何にもならないと」メリルはため息をついた。「残念ながら、何を信じていいのかわたしにはわかりません」

鑑識官と検視官が出てきて、メリルを片隅に呼んだ。ウォードには彼らのひそひそ声が聞こえたが、意味をなさない言葉がときおり耳に入ってくるだけだった。やがて、刑事が戻ってきた。

「さて」メリルがいった。「ここの捜査はまもなく終わります。当然、あなたのことも調べさせていただくことになります——会議のことで。しかし、今のところ話の辻褄はすべて合っています。検視官の話では、奥さんは少なくとも二時間前には死亡していた。つまり、会議の出席者が、あなたが九時半まで会議に出ていたという話を裏づけてくれれば、あなたへの疑いは晴れます。それに、一切の手口がバスタブ殺人鬼のものに間違いない——それには疑問の余地がありません。いつものように指紋は残されていない。奥さんを発見した直後に通報されたのですね？」

「数分としないうちにね」ウォードはいった。

「すると、奥さんは今夜八時頃に殺されたことになります。二時間後、あなたは帰宅し、奥さんの死体を見つけ、十時には警察に通報していた。それで合っていますか？」

「その通りです」教授は低い声で答えた。「家に帰ると、妻があそこにいた。決して忘れられない光景だ」

エヴァン・メリルが手帳を勢いよく閉じたので、ウォードはぎくっとした。

「さて、今のところはこれくらいです。もちろん、数日中に署で正式な調書を取らせていただくことになります。電話でお知らせしますので。遺体は引き取らせていただきますが、すぐにお戻しします」彼は捜査員を集め、出ていった。

三日後、部長刑事から大学のウォードのところに電話があり、パトカーが迎えにきた。警察署では速記者がそばに控え、教授の調書を取ろうとしていた。だが、誰も急ごうとする様子はなかった。

「煙草は?」メリルが箱を差し出しながら、ウォードに訊いた。

「いいえ、結構です」教授はやや固い口調でいった。「三時には別の講義があるもので、あまり時間がないのです。犯人の手がかりは見つかったのですか?」

「残念ながら、まだです」刑事は認めた。「被害者に関連する動機がなく、範囲もウエストサイドのほぼ全域にわたっているために、苦戦を強いられているところです」彼は奇妙な目つきでウォードを見た。「模倣犯による攪乱《かくらん》はいうにおよばずね」

「どういう意味です——模倣犯とは?」教授は鋭く尋ねた。

「ああ、別の精神病者が、この手口を真似するんですよ。それが捜査を混乱させるのです。誰かが異常な連続犯罪を起こすたび、一ダースの狂人が同じ手口を真似する。それは異常者に限ったことじゃありません。ときには、殺人鬼を隠れ蓑にする輩もいる」

「本当に、戻らなくては」ウォードがいった。「非常に興味深い話ですが、教授が講義を休めば、たくさんの人に迷惑がかかります。ですから、よければすぐに調書を取ってください」

「すぐに始めますよ」メリルの視線は動かず、相手を不安にさせた。「ご存じのように、教授、われわれは他人の生活を嗅ぎ回らなくてはなりません。それが仕事なので。あなたの暮らしも調べさせてもらったところ、話し合っておかなければならないことが出てきましてね」

「そんな権利はないはずだ――」ウォードはかっとなっていいかけたが、部長刑事がすぐにそれを遮った。

「今いった通り、仕事なのです。ひとりの女性が殺された。この事件では、あなたの奥さんです。そして、彼女が真剣に離婚を考えていたことがわかった。お宅の弁護士から聞きましたよ。夫婦仲がうまくいっていたかを尋ねたとき、あなたがそのことをいわなかったのは妙なことですね。こうした省略を、警官は気にするもので」

「話す理由がありますか？　個人的な問題だし、妻が死んでしまった今、何の関係もない」

「十六歳のあなたの教え子が、共同被告になっています。それも関係ないのですか？」

ウォードはごくりと唾を飲んだが、表情はまだ落ち着いていた。「レオナはとんでもなく疑り深くなることがありました。こればかりは、冷静な論理が通用しなかったようです。その少女とわたしには、深い関係などありませんよ。たぶん、彼女のほうが少しのぼせ上がっていたのかもしれません。けれど、それだけです」

「かもしれませんね」メリル部長刑事は穏やかにいった。「しかし、あなたとマーサ・バートンが一緒にいるのがいくつかのナイトクラブで目撃されていますし、あなたのほうには無関心な様子も、保護者らしい様子もなかったようです。それが動機ではないかと、つい考えてしまうんですよ。奥さんが離婚を望んでいたとすれば、スキャンダルになるでしょうし、学部長になるチャンスも失われてしまうでしょう」

ウォードは彼をにらみつけた。「もう我慢ならない！　異常な殺人鬼をつかまえる代わりに、わたしの私生活をあれこれつつき回すとは。スキャンダルになるというなら、きみの行いのほうだろう！」

「さっきもいったように、これらのことは実に暗示的なんです。われわれの仕事はそれを調べることです。いいですか、女性がひとり殺されているんですよ」

「六人の女性が殺されているんだ」ウォードは鋭くいった。「全員が、バスタブ殺人鬼の手にかかってだ。わたしの情事を探っていては、七人目の犠牲者が出る前に犯人をつかまえられないぞ」

「今は、六番目の犠牲者のことだけを考えましょう」メリルは冷たくいった。彼は間を置き、それから訊いた。「われわれがおおよその死亡時刻をどうやって割り出すか、ご存じですか？」

「見当もつきませんね」教授はやや早口すぎる口調でいった。「これは犯罪捜査の講義なんですか？」

「おかしいですね。あなたはそれをよくご存じだと思っていましたが。これがこの事件の興味深い点なのです。いいですか、あなたの奥さんが殺されたのは八時から九時の間で、あなたは間違いなく容疑者から外れます。たくさんの人々が会議に出ているあなたを見ており、九時半までそこを動かなかったと証言してくれました」

「そういったじゃありませんか」ウォードは冷静な辛抱強さでいった。「さて、そろそろ講義の時間です。調書を取りたければ――」

「すぐにやりますよ。しかし、死亡時刻に話を戻しましょう。われわれは主に、遺体の体温によって判断します。あなたの奥さんの体温は低かった。そして、計算の妨げになるような病気にかかっていない限り、非常に信頼性の高い公式があります。さて、証拠に反して、わたしはこう思っています。あなたの奥さんが殺されたのは九時四十分頃だったと――あなたが教授会議から急いで帰宅し、池やその他の場所に寄り道しなければ、ちょうど家に着く頃です」

「しかし、今、体温のことをいったじゃありませんか――」

「あなたは急いで帰宅し」刑事は続けた。「奥さんを瓶で殴り殺す――バスタブ殺人鬼の異常な性癖のことは、新聞で読んでいるでしょうからね――それから、実に巧妙な仕掛けをしました。後からわれわれを欺くために、バスタブにぬるま湯を入れる代わりに、冷たい水を満たした――それから、冷凍庫の氷を全部入れた。あの夜、製氷室を調べたところ、明らかに氷ができたばかりという感じでした。こうして、あなたはたちどころに奥さんの体温を下げ、十時ちょっと過ぎには通報することができたわけです。おそらく、裏口からこっそり入ることで、十時よりもかなり前に家に着いたのを、誰にも見とがめられなかったのでしょう」

「馬鹿げてる！」ウォードは叫んだ。「そんな荒唐無稽な話、証拠はどこにもないはずだ」

「あなたは自分で窓をこじ開けた――たぶん、死体を冷やしている間に。それから彼女をバスタブから出し、水を抜いて、お湯を入れたのでしょう。何もかもが、彼女が入浴を終えてバスタブを出ようとしたときに殺されたことを示しています。その後で、あなたは警察に電話をした」

「弁護士を呼んでくれ」教授の声は、明らかに震えていた。「そんな話が法廷で通用するわけがない。妻はわたしが帰宅するずっと前に殺されていたのだし、そうでない可能性を証明できる者は誰もいない」

「それは違います」メリル刑事はいった。「実は、あなたはほんの少しやりすぎてしまった。それで、検視官と鑑識官が浴室で議論していたのです。彼らは遺体の体温が、室温より五度近く冷たいことに疑問を持ったのですよ。血液の温度とは巧妙なやり方だったかもしれませんが、遺体が周囲の気温よりも冷たくなる可能性はただひとつ――冷やしたときだけなのです！」

メリルの唇に、歪んだ笑みが浮かんだ。「あなたは冷たい妻に頭を抱えていた――そして、同じ問題で自分を絞首台に送ることになった。さて、調書を取らせてもらいましょうか、教授」

絶対音感

白須清美訳

何百万ドルもの財産を守る警備員に、どんな些細なミスもあってはならないことだ。だが、ダニー・フリンは大きなミスを犯してしまった。

もちろん、この三年間、料金を踏み倒そうとする不愉快な酔っ払いの相手くらいしか仕事がなかったのだから、彼がつい油断したとしてもそうは責められないだろう。というわけで、ひとけのない駐車場で身なりのいい男性が近づいてきたとき、フリンは青い目で油断なく前を見ていたが、側面に注意するのを怠っていた。スクイズプレーが行われていることにようやく気づくと、元警官の彼は三八口径に手を伸ばしたが、すでに遅かった。背後から迫ってきたボンネットにはねられたフリンは、アスファルトに倒れ、ラナの手下のひとりによって意識を失った。

ちょうどそのとき、価値ある財産がやってきた――九歳のボロフ兄妹だ。この双子は音楽の天才で、ベートーヴェンが専門だったが、バルトークやショパンもお手のものだった。二人は二十分ほど前にコンサートを終え、駐車場へ来たところだった。〝ダニーおじさん〟が車で待っていて、パロス・ヴァーデスにある父親の屋敷へ送ってくれることになっていた。

だが代わりに、何が起こっているのかわからないうちに、黒いストッキングをかぶった三人の見知らぬ男が二人に襲いかかり、厚くて茶色い紙袋を頭にかぶせ、フリンの車に押し込んだ。

「おとなしくしてろ」誘拐犯のひとりがぶっきらぼうにいった。「そうすれば、痛い目には遭わせない」サシャ・ボロフは怒って紙袋を引き裂こうとしたが、その腕はしっかりと縛られていた。妹のターニャが小声で泣き出し、それを聞いた兄は懸命にもがいた。だが、無駄な抵抗だった。三人の大人に対して、おびえた子供が二人きりなのだ。

フリンが石頭だったおかげで、警察は誘拐犯が思っていたよりずっと早く事件に乗り出した。彼はすぐさま回復し、電話で通報した。付添人は暗がりになった隅で見つかった。彼はフリンほど運が強くなかったようで、脳震盪を起こしていた。

そう、それは失態だった。通報されたのは早かったが、その不愉快な事実には変わりない。ラナは実に巧みな誘拐をやってのけ、何ひとつ見過ごしはしなかった。賢い犯罪者でも見過ごすような細かいことすらも。理想的な被害者を選び、タイミングも素早く完璧、そして、身代金を安全に受け取り――ほとんどの犯罪者がここでしくじるのだ――無事に持ち帰る方法も見事なものだった。

もちろん、サシャとターニャ・ボロフのことは覚えているだろう――音楽の天才兄妹だ。妹がピアノを弾き、兄がヴァイオリンを弾く。かつてのメニューイン姉弟やイタービ兄妹のようなものだ。

サシャとターニャは双子だ。父はニコラス・ボロフといい、一流の航空機デザイナーであり製造業者だ。少なくとも五百万ドルの財産はあり、そのすべてを愛おしく思っていた。しかし、彼の名誉のためにいっておくが、どちらかの子供が音楽に関心を持たなくなるなら、全財産を失ったほうがましだと考えるに違いない。妻を亡くした彼は、母親と父親の両方の役をやろうとし、立派にこなしていた。

今、ボロフはこの近辺の大物になっており、彼が知らせを受けると警察署は大騒ぎになった。署長から新米の平刑事——わたし——までが圧力を感じた。今のところ、わかっているのはフリンの話と、コンサートホールから二マイルのところに乗り捨てられていた自家用車だけだった。

続く二十四時間は殺人的だった。われわれに許された睡眠時間は、子猫がうたた寝する時間にも満たないものだった。もちろん、次に何が起こるかはわかっていた。脅迫状が送られてくるか、公衆電話からボロフに電話がかかってくるはずだ。驚いたことに、代わりにサシャ本人がやってきた。少年はセプルヴェダを通りかかった車を止め、家へ連れていってくれと頼んだ。ドライバーは賢明にも、代わりにサシャを警察署へ連れてきた。

ボロフにすぐさま知らせ、われわれは子供に質問を始めた。彼はとても利発だったが、話せることはほとんどなかった。誘拐犯は二人をさらってから一時間ほど走り、それから子供たちをどこかのビルのエレヴェーターに乗せ、ある部屋に押し込んだ。二人は窓にカーテンのかかった部屋に入れられたので、外のことは一切わからない。そのため、ビルがどのあたりにあるのかもわからなかった。

普通の方法でボロフに連絡する代わりに、ララナはターニャをつかまえておき、兄を連絡係として解放したのだ。彼はサシャにこう告げたようだ。サシャなら、父親に彼らが取引をしたがっていることを伝えられるだろうと。そして、ボロフが時間稼ぎをしている間に警察が素早く動くようなことがないように、さらなる圧力をかけていた。彼らは少年に、二十万ドルを早急に用意しなければ、身代金の支払が一日遅れるごとに、ターニャの大事な指が一本ずつ父親の元に送られるだろうといわせたのだ。

こうして、木曜日の間じゅうアパートの一室に閉じ込められていたサシャは、夜になって裏口から出され、頭に袋をかぶせられた状態で市の中心部まで車で連れてこられ、セプルヴェダで解放された。それをドライバーが見つけたというわけだ。

身代金の受け渡し方法も、きわめて巧妙なものだった。警察が策を講じるチャンスはほとんどなかった。金曜日の正午きっかりに、ボロフの家の電話がある数だけ鳴らされる。誰もそれに出てはいけない。サシャはボロフが金を渡すためのいくつかの方法を教えられていた。電話が一度鳴れば、最初の方法を使う。二つなら、二番目の方法という具合だ。それぞれの手順は巧妙かつ複雑で、われわれ警察が可能性のある要所すべてに人員を配置するのは無理だった。とりわけ、そのひとつは首謀者の面目躍如たるものだった。

金は午後十二時半に、鉄道駅のトイレに置かれる——電話が来てから三十分後のことで、警官を張り込ませる時間はない。印のついていない小額紙幣を束にし、一般の利用者に気づかれないよう、個室のひとつに置く。そこは一日じゅう人が出入りする場所なので、どの男が個室に入り、こっそり金をコートの下に隠したかわからない。男は明らかに使い走りで、この部分だけを請け負った小物のちんぴらであり、それ以外のことは一切知らされていないだろう。しかも、誘拐犯はさらに何人かの男を配置し、回収係の男が尾行されていないかどうかを確かめるに違いない。警察にとって、非常にやりにくい仕組みだった。

ほかの二つの計画も同じくらい巧妙で、誘拐犯は警察につかまることなくまんまと身代金を手に入れてしまうかに見えた。

何もかもが、わたしにとっていい経験だった。わたしはパトカーでの巡察係から刑事に昇進したばかりだった。それは運よく犯人をつかまえたからで、最近の幹部が受けるような教育――専門的教育――は受けていなかった。私服警官のほとんどはUCLAの警察科学部出身だった。科学だの天体物理学だのについては、わたしは何もわからない。本当に詳しいのは音楽だけだ。わたしはあらゆる音楽が好きだった。エラ・フィッツジェラルドからレナータ・テバルディまで。イエロー・ドッグ・ブルースからバッハの無伴奏ヴァイオリンのためのソナタまで。わたしは音符も読めなければ、おもちゃの笛すら演奏できない。ただ音楽が好きなだけだ。

ベートーヴェンが新米刑事の助けになるとは思わないだろう。だが、それが第二の大きなチャンスだったのだ。そして、あきれたことに、事件を解決したのはわたし自身ではない。幼いサシャ・ボロフがわたしの膝に断片を並べ、それが見事にはまったのである。あとは、それを少しつけばいいだけだった。

金曜の朝、上司が少年に質問しているとき、わたしはその場にいた。ターニャが今も監禁されているアパートを特定するのに、ほとんど役に立たないだろうと誰もが思った。いずれにせよ、彼は部屋にいるとき以外はずっと頭に袋をかぶせられていたし、部屋からは何も見えなかったのだから。そこで、サシャにいくつかおざなりな質問をした後、上司はわたしと交代した。新たな成果を期待してというよりは、新米に質問の練習をさせてやろうと思ったのだろう。ほかの警察官は当然、サシャに男たちの容貌やアパートの中の様子を尋ねたが、今のところほとんど手がかりになるようなことはなかった。だが、マニング巡査部長がそんな質問をしている間に、まったく違う観点から考えが浮かんだわたしは、サシャにそれをぶつけてみた。一瞬、少年はその利点に気づかなかったが、やがて瞳をのろしのように輝かせた。

「わかったね」わたしはいった。「きみは絶対音感の持ち主なんだろう？　妹とベートーヴェン全曲を演奏したときの記事に、そう書いてあった。そう、きっときみは、雑音以外のものを聞いているはずだ――音階につながるような音で、ターニャの居場所の手がかりとなるようなものを。それを思い出してごらん。よく考えて」

そう、わたしはこの小さな音楽家たちが、袋をかぶせられていても鋭い耳を持っていることを思い出したのだ。しかも、ただの音楽家じゃない。彼はいわゆる絶対音感の持ち主だった――どんな音でも正しい音階でいい当てることができ、四分の一の音階まで指摘することができる音楽の天才だ。こうした人々のことを、音楽学者は〝絶対音感〟の持ち主と呼ぶのだ。

少年は懸命に考えた。そして、彼はヴァイオリンの才能があるばかりでなく、頭もよかった。

「その通りだよ」彼はぽっちゃりした顔を紅潮させて、甲高い声でいった。「ひとつには電話があった。二度鳴ったんだ。完璧に覚えてるよ。シの本位からほんのちょっと高い音だった。まったく同じ音を出す電話は二つとないんだ。うちのはドのシャープだもの」

「いいぞ」わたしは彼をほめた。「ほかには？」

彼は丸々とした顔をしかめて考えた。

「ええと、乗ってきたエレヴェーターがあった。モーターの音は、ファのシャープにすごく近かった。それは動き始めてからのことで、最初はそれより四分の一フラットだった。あのビルには、もう一台どこかにエレヴェーターがあったはずだよ。部屋から聞き取るのは大変だったけど、ソのほんの少しシャープだったのは間違いない」

「素晴らしい！」わたしはいった。「けれど、できれば外の音についても聞かせてほしいんだ。場所を特定するためにね。工場の合図とか、電車の踏切とか」

「そういうものは思い出せない」彼はやや堅苦しい口調でいった。「いいや、待って。近くに学校があったはずだよ。午前の始業、休憩、それに午後にもベルが鳴るのを木曜日に聞いた」

「ベルの音階は？　それは大いに役立つだろう」

「少し考えさせて」彼は目を閉じて、かすかにハミングした。「わかった！」彼は叫びださんばかりにいった。「学校のベルは、ドとレのフラットの間だった。もう少し高いか低くならないかと思ったのを覚えてるよ。ひどい音だった。どっちにしても、不協和音には我慢できないんだ」

そう、それで捜査の範囲が大いに狭まった。というのも、ロスアンジェルスには車の数と同じくらい学校があるからだ。だがその次に、サシャは大きな手がかりを思い出した。アジトに着く少し前、大きな乗物のそばを通ったらしいのだ。乗物は普通のバスや市電のような音とは違ううなりを上げていた。それは貴重な情報だった。トロリーバスが走っている路線は、市内にひとつしか残っていないからだ。ほかの線は普通の大型貨車や市電が走っている。したがって、目指す場所は六番街からそう遠くなく、線路に沿った場所だとわかった。

約束の正午まではあと三時間しかなかった。誘拐犯が予定通りに動けば、その時間に電話が来るはずだ。そこでわたしはサシャを覆面パトカーに乗せ、マニング巡査部長と三人の刑事をぴったりと後続につけて、六番街から音が聞こえる、トロリーバス沿線のさまざまな場所にある五つの学校——小中学校と高校——を急いで確かめた。幸い、そう長い路線ではなかった。

校長はわれわれの頭がおかしいと思ったようだが、頼みを受け入れ、学校のベルを短く鳴らしてくれた。最初の音で生徒たちがいっせいに家に帰るのを止めさせるには、武装警備員が必要だったろうが、それはわたしのせいじゃない。それに、こっちにはもっと差し迫った心配事があった。

三つ目の学校で、サシャは身体をこわばらせた。「これだよ、ミスター・ハミルトン——やっぱりドとレのフラットの間だ。ひどい音！」

今度は、二台のエレヴェーターのある近隣のアパートを回る番だった。それだけ大きなビルはあまり多くなかったが、少年がエレヴェーターのうなりを聞き、音階を識別するまでに六件を回った。そして、ここで危うく失敗するところだった。焦るあまり、業務用エレヴェーターを試すことを忘れそうになったのだ。わたしには、ほかのエレヴェーターと変わらないように聞こえたが、サシャは甲高い声で誇らしげにいった。「聞いたでしょう！　最初はファのシャープより少し低い音で、それからすぐに正しい音階に上がるんだ。まるでチューニングを合わせるように——変わってるよね？　自然の音で、そういうのはとても少ないんだ」

いよいよ管理人に会うときが来たが、彼はあまり役には立たなかった。ビル内の少なくとも一ダースの部屋が、ここ数日の間に借主を変えていた。さらに来客については、これだけの大きさの建物で、裏口もあるときては、深夜こっそり一連隊を連れ込むこともできただろう。

だが、ここ一カ月に貸し出された部屋を全部調べていたら、すぐに時間切れになってしまう。ところが、またしてもサシャのおかげで、その必要もなくなった。三階まで調べて成果がなく、忍び足で四階の廊下を歩いていると、少年は途中で足を止め、さらに静かにするよう身ぶりで伝えた。

わたしは耳を澄ませたが、背景のかすかな雑音くらいしか聞こえなかった。大きなビルにつきものの、貝殻に耳を当てているような音だ。だがこの少年は、山猫のような耳を持っていた。

「ここだよ！」彼はわずか数フィート先の、四一六号室のドアを指差してささやいた。

「絶対確実なのか？」マニング巡査部長が小声で訊いた。「間違った部屋に突入すれば、周囲に聞きつけられ、困ったことになるんだぞ」

「もちろん確実さ」サシャは高い声でいった。「だって――」

「この子があの部屋だというなら」ほとんど発言力はなかったが、わたしは口を挟んだ。「信用して間違いないでしょう。もう一刻も無駄にできません、巡査部長」

マニングは「後で見てろよ、新米野郎」とでもいいたげに、わたしを冷ややかに見た。それからサシャを銃弾の当たらないところへ連れていった。わたしの役目は終わった。そして、ここが正しい部屋なら、私服警官とのツアーもここで終わりだった。

マニングと同僚は、慣れたやり方でドアを破った。重い靴が、蝶番《ちょうつがい》からドアをもぎ取らんばかりに蹴る。中には、武器を片づけて丸腰のラナナとその一味がいた。彼らがはっと気づく前に、手錠を持った警官がわっと群がった。

小さなターニャもそこにいて、元気そのものだった。事実、彼女は一味をすっかり魅了していたようだった。

事件が終わった後、わたしはサシャにいくつか質問をしてみた。

「訊きたいのは、あのさまざまな音をどうして覚えていたかということだ。毎日耳にする音を、全部覚えられるわけじゃないだろう――それとも、できるのかな？」

「できないよ」彼は残念そうに認めた。「でも、ミスター・ハミルトン、知っての通りぼくは普段、一日六時間は練習するんだ。ヴァイオリンを取り上げられ、閉じ込められたとき、退屈で死にそうだった。それで、その場でできる音楽の訓練をした。すべての音に注意するんだ。特に、普通じゃなかったり、面白かったりする音にね。もちろん、それが何かの役に立つとは思っていなかった。ただの退屈しのぎと、腕を鈍らせないためだった。あなたに訊かれて初めて、それが何かの役に立つことに気づいたんだ」

わたしは最後の質問をした。

「なぜ部屋がわかったんだ？　音らしきものは何も聞こえなかったが。きっと、ごくかすかで、微妙なものだったんだろうね」

彼は少し顔を赤らめた。

「確かに、ごくかすかな音だった。でもがっかりすることはないよ」

「なぜ？」

「エレヴェーターや電話みたいな、生きているものじゃない音を全部聞き分けた後で、もう一度その能力を発揮できればよかったんだけど」彼は少しはにかむように笑った。「でも実際は、ミスター・ハミルトン、聞こえたのはターニャの声だった——それが決め手だったんだ！」

そう、わたしは本来自分に値する以上の手柄を立てることになった。すでにおわかりの通り、ほとんどサシャがひとりでやったのだから。しかも、無料チケットを二枚もらって、ボロフ兄妹が演奏するクロイツェル・ソナタまで聴かせてもらった。素晴らしい演奏だった——二人の演奏は、いつまでも世に残ることだろう。

小さな科学者

白須清美訳

玄関に立った男は、素早く、鋭い目つきで近所の家を見回した。一番厄介な瞬間だった。たぶん、厄介なのはこのときだけだが、それだけにいっそう大事なことだった。これから二十秒の間に、詮索好きの老嬢にでも見とがめられたら、それはトラブルを意味する——そして、任務は失敗となるだろう。この短い間を除けば、そう危険はない。身なりはきちんとしているし、家族の友人とみなされるのは間違いない。ひょっとしたら、間男と思われるかもしれない。お笑い種《ぐさ》だ。その場合、噂にはなるかもしれないが、何の問題もない。少しの間、警察に邪魔されなければいいのだ。

さて、いよいよ危険なところだ。最後に周囲を手短にチェックする。いいぞ。誰もいない。彼は小さな肌色のマスクをかぶり、呼び鈴を鳴らした。中から、節をつけたチャイムの音がかすかに聞こえる。早くしろ、早く、彼はそう思った。こんなものをかぶっているところを、詮索好きな連中に見られたらひとたまりもない。だが、ここでも慎重な計画がものをいった。数フィートも離れれば、マスクはほとんど見えなくなる。

そして、ドアが開いた。訪問客が見知らぬ人物で、しかも覆面をしていることに女が気づく前に、彼は中へ押し入った。学習しないやつらもいるものだ。上品な郊外の住宅地だからというだけで、わざわざチェーンをつけてドアを開けたりしない。殺人者ではなく、セックスフレンドだとでも思ったのか？　とはいえ、チェーンくらいで阻止できるものじゃない。ドアの隙間に足を入れ、すぐさま相手の顔に銃を突きつければいい。今回は、危険が少なくなっただけのことだ。

「怖がらなくていい、奥さん」彼はいった。「あんたに危害は加えない」オートマティック銃をちらつかせたが、相手には向けなかった。今は直接的な脅しは必要ない。

彼女は怯えているというよりも驚いているようだった。たぶん、上品できちんとした身なりのせいだろう。女は大いに外見を重視する。男の価値は服装で決まると思っているからだ。それは、ほんの一瞬よぎった考えにすぎなかった。どんなプロもそうだが、彼はほかのことを考えながらでも仕事をこなすことができた。そしてある意味、ジョニー・ハウエルは哲学者だった。

相手の女はといえば、ほっそりして魅力的で、注文仕立てのスラックスを穿き、茶色の髪は生き生きと輝いていた。息づかいは速く、それは彼がよく見知った現象だった。ごく薄い化粧の下の顔は青ざめていた。だが、ヒステリックになっていないのは明らかだ。いいことだ。首筋に手刀をお見舞いして黙らせるのは気の毒だからな。女を始末する金はもらっていない――夫だけだ。

二人の足元でかすかな物音がして、男は身をこわばらせた。家にはこの女ひとりのはずだった。情報のどこかに不備があったに違いない。息子は音楽のレッスンに出かけていると聞いている。時間がかかるので、仕事を終えても当分は心配ないということだった。

「下にいるのは誰だ？」彼は鋭い声で訊いた。

「グレン――息子よ。地下室にいるの」彼女は不安そうにいった。「まだ十二歳なのよ。まさか、あの子を――？」

「落ち着け。誰も傷つけやしない――大人しくしていればな。子供は何をしている？」

「ただの機械いじりよ。ロケットの実験をする子供たちのグループに入っているの」

「今日は音楽のレッスンはなかったってわけか？」彼は皮肉っぽくいった。「文化よりも宇宙ってわけだな？」

彼女はわずかに目を見開いた。くすんだスミレ色で、間隔は広く、知性にあふれていたが、今はひどく暗かった。ふと、これまで見たどの女も――美人はたくさんいたが――これほどの落ち着きぶりを見せたことはないと思った。この女のような立場になったら、ヒステリーを起こして質問攻めにするのが決まりだった。生まれと教育の差なのだろう。

「地下室を見せてもらおう。案内しろ」

彼女は一瞬ためらい、説明を求めたがっているようだった。だが、彼は淡い色の目に表情を出さず、分厚い手のひらに握られた銃を、ほんの少し上げた。彼女は無言で背を向け、家の奥へ向かった。気持ちのいい、掃除の行き届いた家だ。楽しい家庭のようだ。彼女が無精者でないのは間違いない。午前中いっぱいメロドラマを見てだらだらし、その間ベッドは乱れたまま、朝食の皿は流しに積み上げたままという女たちとは違う。

台所にドアがあった。彼女は無言でそれを開け、狭い階段を見せた。全神経を研ぎ澄ませ、銃を手に、彼女の後に続いて下りる。息子ひとりだというのは、彼女の言葉でしか確かめられない。聞いたのとは裏腹に、コフリン本人が家にいるかもしれないのだ。前にも、獲物がハンターと化したきわどい場面があった。殺したと思った男が、テーブルの向こうに身を躍らせ、ショットガンを手に現れたときのように。あのときは危機一髪だった。

それから、彼はほっとした。そこは狭い地下室で、こうこうとついた明かりで全体が見わたせる。そして、グレンは都合よくひとりきりだった。二人が下りていくと、少年は顔を上げた。鳥のように首をかしげ、問いかけるように母を見る。それから銃に目を留め、小さな顔をこわばらせた。色を失った皮膚を通して、筋肉が盛り上がるのがわかるほどに。

「ママ!」彼はそう叫んで、母親に駆け寄った。

「気をつけて、グレン」彼女はなだめるようにいった。「落ち着くのよ。この人の望みが何なのか、まだわからないけれど――」彼女はためらった。「――今のところはとても礼儀正しいわ」

彼女が話している間に、ハウエルは部屋を見回した。これまで見た地下室とは違い、非常にきちんと片づいている。思えば、地下室で殺すはめになったのはほんの少数だったが、そいつらはたいていだらしないタイプだった。ネズミを隅に追いつめるような仕事で、サディスティックな傾向のある人間でない限り、面白いものではない。彼が好きなのは、きれいで素早い仕事で、犠牲者がほとんど知らない間に事が終わるようなものだった。

そう、ここは明るい部屋で、きちんと片づいている。子供が作業をしているテーブルの上は別だが。もつれたワイヤー、工具類、不揃いな金属のかたまり。二人に油断なく目を配りながら、彼は部屋を歩き回り、隅々まで見回した。あたりに銃はない。一番気になるのはそれだった。どこから古い二二口径のライフルが出てくるかわかったものじゃない。二二口径単発銃を持っているやつは、手放しで尊敬する。その手の銃は反動がなく、近距離から狙いがつけやすい。どんなのろまでも、相手を完全に殺すことができる。

彼は調べを続けた。小さな窓がひとつ。頑丈な金属の網が張ってある。しかも、掛け金までかかっていた。これ以上の好都合はない。外の庭には、コンクリートブロックでできた高い塀がめぐらせてある。ここで何が起こっているか、近所の人間は誰も気づかないに違いない。

「うまくいきそうだ」彼は、半ばひとりごとのようにいった。「おまえたち二人はここにいろ。おれは上で待つ」

「何を待つの?」グレンが甲高い声で訊いた。「とにかく、何が目的なんだ?」彼は母親に近寄り、守るように片手を回した。

「おまえの父親を待っているんだ」ハウエルは冷たくいった。だんだんと二人に怒りを感じてきた。彼は自分の母親を思い出した。怒りっぽい、馬鹿な女だった。十七の頃には色白でかわいかったかもしれないが、その後は太って、小さな息子に泣きごとばかりいう生き物に成り果てた。親父が出ていったのも無理もない。グレンのような子供に、自慢の種があるというのは素晴らしいことだ。きれいで、頭がよくて、度胸もある母親。おれのおふくろだって、それなりに優しくなかったわけじゃない。だが、本当はもう覚えていなかった。母親が死んだとき、彼はまだ十歳だったのだ。

「夫に何の用があるの?」ミセス・コフリンが尋ねた。初めてその目に、むき出しの恐怖が浮かんだ。それを見ると少し落ち着かなくなった。同時に、彼女の自制心にもかかわらず、その防御を崩したことが嬉しくなる。

「本当に知りたいのか?」彼はあざけるようにいった。「知らないほうがいいかもしれないな。といっても、もう想像はついているだろうが」

「夫を殺すつもりね!」彼女は叫んで、妙に哀れを誘うしぐさで両手を握りしめた。「でも、どうして? わたしたちのことを知っているの? あなたは誰で、ビルがあなたに何をしたというの?」

「何もしていないさ、ミセス・コフリン、何もね。ただ、金をもらってやっているだけだ」

彼女は少しよろめき、グレンは彼をにらみつけた。これもまた気骨にあふれたことだった。この痩せっぽちの少年に、ジャックウサギを殺せるほどの力すらあるように見えなかったが。

「誰がお金を払ったというの——なぜ? ビルは生まれてこのかた、人を傷つけたことなんかないわ」

「口をつぐんでいることも、報酬の一部なんでね。あんたの夫もそうするべきだった。だが、そう深刻に考えることはない。おれは専門家だ。やつは何も感じることはないだろう」

彼女はハウエルを、たった今火星からやってきた男のように見た。異星から来た、話の通じない恐ろしい相手のように。

「わかったよ、ママ」グレンがかすれた声でいった。「裁判だ。パパが来週、証言することになっていたでしょう?」

彼女の顔に驚きの表情が浮かんだ。

「どうして? 正気を失った少年が、店員を撃ち殺しただけのことよ。人を脅迫するのは、大きな犯罪がかかわるときだけだわ……」

「おれは上にいる」ハウエルはいいすぎたのを恐れたかのように、不意に割って入った。「はっきりさせておこう。おれは仕事をしなくちゃならないし、何者にも止めさせない。おまえらは大人しくしていろ。とうてい手出しできるものじゃない。痛い目には遭わせたくないから、いい子にしているんだ。ガラスの割れる音や、人を呼ぶ声が聞こえたら、ここへ戻ってくる。さっきもいったように、手荒な真似はしたくないが、仕事のために必要とあらば躊躇はしない」彼は念を押すように、二人を順番に見た。それから、だしぬけにいった。「コフリンはいつ帰ってくる?」

冷たい沈黙の中、二人の目がハウエルと合った。彼は面白がるように肩をすくめた。

「そう怖がることはない。拷問にかけようっていうんじゃないからな。気長に待つさ」彼は一瞬、舌を見せた。「冷えたビールでもあればいいんだが」階段を上りかけて、彼は立ち止まった。「いいか、こいつは遊びじゃない。女子供じゃこいつには勝てないだろう」彼は銃を振ってみせた。「得意分野でプロと張り合おうなんて思うなよ」彼はそうつけ加えた。台所のドアが、その後ろで閉まった。

母子はしばらく、呆然とその場に立ち尽くしていた。それから、ミセス・コフリンが取り乱したようにグレンのほうを向いた。

「何か手を打たなくちゃ」彼女は小声でいった。「あの男はパパを殺そうとしているのよ、グレン、それを止めなくちゃ」

グレンの顔は、さまざまに入り混じった感情の見本だった。誇り、不安、優しさ、決意――そして希望。

「ああ、ママ、それはわかってるよ。でも、どうやって?」

「ここにいたって、助けを呼ぶ方法はあるはずよ。ジョンソンさんの家に伝えることができれば、警察に通報し、ビルが帰ってくる前に殺し屋をつかまえてもらうことができるわ」

グレンは落ち着かなげに身じろぎした。

「だけど、大声を出したらあいつが戻ってくるよ」

「そのつもりはないわ。別の手段を使うのよ。あなたはうちの科学者でしょう。いつだって名案を持っている――あなたが頼りなのよ、グレン」

一瞬、グレンは反論しそうになった。十二歳の子供にこれほど大きな期待をかけるなんて、彼女らしくなかった。こんなにも誇り高く、自信のあるママらしくない。けれど、気分が悪くなりそうなほど父親のことが心配で、しかも母親にいきなり重い責任を負わされたにもかかわらず、グレンは不意に誇らしく思った。ママのいう通りだ。女の人は科学があまり得意じゃない。何かを思いつけば、百パーセント協力してくれるだろう。でも、技術はぼくの問題だ。助けを呼ぶための合図を考えなくては。方法はあるはずだ。けれど、それは彼にかかっていた。

「やってみるよ、ママ。何か考え出そう。時間はどれくらいある?」

彼女は腕時計を見て、青ざめた。

「ビルは五時半には帰ってくるわ。もう四時よ。ああ、時間がないわ!」

グレンは母親を作業台のスツールのところへ連れていった。

「ここに座ってて、ママ。今のところ、ママにできることは何もないんだから。ぼくが何か考え出すから、任せておいて」

彼女はそれに従い、緊張したように背筋を伸ばしたまま椅子に座った。

「グレン――電話線は地下室を通っていないの？」

彼はぼんやりと部屋を見回した。

「通ってると思うけど。それが何かの役に立つ？」

「わからないけれど、電話線を切ったら、修理のために人が来るんじゃないかと思って」

「もちろん来るよ。でも、すぐには来ない。切断されたことがわかるまで時間がかかるから。それに、電話局の人が来ても助けにはならないよ。あいつはここへ隠れるだろう。誰が来たって同じさ。助けてくれるのは、ひそかに通報を受けた警察官だけだよ。わからないの？」

「そうね」彼女は力なくいった。「ちゃんと物事が考えられないみたい」

「そんなこといわないで。それもひとつのアイデアだよ。もっと頑張ろう。アイデアがたくさん出れば、どれかがうまくいく可能性が高くなる。パパは何も怪しまないだろう。いつものように家に帰ってきて――」母親の苦悩の表情に気づいて、グレンはすまなそうに言葉を切った。

「ごめんよ、ママ。そんなつもりじゃ――」彼はあわてて地下室を見回した。

「やつをここに呼び戻して、何かの罠が仕掛けられたら……」

母親は目を輝かせ、ぱっと立ち上がった。

「グレン、それよ！ 答えが見つかったじゃないの。二人でいい争いをして、わたしが叫ぶの。

そしてあいつが下りてきたら――」彼女は言葉を切った。希望はまた失われた。「それからどうすればいいの？　相手は銃を持っているし、どれほど注意深いかもわかっているわ」

「確かにね。でも、ぼくが階段の一番上で、棒のようなものを持っていれば――この鉄のパイプで――」彼はベンチから長さ二フィートの鉄パイプを取り、ぶんぶん音を立てて振り回した。幼い顔がこわばっている。

母親は黙ったまま、可能性を推し量っていた。さっきは衝動に任せていたが、今は論理的な冷静さが何より大事だった。ひとつ判断を間違えれば、夫ばかりでなく息子の命まで失うことになる。

「危険すぎるわ。それに、チャンスは一度きりよ。あの狭い階段で、有利な場所を確保することはできないわ。それに、一番上に立つのは無理よ。いいえ、グレン、それではうまくいかないわ」

彼はがっかりした顔になったが、反論はしなかった。ふたたび考え始める。

「ここでは、できることはあまりないよ」少年はこぼした。「ここにあるものを調べて、何ができるか考えてみよう。何かアイデアが浮かぶかもしれない」

「そうね」母親はため息をついた。「でも、早く――早くしてね。もう四時半だわ」

「ええと。少なくとも工具はたっぷりある。動力――電気は」彼はその場で凍りついた。「ママ――電気だよ！」ぽかんとしている母親に、彼はじれったそうにいった。「階段の一番上に何か仕掛けを作って、あいつが下りてきたら感電死するようにすればいいいんだ」

「そんなことができる?」彼女は訊いた。「うまくいくかしら?」

「わからない。直接触れたとしてもたったの百十ボルトだし、階段は乾いている。ぼくも何度も感電したことがあるけど、そう大したことじゃない」

「階段を濡らすのは簡単だわ」彼女はいった。「あそこにバケツがあるし、水は流しにある。それはわたしに任せて」

「針金が十分にあるかな?」グレンはつぶやきながらベンチに向かった。「たぶん、このかたまりを全部つなぎ合わせれば」しかし、彼はそこに立ったままぐずぐずしていた。母親が優しくいった。「うまくいかないのね、グレン?」

「そう思うよ、ママ。あそこにひとつループを作るだけで、ものすごく急いで作業しなくちゃならない。水に気づいたら、あいつは怪しむだろう。感電したとしても、気絶するほどじゃないと思う」その顔が少し明るくなった。「もちろん、銃を落とすかもしれない。それをつかめば……」

「駄目よ」母親がきっぱりといった。「欠点が多すぎるわ。一度きりの試みを失敗するわけにはいかないのよ。二度とチャンスはないのだから。あの男は冷酷な殺し屋なのよ」白い歯が下唇を嚙んだ。「わかったわ」彼女は厳しい声でいった。「感電死させるのは無理ね。電流で、何とかして合図を送れない?」

「本線に仕掛けをすれば、近所のテレビやラジオに電波障害を起こすことができる。でも、それがここから来ているとはわからないだろう」

「信号を送るのは——モールス信号とか——?」

彼は顔を曇らせた。

「モールス信号は知らないんだ、ママ。サム・クリングがいれば……あいつはアマチュア無線家だから……でも、ぼくが知っているのはロケットのことだけだ。ごめんね、ママ」

彼女は細い肩をつかんだ。「ロケットは？　あれは爆発するんじゃない？　それで合図を送れないかしら？　それとも、それであの男を吹き飛ばすとか」

グレンは首を振った。

「パパがロケットの燃料をここに持ち込ませてくれないことは知ってるでしょう。火災保険のことがあるからって。それに、完成されたロケットもないし」彼はまたしても地下室を歩き回り、まだ気づいていないことを探そうとした。ウォーリー・バレットの家にある黒色火薬がうらやましかった。あれがあったら、階上の男にすごく不快な驚きを与えられるのに。それから、彼の目はメインスイッチの上の台所用マッチをとらえた。停電になったとき、暗闇の中でヒューズを交換するのに使っているものだ。一瞬見過ごしそうになってから、彼はぎくりとした。

「ママ！」彼は叫んだ。「ひょっとして、爆発させられるものがあるかもしれない」

母親は急いでやってきた。彼はマッチ箱を開け、中身を見せた。先端が青い、太いマッチが半分ほど入っている。

「ただのマッチじゃないの、グレン」彼女は明らかにがっかりしていた。「何かの役に立つの？」

「きっとびっくりするよ」彼は熱心に反論した。「これでロケットを作る子供たちもいるんだ。やんちゃな連中がね。マッチの頭が数本あれば、金属のボルトで窓を割り、コンクリートを削ることができるって知ってた？」

母親は小さな手を握り締めた。

「それで爆弾が作れるというの？」

グレンはじれったそうにかぶりを振った。「そうはいかないんだ。それに、運がよくなければ、適切なタイミングで爆発させることはできない。別の角度から考えなくちゃ。いい、ママ、ぼくはボルトが窓を割るのを見た。本当に遠くまで飛ぶんだ」

彼女は息子の身体を熱心に揺さぶった。

「それよ、グレン。何か重いもので窓を割り、隣の家に投げ込めば、きっと様子を見にくるわ」

「いい考えだ――ううん、うまくいかないよ。もし一発目で成功したとしても、隣の人がたまたまこっちを見ていない限り、ここから来たとは気づかないだろう。やつはすぐに飛んでくるだろうし。しかも、隣の人は警察に通報しようなんて思わないよ。あのレディ・グリーンおばあちゃんは――人殺しだって叫びながら、自分でここへ来るだろうね。そうすれば、ぼくらの仲間入りだ」

「でも、グレン」母親は泣き声でいった。「時間がないわ。何かやってみなくちゃ」

「もっといい手がある」グレンは真面目にいった。「代わりに、あいつを撃つんだ」彼は鉄パイプを取り上げた。「ちょうど銃身になる。これを」と、母親にポケットナイフを渡す。「マッチの頭を切り取ってほしいんだ。頭だけで、木片は最小限にして。その調子」彼女はすでに落ち着いた手つきで先端だけを切り取っていた。

グレンは葉巻の箱をひっくり返して、さまざまな金属片を取り出した。それぞれを代わる代わるパイプの口に当て、一番合いそうなものを選り分ける。彼は額にしわを寄せて考えていた。

「ショットガンにたくさんの小さな破片を詰め込んだほうがいいのか、大きいのをきつく詰めたほうがいいのかわからない」

「どっちが確実?」母親は手を止めずに尋ねた。マッチの頭の山が、急速にできていく。

「わからないよ。問題は、パイプに詰めるのがゆるいと、爆発しても素通りしてしまって、相手にあまりダメージを与えられないかもしれない——ほんの切り傷程度になるかも。ぴったりと合う、重い鉄がひとつあれば、大きな威力が期待できる。さっきいったボルトを飛ばすには、マッチの頭が五本分あれば十分だ——たった五本だよ。それで、二百フィート飛ぶのは間違いない」

「目を撃てるかもしれないわ」彼女は唇を引き締め、いった。「パイプで狙える?」

「簡単だよ。問題は、いいタイミングで発射できるかどうかだ。でも、それは後で考えよう」

「後で」彼女はうめくようにいった。「グレン! もう五時十分なのよ。急がなくちゃ」

「ほら。マッチの頭はもう十分だ」彼は青いかけらをたっぷりとパイプの口に詰めた。片方の口を、重い蓋でふさぐ。金属の山から、彼は直径一インチ近い、ぴかぴかのスチールのボールベアリングを選んだ。それを爆発物の上に落とす。

「ゆるそうに見えるわ」ミセス・コフリンが心配そうにいった。

「そうだね。小さすぎる。布でくるんでみるよ。マスケット銃を撃つときはそうするんだ」彼が動く前に、母親はブラウスを割いて差し出した。彼はパイプを傾けてベアリングをまた取り出し、布で巻いた後、鉄の棒で無理に押し込んだ。猛烈な速さで作業しながら、彼はパイプをベンチの上の万力に置き、開いた口が階段の上にある台所のドアをまっすぐ向くように回転させた。錆びついた金属に沿って注意深く照準を合わせ、部品をしっかりと留めて、万力の取っ手に全体重をかける。

「どうやって発射させるの？」

「わからない」彼は上の空で答えた。「閉じた端を熱するか何かするんだ」

「でも、あの男が見れば、それと察するわ。マッチでパイプをあぶるのを待ってはいないでしょう」

「わかってるよ、ママ――わかってる。でも、どうすればいい？」

「電気は？」

「それはもう考えたよ。でも、閉じたほうに針金を通すことはできないし、前は弾でふさがっている――きっちりと詰め込まれているんだ」彼は熱心にベンチの上の工具類を見た。不意にその手が伸び、何かをつかむ。母親にはそれが何なのかわからなかった。

「それは何？」

「はんだごてさ。これならうまくいくかもしれないよ、ママ。今のうちにプラグを差し込んでおいて、先端が本当に熱くなってから、パイプの端に当てれば――発射するだろう。ほかに方法はない。それに、これ以上ぐずぐずしている暇はないんだ。そろそろパパが帰ってくる」

「いつ帰ってきてもおかしくないわ」彼女は明らかに鼻声でいった。

「すぐに熱くなるよ。パイプにぼろ布をかぶせて、先だけ少し出しておこう」彼は注意深く布をかぶせ、小さなテントのような膨らみにパイプの口まで隠した。それから指を濡らし、慎重にはんだごての先に触れた。「もう温まっている」彼は母親を励ますようにいった。

「今からあいつを呼ぶ?」

「まだだよ。できるだけ熱くしておいたほうがいい。パイプはかなり分厚い。チャンスは一度きりだ。それはわかっているでしょう、ママ」

彼女は両手を絞った。

「でも、ビルは今にも帰ってくるわ。そうなったら手遅れよ」彼女は見るからに努力して、冷静に話そうとしているようだった。「あなたは正しいわ、グレン。成功させなければならないのだから、わたしが急がせてはいけないわね。ビルは五時半ごろに帰るといっていたけれど、五時半きっかりということじゃないわ。十分か十五分くらい、遅れるかもしれない」

グレンはまた試した。「もう十分熱くなったと思う。あいつを呼んで」

「それよりもいい方法があるわ」彼女はヒステリーを起こしたように叫んだ。顎の筋肉を引き締め、深く息を吸う。グレンはこれまで、母親が笑ったり泣いたりするのを見たことはある。だが、悲鳴をあげるのは見たことがなかった。互いに予想もしていなかった大きな叫び声は、まるで助けを求めるようだった。

頭上であわただしい足音がして、ドアが勢いよく開いた。ハウエルがそこに立ち、二人をにらみつける。覆面に隠れていても、その顔が怒りに満ちているのがわかった。

「大人しくしてろ」彼はきしるような声でいった。「戸口にいるコフリンに警告しようとしていたなら、タイミングが悪かったな。まだ帰っちゃいない。どっちにしろ馬鹿げたことだ。やつがあんたの悲鳴を聞いたら、どうすると思う？　教えてやろう——何があったのかと、すぐさま家に飛び込んでくるだろう。まっすぐにここへな！」彼は銃を振った。「だが、こんなことはもうやめるんだな。大人しくいうことを聞いたほうがいい、奥さん。さて——」覆面の奥で目を光らせながら、彼は階段の二段目で立ち止まり、不意に疑わしげに二人を見た。

「いったい何の真似だ？　二人して何か企んでいるようだな。おれにはわかる」

パイプの大部分を覆い隠している布の下では、グレンがほとんどわからないくらいの動きで、右手でにわか作りの先詰め砲の底部にはんだごての先をしっかりと押しつけていた。マッチの頭は爆発物だ。不規則で、扱いにくいが、強力だ。そして、細かい金属片の代わりに彼が選んだ金属の弾は——古いマスケット銃で、近距離から人を殺すのに使うものに似ていた。どうか、マッチの頭が乾いていて、引火しやすくなっていますように……。

しかし、何も起こらなかった。そして、殺し屋はゆっくりと最後の段を下りた。銃を手に、左右と足元を見る。何かがおかしいことに気づき、罠を探して、あらゆる動きに気を配る……。

「おい、おまえ」彼はグレンに鋭くいった。「ベンチの上にあるのは何だ？」口が動き続ける。「何か合図を送ろうとしているのか？　おまえのような利口ながきを、工具と一緒に置いておくのは間違っていたようだな。そこをどけ——おれが見てやる」

グレンはためらった。やがて、憎むべき相手が近づいてくると、はんだごてから手を離して後ずさった。ミセス・コフリンはとうとう耐えきれなくなり、すすり泣きを始めた。

ハウエルは用心深くベンチに近づいた。ぼろ布に手を伸ばしたときには、それが近所に合図を送り、助けを呼ぶための装置だと完全に思い込んでいた。より直接的で、攻撃的で、そして原始的なものが隠れているとは思いも寄らなかった。

ゆったりと覆った布に手が触れたとき、乾いた爆発音がした。音は驚くほど低かったが、鞭《むち》のような響きが耳に突き刺さった。ほぼ同時に、グレンと母親は、どすっという鈍い音を聞き、続いて痛みにあえぐ声を聞いた。殺し屋は片手を腹に当て、よろめいた。ふさいでもふさぎきれない、泡立つ傷口の大きさを見たとき、ミセス・コフリンは尻込みした。銃が音を立ててコンクリートの床に落ち、直後に男が、脱ぎ捨てられた服のようにその上に崩れ落ちた。

母親が彼に駆け寄った。金のために自分の家庭をめちゃめちゃにしようとした殺し屋のことが、急に心配になったのだ。ハウエルは淡い色の目を開け、悲しげに首を振ってささやいた。「プロと張り合うなといったが――とんだお笑い種だ。ここじゃ、あんたの息子のほうがプロだった。いったい何で撃った？　大砲か？」

まだナイフのように尖った声で、彼女はいった。「パイプにマッチの頭から採った火薬を詰めて、スチールのボールを弾にしたの。た――ただのマッチの頭よ」それから、もっと大事なことに気づき、激しく問い詰めた。「誰にお金をもらったの？」ミセス・コフリンはそういいながら、動脈から恐ろしい泉のように湧き出る血を止めようと虚しく努力した。重いベアリングは、腹腔にまで達していた。「お願い、知らなきゃならないの。また同じことが起こるわ」

「黙ってる理由があるか?」男はつぶやいた。「おれはもう引退だ。何も隠すことはない。あんたの夫が見たがきは、老人を殺した。もちろん、そいつはただのごろつきだが、たまたまダニー・パルドーの甥だったわけだ――そして、ダニーはこの町の麻薬取引の大物だ。女ってやつは!」彼はあえぐように、無関係にも思える言葉をつぶやいた。「ミスター・大物の女房が、そのがきを助けてくれと騒ぎ立て、犯罪の帝王パルドーは――自分の女房が怖かったってわけさ。そこで、おれを雇って証人を消そうとした」彼は目を閉じ、ごくかすかな声で、どこか不思議そうにいった。「おふくろ、帰ってきてくれたんだな……おふくろ、とても嬉しいよ……」それから、男は死んだ。

グレンはベンチのそばに立っていた。

「はんだごてだ」彼はいった。「あいつが来たとき、パイプに立てかけたままにしておいたんだ。それがマッチの頭を熱し続け、爆発した。これ以上ないタイミングだった――そしてたまたま、あいつがパイプの正面に来たとき」彼は死んだ男をちらっと見て、それから目をそむけた。「ボールベアリングが恐ろしい銃弾になった」

「ただの偶然じゃないわ」母親は震えながらいった。「あなたの武器はとてもよくできていた。ああ、グレン――これまで気が遠くなったことなんか一度もなかったけれど……」彼女は息子を抱いた。彼は激しく震えていた。頭上で、明るい声がした。「ルース、今帰ったぞ。みんな、どこにいるんだ?」

互いの身体をしっかり抱いたまま、母と息子はゆっくりと階段を上り始めた。

絶望の穴

白須清美訳

ウェアリング医師は、古い炭鉱穴に突き落とされて十秒で死ぬはずだった。彼は死を覚悟し、なぜこんなに時間がかかるのかと不思議に思った。真っ暗な底が近づくにつれ、徐々に光が失われていくのまでもが見て取れた。

奇妙なことに、叫ぼうという気は起こらなかった。代わりに、他人に話しかけるように冷静に自分に話しかけた。もう駄目だ。これでおしまいだ。

先週の豪雨が彼の命を救った。雨のために半ば液状になった泥が、縦穴の底に厚く堆積していたのだ。ぴしゃっと音を立てて落ちた彼は、息が止まったような気がしたが、ひょろ長い手足は柔らかい泥に受け止められて、骨ひとつ折れていなかった。だが、数ポンドの軟泥を顔から取り去るまでは、もう少しで窒息するところだった。

続いて、最初に浮かんだ考えは叫び声をあげることだった。ランキンに助けを求めるのだ。そうしようとしたが、強打した胸からはかすかにぜいぜいいう音しか出なかった。明らかに落下のショックで、肺と横隔膜が一時的にうまく機能しなくなったようだ。

ウェアリングが六回深呼吸をすると、腹部のひどい痛みは薄れた。だが、彼は叫ばなかった。なぜなら頭も回転を始めたからだ。今では改めて、恐ろしい事実に気づいていた。ランキンが彼を突き落としたのだ。同僚で、同じ外科医仲間が、彼を殺そうとした。事実、彼を子羊のように肉屋に引き渡したのだ。狩猟をしようと廃坑に誘ったのはランキンだった。ウェアリングが地質をチェックせずにいられないことを、彼はよく知っていた。炭鉱は、地層を調べ、化石を見つけるのにうってつけだった。

だが、なぜ？　なぜだ？　なぜランキン医師がわたしを殺したがる？

その瞬間、死が二度目にそばをよぎった。危ないところだった。何か重いものがひゅっと音を立てて彼の肩をかすめ、足元の泥に落ちた。今では瞳孔が広がり、暗闇の中でも少し目がきくようになっていた彼は、その形を見て取った。それは彼の銃だった。猟銃に作り変えた三〇 - 〇六弾用銃で、今は泥の中に深く突き刺さっている。明らかに、ランキンは彼が死んだものと思って、後から銃を投げ込んだのだろう。行方不明か、あるいは事故に見せかけるとすれば、犯人はすぐに見つかるような場所に銃を置いておきたくないに違いない。

そう、ランキンは間違っていた。死ぬどころか怪我ひとつしていない。ここを出たら、話を聞かせてもらわなければ。ランキンはひどく驚くだろう。犠牲者が生きて戻ってくるとは思うまい。底が見えなかったので、泥に気づかなかったのだ。泥が積もっていたとしても、あたり一面には尖った枯れ枝や錆びた鉄くずが散らばっていた。もしウェアリングが、そのうちのひとつに当たっていたら……。

彼ははるか頭上に広がる、円い光を見上げた。穴の深さは百五十フィート。それでロープが持ち込まれていたのだろう――ロープ！　ウェアリングは泥の中を手探りした。肩の上にひと巻きのロープが見つかり、今ではロープはまさに命綱だった。ああ！　あったぞ。隅のほうに。ますますランキンの分が悪くなった。大事を取って、運び出しておくべきだったな。

もう一度、穴の口を見上げたウェアリングは、不意にぞっとした。すでに穴の底にいる人間にとって、ロープが何の役に立つ？　ロープはここではなく上にあって、それを下ろしてくれる、がっしりした仲間がいなくては意味がない。

九死に一生を得たことで高ぶっていた気持ちは、徐々に沈んでいった。ここから出られなければ、結局はランキンの勝ちだ。早い死と遅い死に、どんな違いがあるだろうか？　死体が発見されるとしても数年後のことになるか、殺人者が事故として罪を免れるかのどちらかだ。ひとりが鹿を追い、もうひとりが炭鉱を探検していて、離れ離れになったと主張することだってできる。そしてランキンは、同僚に何が起こったかを知るすべがなかったと。簡単なことだ。人々は評判のいい医師を尊敬し、犯罪者とは思わない。入院患者への接し方を見れば、ランキンは耳の聞こえない鳥を高い木の上から呼び寄せることだってできるだろう。彼は腕のいい医者だ。そうでなければ、毎年新しいリンカーンを買うことができるだろうか——それに、ベルエアの家も——それから、ニューポートに停泊する大きなクルーザーも？

ウェアリングはここで考えごとをやめた。そんな時間はない。暗くなる前にここを脱出しなければならないのだ。明るい中でも、難しいことに変わりはないが。

彼はライターをつけて、縦穴の壁を調べた。だが、ライターもできるだけ節約しなければならない。あまり元気づけられるものは見当たらなかった。周囲は切り立った岩で、じめじめして滑りやすかった。間違いなく、炭鉱ではバケツのようなものを上下させていたと思われる。だが、それを走らせる縦のレールは見つからなかった。それらは木でできていて、とっくに腐ってしまったに違いない。あちこちに、さまざまな高さの木や腐食した金属が突き出していたが、てっぺんまで上れそうなものはひとつもなかった。

ウェアリングは動悸が早まるのを感じ、パニックに陥る寸前なのに気づいた。そうなるわけにはいかない。それは罠そのものよりも恐ろしいことだ。震える手で煙草に火をつけ、冷たい壁にもたれて座り、じっくりと考えようとした。

何から手をつければいい？　彼は自問しながらポケットを探った。泥に浮かぶ、よく乾いた木片の上に、その中身を乗せる。硬貨、煙草、ライター、ハンカチ、小型ナイフ、一ダースのライフルの弾、財布。そして、一番大きなポケットには銃の清掃キット。それにもちろん、ひと巻きのロープと銃があった。

彼はその山を見ながら、失望をつのらせた。この中に、使えるものはひとつもない。たとえば、財布が何の役に立つ？　金を出したって、こんなところからは出られない。中を探ると、短くなった鉛筆が転がり出た。ぼんやりとそれを拾い、目を細める。少なくとも、ランキンを懲らしめることはできる――やつをガス室へ送ることは。メモを残し、どのようにして同僚が殺人を企てたかを知らせてやる。それは効果があるだろう――そうだろうか？　動機は何だ？

こうして内省することで貴重な時間を無駄にしているのはわかっていたが、止めることはできなかった。ここの空気は決していいものではなかった。二酸化炭素が充満しているのだろう。それに、あまり力も出ない。それでも、なぜランキンが彼を殺したいのかという謎は、罠そのものよりも大事なことに思えた。

とりとめのない記憶がよみがえってきた。ファリア司祭の説明が行われる『モンテ・クリスト伯』の有名なシーンでは、ダンテス自身の口から出た事実によって、イフ城に彼を閉じ込めた邪悪な動機が明らかになる。ウェアリングも同じ手法を使うことにした。

心当たりと呼べるものがあるとすれば、ひとつしかなかった。二週間前、ウェアリングは週末の予定を早めに切り上げ、前触れなしに夜遅くオフィスに立ち寄った。そこで、ランキンが続き部屋のひとつで仕事をしているのを見つけたのだ。急患で同僚が呼ばれたのだろうと、ウェアリングは音を立てずにドアのところで立ち止まり、ほんの少しドアを開けて覗いてみた。ランキンがマスクをつけ、手術台の上でシーツをかけた患者を手術している。助手を務めているのは、ウェアリングの知らない看護婦だった。すぐに彼は顔を引っ込めた。こんなときに同僚の邪魔をするのは、気のきいたこととはいえない。それに、ランキンに手伝ってくれといわれても、ウェアリングは疲れていた。ところが、ドアを閉める直前、二つのことが起こった。看護婦が彼を見て、息をのんだ。そして手術台の上の女性が、こう叫んだ。「ウェアリング先生、とても痛むんです……」

今思えば、自分がどんなに無知だったかがわかる。それをランキンに話したことで、ひどくまずいところを見られたという看護婦の言葉を裏づけてしまったのだ。同僚は何気なく、もっともらしい説明をして、ウェアリングは何の疑いも持たずにそれを信じた。今、炭鉱の上から突き落とされて、新たな光が見えてきた。ランキンは明らかに、違法な手術をしていたのだ——それも、リンカーンやその他の高価なおもちゃを次々と購入していることを考えれば、これが初めてではないのだろう。さらに悪いのは、彼は顔を隠し、信用できる共犯者——看護婦——と口裏を合わせ、自らをウェアリングと名乗っていた。それを見られたら、相棒を殺さなければならないと思うのは当然だ。くそっ、あの男はウェアリングが刑務所に入るのを恐れて行方をくらませたとさえいうかもしれない。女たちは、治療を行ったのはランキンではなく彼だというだろう。そう考えると、彼は怒り心頭だった。

もう一度、ポケットから出した品物を調べた。この罠を脱する方法がどこかにあるはずだ。いずれにせよ、てっぺんに達するだけの長さのロープはある。あとはそれを届かせるだけだ。

彼は泥たまりの向こうの乾いた場所を探り、少なくとも四オンスの重さがある錆びた鉄のボルトを見つけた。ロープの端にそれを結びつけ、試しに何度か投げ上げてみる。軽すぎる。ボルトは紐——十分細いものだったが——を数フィート持ち上げたが、すぐに失速してしまった。

別の錆びた金属を見つけ、二つで半ポンド以上の重さにすると、もう一度やってみた。だが、錘が二十フィートも運ばないうちに、ロープがからまってしまった。これでは駄目だ。

ウェアリングはしばらく考え、問題点を見つけようとした。金属の錘で上昇させるときに、ロープがからまらないような巻き方をしなくてはならない。いくつかの巻き方を考案した後、互い違いに——八の字のように——巻けば、からまらないことがわかった。だが、はるか頭上で光る円まで届かせるだけの強力な投げ方となると、滑稽なほど力が足りなかった。ボールを弧を描いて数百フィート投げることはできても、狭い縦穴の底からまっすぐ上に投げるのとはまったく違う。メジャーリーグ一の外野手でも無理だろう。ウェアリングはそう断言できた。

絶望感でいっぱいになりながら、医師はふたたび腰を下ろした。時計を見る。あと三時間は日が出ているだろう。その後はライターの明かりだけが頼りだが、それも長くはもつまい。明日になればまた太陽が昇る——予報された嵐がやってきて、彼をここでネズミのように溺れさせない限りは——だが、食べ物なしでもう一日過ごすことになる。百五十フィートのロープをよじ登るだけの体力は必要だ。そう、この三時間のうちにやるしかない。もちろん、ランキンが去った今、大声を出すこともできる。だが、古い炭鉱を訪れる人々は怯えるだけだろう。この季節ならなおさらだ。

暗い気持ちで、ウェアリングは泥の中からライフルを取り上げ、ハンカチで銃床を拭いた。銃の機構はまだきれいで、油で光っていた。

ふと、希望が見えてきた。銃が動力になる。その力を使って、自分を救うことができないだろうか？

彼は銃口にロープを一フィートほど詰め込むことを考え、それから自分の愚かさにぞっとした。銃口をふさいで発砲すれば、間違いなく銃は暴発し、顔が吹っ飛ぶだろう。それは駄目だ。あの悪魔のような連中が手榴弾を飛ばすのにライフルを使いながら、銃が暴発しなかったのはなぜだろう？　彼は頭を絞って思い出そうとした。朝鮮に行ったのは遠い昔のことだったし、しかも兵士としてではなかった。医者は兵器の専門家にはなれない。それでも、彼は常に好奇心旺盛で、観察力もあった。

ひとつのアイデアが浮かんだ。手榴弾の真ん中に穴を開けて、そこに弾を通す。すると、発砲の勢いで投げることができる。それとも、これは使い古された、陳腐な手なのだろうか？

ウェアリングは曖昧な記憶がもどかしかった。何とかして、自分で考え出さなければならない。銃身に何かが入っている状態で銃を撃つことはできない。だが、最後の四分の一インチなら……しかし、うまくいかないのはわかっていた。ロープにつけた小さな錘や、その他どんな錘であっても、十分な重さは得られない。銃口の奥に、ぴったりとはまる何かがなければ――あの銃榴弾には、数インチの長さの軸がついていた。そうだ、思い出した。

そのとき、頭の中で電球がつくように、解決法が浮かんだ。空包だ。丈夫で強力な空包――それなら使える。彼は木片の上に積んでおいた薬莢《やっきょう》からひとつを取ると、小型ナイフで忙しく作業した。軟弾頭を外すのはわけのないことで、彼はその後に小さく丸めた紙を詰め込んだ――財布に入っていたクレジットカードをちぎったのだ。

だが、これは解決策の一部にすぎなかった。どうやってこれにロープを結びつける？　彼はまた地面を探し始めた。錆びたボルトが数本見つかったが、銃口には大きすぎる。ここまできて、失敗するわけにはいかない。

それから彼の目は、小さな清掃キットに留まった。そうだ、接続式の真鍮の棒があった。ぴったりと合うに決まっている。彼は部品を取り出し、最初の二本だけをつないで、長さ七インチの軸を作った。その先にしっかりとロープを結びつけ、もう一度八の字の束にすると、空包を詰めた。

ウェアリングは銃床を木片にしっかり押しつけ、銃口を縦穴の入口に向けて、声に出さずに祈ってから撃った。

狭い空間の中で、銃声は耳をつんざくようだった。棒は紐をつけたまま三十フィートほど上昇し、そこでよろめき、ためらい、それから落ちてきた。

ウェアリングは大げさに悪態をついた。粘り強さをおびやかす獰猛さで、ののしりの言葉を吐く。今度は何が悪いというんだ？　時間がなくなっていく。彼は冷静に分析しようとした。第一に、棒の重さが足りないのだろう。あれだけのロープを運ぶには、もっと重くなければ。よし、それにいくつかボルトを結びつけよう。それから、たぶん――もしかしたら――空包の力も足りないのかもしれない。それはどうやって修正すればいい？

ウェアリングにはわかっていた。二つの薬莢を開けて、火薬を二倍にするのだ。それから新しい錘で、もう一度やってみた。今度はもう少しで成功するところだった。ロープは素晴らしく飛び、穴の入口のすぐ下まで届いた。勝利は近いとウェアリングは思った。

重さがちょうどいいとすれば、火薬を増やせということだ。今回は三つの薬莢を使った。銃声は信じがたいほど大きく、優れた三〇‐〇六弾用銃の機構でも強度に限界があり、二度と撃てないだろうということがわかった。

だが、その必要はないことに気づいて、彼は喜んだ。錘をつけた棒は縁をはるかに越え、ロープの端を引いてみると、ほんの数ヤードたぐったところで止まった。縦穴の外のどこかに、金属のかたまりがしっかりと引っかかっているのだろう。あとはそれを登るだけだ。その後で、ランキンに罰を受けさせてやる。ウェアリングは長い、骨の折れる上昇を始めた。縁にたどり着いたのは、ちょうど日が落ちる頃だった。

犬と頭は使いよう

白須清美訳

手紙を書き忘れたといって思いがけず帰宅したセルマおばは、レスター・ビッグが犬のレックスを蹴りつけている現場を見てしまった。それが命取りだった。

普段は機転がきいてずる賢く、ものに動じないレスターだったが、驚きのあまりめったにやらないへまをしてしまった。「これはこれは、本当にすみません、セルマおばさん」彼は謝った。「今まで、こんな真似はしたことがないんです――レックスのことは大好きですからね――だけど、急に機嫌を損ねて、噛みつこうとしたもので。たぶん病気だと思いますよ」ふたたび頭が回り始めた。もうろくした女の気をそらせ、けだものの健康に注意を向けさせよう。「ヴォーマー先生に電話しましょうか?」彼は心から気づかうようにいった。

「ふん!」セルマは彼をにらみつけた。彼女はレックスに何の幻想も抱いていなかった。この犬がコリー、エアデール、スパニエル、さらには名も知らぬイヌ科の祖先の雑種とは知らなかったかもしれないが、その性格はよく心得ていた。レックスは、フェンスを隔てた安全な場所から自分より小さい犬に吠えたり、子猫にうなりながら迫ったりするかもしれないが、ホットチョコレートに触れてみるほどの勇気も意志も持ち合わせていなかった。

そこで、おばは何もいわなかった。それは彼女流の〝怒り心頭〟の表現で、レスターは自分が深刻なトラブルに陥っていることに気づいた。三日間、彼女はほとんど口をきかず、それから厳粛に彼を書斎に呼びつけ、恐ろしい知らせを伝えた。

「わたしは長いこと、おまえがかわいそうなレックスを憎み、ひどい目に遭わせてきたんじゃないかと思っていたわ」彼女は冷ややかにいった。「今、それを確信したところよ。いいこと、おまえはもう、わたしの相続人じゃありませんからね」

レスターは息をのみ、薄汚れた石膏のような顔色になった。

「とはいえ、月に五千ドルの手当てを受け取れるようにしてあげるわ」

ここでレスターは、造語でいえば息を戻した。それだけの定期収入があれば、数百万ドルの財産に比べても悪くない。「ただし」おばは怖い目で彼を見ながら続けた。「レックスが生きている間の話よ」またしても息をのんだ甥は、喉仏を痛めそうになった。「もしあの子が死んだら、わたしの全財産はUGG - WOOFに行くことになるわ」

「な、何ですって?」何事にも冷静に対処するという評判を忘れ、レスターはあわてていった。

「UGG - WOOF。〈古き友人の幸福を考える男女の会〉よ。調べたところでは、人道的な財団ではここが一番だとわかったの――といっても、あなたには関係のないことだけど。わたしが先に死んだら、レックスはあなたが全責任を持つことになるわ。そうでなければ、前からの条件通り、このままここに住んでいて結構よ。でも、あと一度でもあの子をひどい目に遭わせたら――!」

レスターの頭はふたたび回転し始めた。巨大コンピューターのような速さと正確さで、あらゆる角度から検討し、最良の手を考え出す。最初に浮かんだのは、老犬を引き取り次第、別の犬とすり替えるというものだった。そうすれば、五十年は生かすことができる。それに目をつけたり、確かめたりするやつがいるか?

「どんな手を考えているか知らないけど」セルマおばは、彼の考えはお見通しだとばかりにいった。「UGG-WOOFの代理人が、あなたの総合監視者になるわ。あなたがわたしの遺志に反するようなことをしているのが見つかれば、彼らの組織に大金が入ることになっているの。だから、気をつけたほうがいいわよ、レスター。レックスをできるだけ大事にして、手に入る限りの収入を楽しむことね」

その必要が出てくることを、彼女はまるで予言したかのようだった。事実、セルマおばはそれからわずか八カ月後に旅立っていった——よりよい場所と確信する世界へ。やがてレックスも彼女のもとへ来るだろう。役に立たない甥を見限って。

レスターは、新たな生活がいくつかの点で苦痛なことに気づいた。月々五千ドルは悪くない。これまでの二百ドルの小遣いに比べたら大きな飛躍だ。だが彼は、セルマおばがわざとこれほどの大金にして、最後にやってくる、避けられない喪失をより強く思い知らせるつもりなのだとわかっていた。レックスはもうすぐ十四歳になる。そして、いわば大金をもたらしてくれる列車は、乗客が特別列車の席に座らないうちに走るのをやめてしまうに違いない。

そこには細かい不満があった。一流の犬の散歩業者を雇って、退屈な仕事を軽減するわけにもいかない。やつらは保険をかけているものだから、職員のひとりが綱を離し、レックスが車の前に飛び出したとしてもさほど影響はない。だが、レスターにとっては明らかに破滅を意味していた。そこで、彼は新進女優のグロリア・グリーサムを置いて、いまいましい犬を散歩させなければならなかった。グロリアでなければジー・ジー・ホルコムかドードー・ドリーミーを。

さらに、レックスが咳やくしゃみをしたり、サーロインステーキの夕食をついばむように食べたりしたときも、レスターはもうおしまいかと不安になった。事実、やきもきするあまり自分がウィルスに感染してしまい、ありとあらゆる注射を打たれるはめになった。それらはどれも高価な新薬だったが、ウィルスには蒸留水ほどの効果しかなかった。

だが、彼は病院で、去年の雑誌の中にある記事を見つけて興奮した。彼はその記事を破り取った。レスターの正体不明のウィルスで医者が搾り取った金があれば、出版社を買収してもう一部刷らせることができるだろうと意地悪く考えながら。ぼろぼろの記事を手に総合病院を訪ね、彼はかつてのクラスメートを探した。今では、ある意味冷血だが、腕のいい外科医になっている。

クレイグ医師は、病んだ器官は驚きと神秘と挑戦の詰まった宝物だと考える類の男だった。それは厄介な人間、すなわち患者の健康な組織に閉じ込められ、ふさがれ、搾取されている。本当に興味深い部分に到達するには、骨の折れるような状況でそれを切り裂かなければならない。腫瘍その他の楽しみを発見し、切り取ってはいけない理由があるだろうか？

彼は一種冷ややかな愛情を込めて、レスターを迎えた。二人はきわめてよく似ており、どちらも一攫千金を狙っていて、大学ではペアを組んでそれを追い求めていた。

レスターは自分の奇妙な遺産相続について、手短に、明快に説明した。クレイグはこわばった笑みを浮かべ、友人の怒りに理解を示しながらも、セルマおばの策士としての才能をほめたたえた。

「そんなとき、これを見たんだ」レスターは記事を見せながらいった。「どう思う、トム？　きみにこの手術が再現できるか？」

外科医は口笛を吹いた。中心を飾るイラストは、生きている犬の頭部で、意識もはっきりしているようだ。だが、それは完全に動物の胴体から切り離されていた。

「そう訊かれるとは奇遇だな」クレイグはゆっくりといった。「前々から、このような手術をやってみたかったんだ。事実、去年許可申請をして下りている。知っての通り、ぼくは実験生理学の専門家だからね」

「やってみてくれ」レスターはいった。「費用は全額支払う。レックスはもう長くない。だから失敗しても、失うものは何もないんだ」

「だが、動物愛護協会が抗議するぞ」医師が指摘した。「仮に生きていても、犬の頭は犬全体とは違う」

「だったら裁判沙汰にでもするといい」彼の答えはそれだった。「大金を払って雇った弁護士が、問題――何をもって犬が生きているというか――を混乱させられないとすれば、ぼくは法律家の仕事をわかっていないことになる。最高裁まで二十年は争うことができるだろう。その間、月に五千ドルが入るんだ。ちなみに無税で」

「それでも、頭が永遠に生きるわけじゃない」

「ああ」レスターはにやりとしていった。「しかし、犬一匹をすり替えるより、頭だけを調達するほうがずっと簡単だ。頭だけでは、さほど証明できるものがないからな。レックスの行動パターンを見せることができないし、それをいったら彼がレックスであることも証明できないだろう？　頭だけではね！　立証責任はそこにあるんじゃないか？」

「きみには頭が下がるよ、レスター」クレイグ医師はいった。「楽して世の中を渡っていける。ひとつやってみよう」

「いいぞ」レスターは熱心にいった。「来週、UGG-WOOFから、愛想のいい男が来ることになっている。動物好きなのかもしれないが、ぼくにはまるで、仕事ほしさに今にも死にそうな九十歳の老人を見張っている葬儀屋を思わせるよ。レックスの尻尾が——首から断ち切られているのを見たときの、やつの顔が楽しみだ！」

「非常に難しい大手術だ。あっさり失敗するかもしれないが、最大限の努力をしてみる。知っての通り、この国ではあまり前例のないことだ。もしレックスが手術代を払うとすれば、家庭崩壊的な医療政策がいくつも必要だろう。ところで、それは無菌状態で、麻酔をかけて行わなければならない」

「きみは医者だ」レスターは皮肉をいった。「ぼくはレックスを生かしておきたいんだ——自分がこんな台詞をいうとはね！　それに、意識がある状態でやつを切り刻もうとは思わない。尻を蹴飛ばすのと生体解剖では話が違う。最悪の敵にだって、そんなことはしたくない。いずれにせよ、セルマおばさんは死んでしまったけどね！」

のちに、レックスを見た外科医はいった。「こいつがいつまでも生きられないときのために、別の頭を見つけるという考えは、そう名案だとは思えないな。この恐ろしい垂れ耳の、スパニエルとエアデールと何とかハウンドの雑種を見つけるのは簡単なことじゃない」

「その心配は後でするさ」レスターはのんきにいった。「考えれば考えるほど、いいアイデアに思える。犬が三十年も四十年も生きられるはずがないと誰でも知っているが、タンクに入った化学薬品で生きる犬の首なら、百年だって生きるかもしれない。少なくとも、誰もそうでないことを証明できない、そうだろう？」

「まったくだ。これは新しい分野だからな。ぼくの知る限り、うまくいくかもしれない。だが、うまくいかなかったとしても、似たような頭を見つけてくれれば――同じような頭に限るが――同じ手術をやってやろう。化学薬品やポンプなどの費用は、初期投資を除けば、せいぜい月に二百ドルというところだろう。手術代はおごりでいい。昔のよしみでな。それに、興味もあるし。だがほかのことについては、一流外科医として通常の費用をもらう。状況を考えれば、公平な話だと思うがね」

「わかった」レスターはいった。「知っての通り、金には困らないんだ。最近では、新式の開腹手術や樹脂埋め込みでいくらもらっているんだ？」

「千五百ドルからだ。将来、犬の犯罪に加担するごとに二千ドルではどうだ」

「いいとも。ぼくはレックスの替え玉、いや、替え首を見つけておく。突然首が死んでしまう可能性もあるといったっけ？」

「ああ。微妙なバランスだし、われわれにもわかっていないことがあるからな。溶液がわずかに変化するかもしれないし、ポンプが止まるかもしれない。あるいは未知の原因で、すべてが台無しになるかもしれない。だから、常に別の犬を用意しておくほうが利口だろう」

「二、三頭は用意しておくが、絶対に一緒には住まないぞ。外で預かってもらう。流行りの遊び場から急いで帰って、いまいましい雑種犬の散歩なんてまっぴらだ！」

そのようなわけで、かつてはおばが暮らしていたレスターの家では、続き部屋に特別な装置が作られた。さながら現代的な研究室兼手術室のようだ。数日後、ここでクレイグ医師は見事に手術を成功させた。レックスの頭を老いた胴体から切り離し、生きて、健康そのもののまま、一種のプラスチックの台に据えた。そこからは一ダースもの透明なチューブが延び、さまざまな栄養液につながっている。さらに、電動式ポンプその他の生命維持装置もあった。レスターはそれらすべての管理法を身につけ、正常に動いているときの特徴的な音を聞き分けられるようになった。ビーッという音から、ジェイムズ・サーバーの伝統にのっとった、タ・ポケタ・タ・ポケタという音まで。さらには、停電に備えてガソリン式の発電機も手に入れた。UGG-WOOFが、たった五分でも電気が切れれば使い物にならなくなることを証明すれば、そこに何がいようと本物のレックスが生きていないことが明らかになってしまうからだ。

土曜日、レスターはUGG-WOOFのハーバート・ディングルに、嬉々としてこの既成事実を披露した。装置の説明をしながら、レスターは調査員が顔色を変え、震える声で「訴えてやる！」といいながら部屋を飛び出すのを見た。

レスターが喜んだことに、愛犬家は満場一致で反対したわけではなかった。予想通りだ。ごく少数ながら、たとえ胴体から切り離されても、死ぬよりは幸せだと主張する人々がいたのだ。空気を吸うこともできるし、あらゆる微妙な呼吸によってもたらされる、かぐわしい香りを楽しむこともできる。ひょっとして、周囲の出来事も見えているかもしれない。彼の目が油断なく輝いているのは間違いない。何より鼻が冷たかった。その重大さは、いくら強調してもしすぎということはないだろう！

レスターが見越していた通り、この件は最初から、何年もかかりそうだった。

それに気づいて必死になったUGG - WOOFは、ある策に訴えた。こうした手術は残酷かつ不必要であり、これを禁止するという法を支持したのだ。さらに〝あらゆる動物の、生きている、比較的知覚力のある部分〟が、これにより生命を失うことは許されないという付加条項もつけて。

レスターはすぐさま、クレイグによって刺激された医学上の興味に訴えることにした。生命維持にかかわる実験に対する耐え難い規制だとして戦ったのだ。この場合も、UGG - WOOFがそれに固執するほど愚かなら、何世代だって引っ張れる。

またしても不満を感じた組織は、黒帯の柔道家のように立場を変えた。レスターは警戒し、クレイグのところへ行った。

「連中はレックスの首に札をつけるという裁判所命令を取りつけようとしている」彼はいった。「弁護士によれば、反対理由を明示しない限り、それを止めることはできないそうだ。そうしようとすれば、詐欺のことが明るみに出てしまう」

外科医は目をしばたたかせた。しばらく黙っていたが、やがて感じのいい笑みを浮かべた。彼はその知らせにも動じない様子だった。

「やらせておけ。だが、『ヴェニスの商人』の話を忘れるな。連中は血を流すわけにはいかない。この場合は溶液だが。また、組織に損傷を与えたり、神経を傷つけたりすることもできない。こうした傷はどれも実験を侵害し、きみの財産をおびやかすものだ」

「もちろんだ。だが、何かを首に結びつけることはできるだろう」

「ちゃんと物事が考えられなくなっているようだな。外から何をくくりつけたとしても、新しい首につけ直すのは簡単だ」

「それもそうだな！」レスターは自分の鈍さを恥じながらいった。「そして、やつらがすり替えを疑ったとしても、法廷で証明させればいいだけだ――煩雑な手続きで、さらに十年は稼げる」

彼は顔を曇らせた。「忘れてた。やつらは詳細な寸法を測ることも計画している」

「同じことさ」医師は気楽に答えた。「生きている限り、頭が〝成長〟したり、変化するのは当然だ。連中がどう思っていようと、それでは何も証明できない。だが、これはいいかもしれない」

彼はつけ加えた。「レックスの毛を少し取っておくんだ。それから、将来的に連中が新しい頭と比較しようとしたとき、元の毛を少し混ぜておく。意味がわかるか？」

「もちろんだ！　やつらを出し抜くことにかけては、きみに勝るものはいない！」

「やつらに少しでも分別があれば、金でかたをつけようと思うだろう。たとえば遺産の半分で、レックスのことをあきらめるとか」

「それも暗に匂わせておくよ」レスターは悔しそうにいった。「五百万ドルでも大金だし、争いや心配事は避けたい。だが、やつらはお堅い連中の集まりだからな。ハンセン病療養所への通行証を売りつけるようなものだ」

「ああ」外科医はいった。「きっと大丈夫さ。ジー・ジーとはどうなんだ？　あるいは、ドードーとは最近？」

「あいつらは二軍さ。ひと月五千ドルあったら何が買えるかを知ったら驚きだぞ、相棒！」

「頭を使えよ」クレイグは洒落をいった。「そうすればうまくいく」

それから数週間、レスターは遠く離れた犬の保護所で、少なくとも首から上はレックスにそっくりな三匹の替え玉を見つけた。彼はそれを互いに離れた犬舎に預けた。それぞれ偽名を名乗り、眼鏡や背の高くなる靴、含み綿、付けひげなどで目立たない変装をして。慎重にやることが大事だった。どこかの犬舎の所有者に、あのレスター・ビッグだとわかったら、三流紙に面白おかしく話されるか、脅迫されるのは目に見えている。そうでなくても、もっと悪いことにその所有者が正直者だった場合、暴露され、収入を失ってしまうかもしれない。

ほぼ十九カ月は、何もかもが順調だった。レックスの頭は生きて反応し、目は輝き、鼻は乾き、舌はちゃんと垂れていた。そしてヒューバート・ディングルの顔はますます不健康になり、レックスが生き生きとするにつれてしなびていった。彼は毎週調査に来ては、標本にくりつけたプラスチックの札と複雑な封印を調べたが、法廷で通用しないことはよくわかっていた。仮に、耳に穴を開けて札のついた針金を通すことが許されたとしても、レスターがそれを別の頭につけ替えるのを止めさせることはできなかった。特に、ディングルの訪問は前もって約束した上での定期的なもので、抜き打ち検査をする権利を持っていなかったからだ。彼の家は依然、人が入ることのできない城だった。

レスターはUGG‐WOOFの別の策略も、いわば前もってくじいていた。彼らは鼻型を取り、それは指紋と同じくらい特有のものだと主張した。それは本当だったかもしれないが、必ずしも法的には確立されていなかった。だが、クレイグに相談に乗ってもらったことでレスターは安心した。

「別の頭を使うことになったら――いずれはそうなるだろうが――腫瘍か何かの理由をつけて鼻を手術してやろう」外科医はいった。「そうすれば、やつらはまたしくじることになる」

「何もかも考えてるんだな」レスターは心から感服していった。彼自身もやり手だったので、同じ玄人を尊敬していた。

「元々のアイデアはきみのものだ」クレイグはそう指摘した。

数日後、避けられない事態が起こった。レスターは朝、研究室へ行き、犬の首が命を失っているのを見つけた。彼は偉大なる物真似（犬真似というべきかと、彼はひそかに考えた）計画をすぐさま実行に移し、ヘクターのいる犬舎へと向かった。この犬の祖先は、レックスとまったく同じ配合で、垂れた耳と不格好な頭は死んだ犬にそっくりだった。

それから、クレイグ医師に電話をした。彼は目障りな患者から、脂肪と筋肉と骨の下に隠れている器官を、明らかに意識的な悪意を込めて切り取り次第やってきた。

最初の経験からさまざまなことを学んだ外科医は、鼻の手術も含め、二度目の手術をわずか三時間でやってのけた。

二人の男はすべての札と封印を取り替えた。封印のほうは、はんだごてを使って蠟《ろう》を溶かし、針金をゆるめて、刻印された図柄を損ねることなくふたたびくっつけた。ソーンダイク博士を騙すことはできないだろうが、UGG‐WOOFが法廷で何を証明しようとしても、二人の共謀者は口を揃えて、同じ犬だと公言するだろう。

ハーバート・ディングルはヘクターの顔をはっと見直した。それが別の犬ではないかという気がしたが、無邪気な彼はその考えを否定した。最後に確認してから五日のうちに、レスターがこれほど理想的な犬を見つけられるわけがない。彼はレスターにどれだけ先見の明があるかを知らなかった。

彼は注意深く札と封印を見た。だが、それは手つかずに見え、決着はついたかに思われた。彼は毛皮の見本までも取り出した。それは自己満足というよりも、雇い主を喜ばせるためだった。レスターはにやりとして彼を見た。彼は前もって、死んだレックスの毛をヘクターに〝振りかけて〟おいたのだ。

そう、二匹はとてもよく似ていたが、気性は違っていた。ディングルが出ていくと、レスターはオパールのような目を覗き込み、からかうようにいった。「新しい住まいは気に入ったかい、ヘクター？　散歩に出たいか？」すると、ひどく驚いたことに、犬は口をぱっと閉じ、レスターの鼻をかじったのだ。大きくて、長く、赤みがかった鼻は、一番目立つ標的だった。明らかに、ヘクターは迫害をおとなしく耐えるレックスとは違っていた。

翌週、ディングルがまたやってきた。UGG‐WOOFの仲間を二人連れている。彼らは新しい鼻のことを聞いて、何かをごまかしているのではないかと疑っていた。ハーバートほど騙されやすくはないようだ。

レスターは臆せずに彼らを研究室に通した。犬の頭に落ち着きがない。ここ数日、そんな調子だった。レックスほど長生きしないかもしれない。それは、またしてもクレイグに二千ドル支払うことを意味する。レスターには蓄えがなかった。いざというときに備えて、取っておかなければならないことはわかっていた。収入は莫大なものだったが、胸の大きなブロンドの新進女優は高くつくのだ。

だしぬけに、ディングルが息を詰まらせたような叫びをあげた。震える手で犬の口元を指す。

「見ろ!」彼は鋭くいった。「ジョージ! ハリー!」指で犬の口元を指す。

ほかの二人も、彼と同じことをした。

「替え玉に間違いない」大柄なジョージが、激しい口調でいった。「この犬は狂犬病にかかっている、わたしの目に狂いがなければ」

「そのようだな」ハリーが同意した。

「き――狂犬病?」レスターは息をのみ、青ざめた。怪我をした鼻に手をやる。ここ数時間のうちに、刺すように痛んでいた。こんなに小さな傷なのにおかしい。

「そうか!」ディングルがいった。「嚙まれたんだな?」

三人の調査員は、今ではひどく深刻な顔をしていた。

「どれくらい前のことだ?」ハリーが訊いた。

「何のことだかわからないな」レスターは弱々しくいった。

「馬鹿なことをいうな」ジョージがいった。「狂犬病がどんなものか知っているだろう——恐水病を? これが別の犬だとしたら、手に入れたときにはもう感染していたんだ。そして、鼻を嚙まれ、脳に近いところに傷を負ったとすれば、時間はあまりない」

「ぼくは——きみは——どういうことなんだ?」そういいながらも、レスターは怯えていた。狂犬病なんて最悪だ。本当に最悪だ。彼はそれを知っていた。

「もちろん」ジョージは静かにいった。「注射を受ければ望みはある。だが、そうなったらすり替えが行われたことが確実になるだろう。そんな証拠は必要ないがね。裁判所命令を受けて、唾液を検査すればいい。きみはわたしがどこからそれを手に入れたかを証言しなければならないし、われわれは全員、レックスが注射を受けていて、狂犬病の免疫ができていることを知っている。わたしがきみなら」彼はレスターに冷たくいった。「すぐに病院に駆け込むだろう。そのような傷は、一分一秒を争うものだ」

そして、物に動じないレスターも、その病気を知る誰もが陥るようにパニックに陥った。「早く!」彼は哀願した。「総合病院へ連れていってくれ。その通りだ。別の犬だったんだ。あの恥知らずな犬舎が、ぼくを破滅に追い込んだ!」

「レイクサイド公立病院のほうが近い」ハリーが冷静にいった。「それに、クレイグ医師のところには行かないほうがいいだろう。彼は——ええと——十分無関係だとは思えない」

注射のおかげで、すんでのところでレスターは最悪の事態を免れたが、大金をもたらしてくれる列車は大破してしまった。そしてＵＧＧ‐ＷＯＯＦは、今では人道的財団で最も多額の寄付金を手に入れていた。セルマおばとレックスは、天国の壁の向こうからその眺めを楽しんでいるに違いない。

ハツカネズミとピアニスト

定木大介訳

実験用のハツカネズミたちにとって、あくる日は厄日だった。いつものマレック博士なら、優れた科学者の例に漏れず、ネズミを実験の用に供するのにことさら無慈悲でもなければ、逆にとりたてて慈悲深くもない。けれどもその朝にかぎって――あからさまにむごいやりかたをするわけではないにせよ――、博士はネズミを一匹殺すたびに野蛮で非理性的な悦びをおぼえずにいられなかった。まるでそれら小動物から生命と複合体を奪うことで、どうやってか、前の晩に味わった失望を和らげているかのように。

生化学者であるマレック博士が、その人生においてこよなく愛する――取り憑かれている、と言うほうが正確だが――ものは二つしかなかった。すなわち、自分の専門である生化学と、それからピアノである。超一流と言われる教師何人かについて教えを受けたすえ、自分には鍵盤を叩くためのいかなる才能もそなわっていないことがわかっても、博士はあきらめず、今度は弟のウォルターに夢を託した。

兄弟の両親はハンガリー動乱のさなかに殺されていたので、少年ウォルターの保護者としてマレック博士は弟を自分の好きにできる立場にあった。結果、ウォルターは六歳をむかえて以降、望みうるかぎり最も厳しくかつ最も値の張る音楽教育を受ける。マレック一族の家系をさかのぼれば、優れた音楽家はけっして少なくない。しかし、ウォルターもピアニストとしてある程度の才能は示したものの、まぎれもない天才の片鱗をのぞかせることはついになかった。不幸だったのは、兄のマレック博士が身内の欲目におぼれ、本来の素質以上のものを弟のなかに見ていたことだ。

昨夜の初舞台は散々な出来だった。技巧はあっても洞察力に欠ける――それがウォルターの演奏だった。彼の弾くモーツァルトは俗っぽく、まるでショパンの出来損ないのように聴こえた。彼の弾くベートーヴェンは途方もなく空《うつ》ろだし、彼の弾くバルトークからは荒々しさと内容がことごとく欠け落ちていた。批評家はウォルターを容赦なくこきおろした。二十歳《はたち》のみそらで、どうしたらここまで救いようのない弾き手になれるのか、と。

失意のマレック博士は、以前にも増して仕事にのめり込んだ。ウォルターのことは疎《うと》んじ、何か不潔なものででもあるかのごとく避けるようになった。博士の気をいっそう滅入らせたのは、ウォルターに出来損ないの自覚がないことだった。こともあろうに不肖の弟めは、並み居る批評家連中こそ見る目がないと思っているのである！

ではもっと年齢を重ね、経験を積めば熟成するのだろうか？　否。ほかのピアニストたちは若くしてその才能を開花させるか、そうでなければ一生花開かぬまま終わっていた。ウォルターにはピアニストとしていちばん必要なものが欠けている。これぱっかりはどうすることもできなかった。

マレック博士はいつしかまた、ジグムント・ジャンコウスキーのことを考えるようになっていた。ホロヴィッツの驚異的運指《うんし》とルービンシュタインの技巧、それにパデレフスキーの人格を併せ持つ天才ピアニスト。ジャンコウスキーは十八歳で名声を確立し、四十歳で古今に比類のない弾き手と讃えられ、絶頂期にあった五十二歳のとき自動車事故で指に大怪我を負いそのキャリアを終えた。ピアニストを引退してからの消息は杳《よう》として知れない。ウォルターをジャンコウスキーの再来にすること――それがマレック博士の夢だったのである。今にして思えば、なんと大それた夢を見ていたことか！

……しかし、あきらめるにあきらめきれない夢というものもある。それに、マレック博士はまだ三十歳だ。彼は自分でも半信半疑のまま、ハツカネズミと音楽の問題に注意を振り向けた。

彼はまず、ハツカネズミのグループを一つの音に反応するよう仕込むことから始めた。何度も試行を繰り返したすえ、ネズミたちがこれを習得すると、博士はそのグループの三分の一を殺して脳からRNA‐DNA複合体を抽出し、訓練していない別のハツカネズミたちに注射した。このハツカネズミたちに、今度は単純な一続きの音、すなわち原始的なメロディを認識できるように教え込む。そして、彼らのRNA‐DNAをまた新たなハツカネズミのグループに植えつける。それぞれの段階で、ネズミたちを仕込むのに必要な試行の回数は減ってゆく。これを繰り返すことで、マレック博士はついに、主旋律を認識できるだけでなく、転調やテンポの変化にも反応するエリート・グループを手に入れた。そして、彼らの脳から抽出したRNA‐DNAを植えつけることで、まったく訓練されていないハツカネズミが驚くべき速さで同じ難題をクリアするようになった。

さて、ハツカネズミと人間は別物である。いやしくも科学者ならば、一つの動物種で得た結果から別の動物種で得られるだろう結果を乱暴に類推したりはしない。とはいえ、煎じ詰めれば地球上の生きとし生けるものはすべてつながっているのだから、演繹的推論を完全に除外するのはハツカネズミと人間がイコールであると無条件に断ずるのと同じくらい非科学的な態度と言える。そこでマレック博士はハツカネズミだけでは飽き足らず、犬や猫、さらには研究予算を圧迫するチンパンジーにまで（これはほんの数体）実験の対象を広げていった。

それから二年後、博士は弟のウォルターを呼びにやらせた。ウォルターはそのころ、三流ではないがさほど基金が潤沢とは言えないとある音楽大学に教師の口を得、不本意な日々を送っていた。兄弟はあの演奏会以来ほとんど顔をあわせずにいたし、当然ながらウォルターは腐っていた。コンサート・ピアニストとして身を立てるという夢は破れた。優れた天分に恵まれ卓越した能力を持つピアニストはほかに大勢いる。ウォルターの技量は、まあまあではあっても、楽曲を理解する力の欠落を補ってくれるほどではなかったのである。

「また私といっしょに暮らすのだ、弟よ」マレック博士は快活に言った。博士としてはこの命令に対して疑義が呈されるとは端《はな》から思っていなかったし、げんに疑義が呈されることはなかった。六歳のときから十《とお》も年上の厳格な兄の指図を受け続ければ、反抗などおよびもつかなくなってしまうものだ。それに、ステファンは偉大な科学者だった。高収入で創造的な仕事に就き、おまけに結婚すら度外視して研究に打ち込んでいる。こんな兄に逆らえる弟などいるだろうか？

「どうして僕なんかと？」青年は陰気に訊ねた。「ピアニストとして兄さんの期待に応えられなかったのに」

「そうともかぎらんぞ」兄の返事は謎めいていた。「おまえの場合、化学物質の偏りが原因だったのかもしれん。だから、しばらく注射を続けてみようと思っている」

「注射ってどんな?」

「なに、いろいろなビタミン剤を混ぜたものだと思ってくれればいい。どのみちそれは重要じゃない。とにかく、そいつが効けば、演奏技術も洞察力も格段に高まるはずだ。むろん」博士の口調がにわかに厳しくなる。「練習はしなけりゃならん。一日八時間だ。もうベヒシュタインを調律してある。練習し、注射を打つ。うまくすれば来年、ウォルターー・マレックは批評家連中の度肝を抜かないともかぎるまいよ」

青年は目を輝かせた。生化学についてはほとんど何も知らなかったが、兄には絶大な信頼を置いていたからだ。

「練習するよ」ウォルターーは熱っぽく誓った。「また二人三脚だね、兄さん。昔みたいに」

「そうとも。ただし、今回練習の成果を判断するのは私じゃない。私だと、どうしても贔屓目が邪魔してしまうからな。これからはマダム・ベリエにみてもらう」

マダム・ベリエはステファンの友人であり――じつを言えば、わりない仲だったこともある――、世界屈指の女流ピアニストとして一時代を画した弾き手だった。どれほど高い技術水準が求められるだろうかと考えただけで、ウォルターーは少々腰が引けた。夫人の爛々と輝く大きな暗色の瞳は、怒りを湛えているときには見つめ返すことも難しく、またどんなミスも見逃さなかった。

練習と同時に注射も始まったが、こちらはなんとも不快だった。マレック博士は医師ではなかったし、皮下注射に必要とされる繊細な手つきも持ち合わせていなかった。博士が相手にしてきた実験用動物は、鳴いたりうなったりすることはできても、科学者を不器用だとなじることはできなかったからである。それでも、ウォルターが厳重な抗議を繰り返した結果、博士はもっとほそい注射針を調達するようになり、注射の技術にも幾分か向上が見られるようになった。

もっとも、兄弟はすぐに、そんな些細なことは気にかけなくなった。というのも、ウォルターがめざましい勢いで上達を始めたからだ。彼の指の動きは日に日に滑らかさを増した。アルペッジョはまるでよどみのない早瀬のようにさざめき、重厚な和音はほんのわずかのずれもなく力強く鳴り響き、トリルはさながらガラガラヘビが鳴らす威嚇音のように震えた。バッハは正しくバッハに聞こえ、たとえばシャミナードが弾くチャイコフスキーとは別物だった。

そこにはまた、いかなる自己欺瞞《ぎまん》も割り込む余地がなかった。マダム・ベリエが持つ例の魅力的な両目が、最初はいぶかるように細められ、やがてウォルターがシューベルトの《さすらい人幻想曲》を弾くや、オパールのごとき光彩を放った。彼女がこれほどの演奏を聴いたのは、エドウィン・フィッシャー以来のことである。

「すばらしいわ!」マダム・ベリエは感嘆の声をあげ、ウォルターにキスをした。

それから数週間後、二十三歳のウォルター・マレックはコンサート・ピアニストとして楽壇に再デビューを飾った。わざわざ会場まで足を運んだ四人の批評家は、ウォルターをずたずたに引き裂いてやろうと乗り込んできた。身の程をわきまえない三流演奏家をこきおろすことは、彼らに与えられた特権の一つだからだ。幾度ものアンコールが万雷の拍手で讃えられたあとも、彼らは席に身を沈めたまま陶然としていた。ウォルターはもともとハンサムな青年だったが、いまやみずみずしい美しさに輝き、またその人柄にも華やかで飾らない、一種抗しがたい魅力が加わっていた。ともかく、《半音階的幻想曲とフーガ》で幕をあけ、ショパンのエキサイティングな難曲《エチュード　イ短調》別名《木枯らし》で締めくくられるまで、彼の演奏はみごとだった。

　その日を皮切りに、ウォルターは快進撃を続ける。有名なオーケストラと軒並み共演を果たし、数々の伝説的レコーディングを重ね、演奏会をひらけば、ことごとく札止めになった。

　そんなある日の朝、ウォルターはなにやら当惑した面持ちで兄ステファンのもとへやってきた。

「僕はどうかしちゃったのかな。たった今、すごくおかしなことが起きたんだ」

　マレック博士は弟に鋭い一瞥をくれると、目をすっとほそくした。「おかしなこと？」

「僕が《ハンマークラヴィーア》を練習したことがないって知ってるよね？　じつは今日、さわりだけ初見で弾いてみようと思ったんだ。そうしたら……知らないうちに弾きこなしてたんだよ、譜面も見ずに」そこでウォルターは落ち着かなげに笑った。「もちろん、名演奏からは程遠いよ。なんたってあの《ハンマークラヴィーア》だからね。それでも、どういうわけか楽譜は頭に入ってる……。まったく心当たりがないもんだから、なんだか怖くなってね」

　ウォルターの兄は顔面蒼白で、急にいくつも年老いたように見えたが、それでもしっかりした声でこう言った。「おいおい、ウォルター。驚くようなことか？　おまえはきっと、誰かが弾いているのを耳にしたことがあるんだよ。たしか、子供のころシュナーベルのレコードで聴いたじゃないか。ウォルター、自分の才能を過小評価するな。礼拝堂で門外不出の秘曲を聴いて帰り、記憶だけを頼りに楽譜に書き起こしたのは誰だった？　メンデルスゾーンか？　おまえも負けず劣らずの天才なんだ」

「兄さんが打ってくれたビタミン剤のおかげじゃないか」ウォルターは探るような目で兄を見つめながら、低い声で言った。

「違う」マレック博士は語気荒く言った。「最後に注射を打ったのはもう半年も前だ。あの薬はたんに、おまえのなかに眠っていた真の才能を目覚めさせたに過ぎん。それはマレック一族が脈々と受け継いでいる才能で、おそらく私にだってあるかもしれないものだ」

「そういえば、なぜ兄さんが自分にあの注射を打たないのか、前から不思議でならなかったんだ。ピアノが上手くなりたいって気持ちは、いつだって兄さんのほうが上だっただろ？」

「馬鹿な。私には研究者としての仕事がある」マレック博士は急いで言った。「あれはおまえのために開発したものだ。だが、もうあんなものは必要ない。おまえは誰しもが認める当代最高のピアニストだ。おまえの名演に、人々は賞賛を惜しまないじゃないか」

それから数年のうちに、ウォルターは今世紀最高のピアニストとの評価を不動のものにした。看板レパートリーはベートーヴェンが晩年に書いた至難のソナタ《ハンマークラヴィーア》。ウォルターはこの曲を誰よりも速く、かつ誰よりもペダルを多用して弾く。それでいて旋律を完璧にコントロールし、最終的な印象はいつも、突飛なフレージングのかけらもない大きな興奮に満ちたものとなった。

いっぽう、マレック博士は以前にも増して厭人癖《えんじんへき》が高じ、気難しく、近寄りがたくなっていった。研究室に籠もりきりになることが増え、受け持ちの講義も徐々に減らし、ついにはゼロにした。いまや得意の絶頂にあるウォルターは兄のことを気にかける暇もなかったが、それでも折に触れ——漠然とではあるが——兄はどこか具合でも悪いのではなかろうかといぶかることはあった。たしかに、このところのマレック博士はまるで何かに取り憑かれているかのように憔悴し、実年齢よりもずいぶん老けて見えた。

こうした予兆があったにもかかわらず、兄ステファンが四十九歳の若さで急逝すると、ウォルターは動揺を隠せなかった。と同時に、ようやく影が晴れ、それまで遮《さえぎ》られがちだった陽光が燦燦《さんさん》と降り注ぐようになったかのような、一種後ろめたい解放感をおぼえたこともまた否定できない。

マレック博士の人間性はいざ知らず、その仕事内容を認めるにやぶさかでない同僚たちは、博士の研究成果を本にまとめて出版したいと望んだ。兄の形見とも言うべき遺稿が他人の手でいじられることに抵抗をおぼえたウォルターは、ごく大まかなふるい分けだけでもみずからおこなうことにした。博士のノートは年代順にきちんと書棚に並べられていたが、おかしなことに、そのうちの二冊だけが欠け落ちていた。ちょうどウォルターがピアニストとして復活を果たしたころの二冊である。念入りに探してみたが、どうしても見つからない。おそらくどこかに行ってしまったか、あるいは破棄されたのだろう。

もちろん、もっと私的な書類を入れた箱もいくつかあって、中身をあらためたウォルターは切ないほどの懐かしさをおぼえた。十八歳のステファン。色浅黒くハンサムで、自信にあふれているが、どこか翳《かげ》があるのは当時のハンガリーの世情を反映しているからだろう。ウォルターが六歳のときに他界した両親についてはよく思い出せないが、いかにも溌剌《はつらつ》として魅力に満ちた生前の母の顔が、古い一葉の写真に生命のきらめきを与えていた。

やがて、新聞の切り抜きを入れた封筒のなかから見つかったいくつかの記事が、ウォルターを大いに当惑させた。ステファンが犯罪マニアだったという話は聞かない。いちばん上の切り抜きは十六年前のもので、そこには次のような見出しが踊っていた。「ドヤ街で猟奇殺人か」それはこの国最大の都市発のニュースで、現場はマレック兄弟の住まいから遠くない場所だった。ウォルターは狐につままれたような気持ちで記事の文章を追っていったが、やがてとあるくだりに目を奪われた。「発見された浮浪者の首なし死体の身元は、かつて世界最高のピアニストと謳われたジグムント・ジャンコウスキー氏と判明した。氏は、不慮の事故により両手指に回復不能の大怪我を負ってから失踪、今回遺体となって発見されるまで消息不明だった。わずかばかりの所持金目当てに殺されたのか、あるいはここ数年ドヤ街の浮浪者を襲ってはスリルを楽しんでいる異常者たちの犠牲になったのかは不明である」

ウォルターは記事を読み進めた。名もない浮浪者の話ではない。あのジャンコウスキーともあろう巨匠が、まさかこんなにも悲惨な最期を遂げるとは。「……フランスの美人歌手クラウディーヌ・ミショーと結婚。クラウディーヌは夫の失踪後に自殺している」突如として、ウォルターは胸に鋭い痛みを感じた。一人の女性の顔が脳裏に浮かぶ。造作、肌のきめ、色……どれをとっても忘れがたい美しさ。そして、愛情と苦悩に満ちた低く甘い声音が彼の名を呼ぶ……彼の名？

いや、違う。女はこう歌っている。「ジグムント、ジグムント……」そして耳障りなはずのポーランド語の音節が、ウォルターの耳朶《じだ》には純然たるメロディのように響く。彼はその声を振り払おうとするようにかぶりを振った。自分は頭がどうかしてしまったに違いない。

それ以上読み進める気がせず、ウォルターはほかの切り抜きにざっと目を通した。殺人事件は未解決。ただ、ジャンコウスキーの人物を紹介する記事がまだあった。そのなかの一節が彼の目にとまる。「ジャンコウスキーはベートーヴェンの手になる長大なソナタ《ハンマークラヴィーア》の斬新で目の覚めるような解釈によって一世を風靡した。非の打ち所のない技巧に裏打ちされた超高速奏法。それでいて完璧なコントロールが乱れることはなく、たんなる気まぐれをうかがわせる要素は微塵《みじん》もない……」なんという偶然だろう――ウォルターは思った。これはまるで自分の演奏スタイルについて書かれた文章ではないか……。

運命の分岐点

白須清美訳

面白みのない、騒々しいオフィスを後にしながら、ポール・グリーンウッドは昼食の場所をどこにするかまだ決めかねていた。それは彼にとって、ひどく大きな問題だった。退屈な仕事の合間の昼休みは、勤務日というわびしい平野にそびえる楽しい山だった。

彼は背が低く、肩幅は狭く、首はひょろ長かった。尻は大きく、血色の悪い顔にたくさんのしみが浮き出た様子は、大きな、熟れすぎた洋ナシに似ていた。座り仕事の人間らしい外股のすり足でのろのろと歩く。その足取りには弾んだところはなく、心が弾むこともめったになかった。髪は薄く、野心は少なく、自尊心は萎縮し、そして、上級職員としての仕事に未来がないことを確信している。四十三年間、世間に注目されることのなかった彼は、完全に停止し、行動を起こすことさえなかった。

だが、今日は晴れていたので、周囲が気持ちよく見えた。日差しは強かったが蒸し暑くはなく、最高の四月の陽気だった。今は、惨めなこの月も穏やかに思える。空気さえ爽快で涼しく、ワインのような香りが鼻に心地よかった。

フォレスト通りとライトハウス通りの賑やかな角までやってきたが、昼食の問題はまだ解決していなかった。〈フロズ・カフェ〉でクラムチャウダーとチーズバーガー、それとひょっとして、チョコレート・クリーム・パイといこうか、それとも〈エル・マタドール〉で舌を焦がすようなチリをたっぷりと食べようか？　食欲がこみ上げ、彼は舌なめずりをした。常に食に関して貪欲な彼は、食事を単なる必要とは考えていなかった。それは、人生からほとんど楽しみが得られない彼にとって、きわめて重要な部分を占めていた。

日常生活にありがちのことだが、物事を決めるのは些細に思える出来事だ。信号がちょうど赤に変わり、青になるのを待つよりはと、グリーンウッドは人の波とともに右へ曲がり、〈フロズ〉を目指した。現に、行き先が決まってほっとしていた。彼は、いわば寓話に出てくるビュリダンのロバのようなもので、同じ距離にある二つの干草からひとつを選びかねていたのだ（実際は、現代の解釈学者はそれが犬で、食べ物は肉だと主張している）。とはいえポールは、それほど決断力があるほうではなかったが、フランスのスコラ学者が生み出した優柔不断な獣のように飢え死にする気はなかった。

ちょうどブロックの半ばにある銀行に差しかかったところで、中から悲鳴が聞こえた。続いて銃声が響き、二人の男が飛び出してきた。二人ともオートマティック銃で武装し、ひとりは明らかに現金がいっぱいに詰まった大きな紙袋を持っていた。ポールはそれをまともに遮り、大柄な男のほうが素早く反応した。男は銃口をグリーンウッドの脇腹に押し当てていった。「動け！　車に乗れ！」

これほど目立つ逃走車を用意するのは、犯罪というものをまったく知らない、へまな負け犬だけだろう――それはダイムラーのクラシックカーだった――が、彼らは素晴らしいスピードと馬力が出そうな外見に感銘を受けていた。それに、閑静な通りに停めてあったので、盗むのも簡単だった。タイミングも完璧だった。強盗事件を起こすまで、盗難届けは出ないだろう。

機転がきくような男ではないポールは、あまりにも目まぐるしく、前触れのない事態に、何が起きているのかもわからなかった。黒い大型車の後部座席に乱暴に押し込まれて初めて、自分が二人組の凶悪犯罪者に拉致されたことに混乱しながらも気づいた。さっきまで遠くで聞こえていた悲しげなパトカーのサイレンが、だしぬけにひどく大きく響き、ダイムラーのハンドルを握っていた男がそっちを振り返った。無精ひげの生えた顔は青ざめ、汗をかいていた。

「こ、殺さないでくれ」ポールはからからになった唇で哀願した。「逃がしてくれるんだろう?」

「黙れ」後部座席の隣に座っている男が、ほとんど上の空でいった。頭では明らかに違うことを考えているようだ。

「こいつに顔を見られた」運転手が緊張した声でいった。

「銀行にいた連中の半分に見られてるぜ、馬鹿野郎! 先に覆面をしてから、警備員を撃てばよかったんだ」

「やつは動こうとしただろう?」

「ただびくついていただけだ」彼はパトカーを振り返った。さらに数台が加わっている。「いいか、やつらは撃たねえ。いった通りさ——こいつがいる限り、撃ってはこない」

「撃ってこないとしても」相手は皮肉たっぷりにいった。「どうやって振り切る——それに、いつ? くそっ、今じゃ州の半分がおれたちを追いかけてきてるんだぞ」

「チャンスはあるさ。何か考える。車を出せ——そう飛ばすなよ。先におれたちが死んじまう！――それと、頭を冷やせ」

確かに、彼らは最初の道路封鎖を突破した。警察は威嚇しようとしたが、銃がグリーンウッドの頭に押しつけられているのを見ると、しぶしぶ下がって道を開けた。

だが、次にはもっと手際がよかった。警察官の人数がずっと増え、ひとりが拡声器を手に怒鳴った。「逃げても無駄だ。人質を解放し、武器を捨てて出てこい――ゆっくりと――両手を頭に置いて」ひずんだ声が拡大され、堤防にこだました。

「あきらめたほうがいいかもしれない」運転席の男が、明らかに震える声でいった。

「やっぱりおまえは腰抜けだな」相棒がいった。「ここに九万ドルあるんだぞ。それ以上かもしれない。今、そいつを投げ出して、二十年間もムショで過ごす気はない。絶対にな！ やつらは脅しをかけているだけだ――テレビを見ていないのか？ 人質に危険があるとなれば、決して発砲するなと厳しく命じられているのさ」彼はまたしてもポールに銃を押しつけた。「こいつがいれば心配ない。そのうちに突破口が見つかるさ」

今回、男は絶望的なほど間違っていた。堤防の上に、強力なライフルを持った狙撃手がいて、望遠照準に犯人のひとりをとらえていた。命令が下れば、グリーンウッドを避けて確実に仕留めることができる。彼の失敗は、つまるところ人間の生理を見誤ったことだった。三〇口径の銃弾がポールの隣の男の脊椎に当たったとき、男の全身がショックで痙攣し、指が引き金を引いた。グリーンウッドは恐ろしい轟音を聞いたが、何も感じなかった。ただ、真っ赤な霧がたちまち黒ずみ、自分を包むのが見えた。続いて、最期の闇の中に真っ逆さまに落ちていった。

ポール・グリーンウッドの、最初の運命とのランチは終わった。

フォレスト通りとライトハウス通りの角まで来たとき、ポール・グリーンウッドはまだ心の中で問いかけていた。チーズバーガーか、それともチリか？　だが、信号がちょうど青になったので、右折して〈フロズ〉へ行く代わりに、道を渡って〈エル・マタドール〉へ向かった。たった二ブロックしか離れていないところで、銀行強盗が行われているとも知らずに。

派手なスペインの雰囲気を漂わせた小さなレストランに入ると、嬉しいことに大きな窓のそばの、お気に入りのカウンター席に座ることができた。彼は食べながら行き交う人を眺めるのが好きだったが、熱心な大食漢らしく、何よりも楽しみにしているのは食べ物だった。通り過ぎる男たちで、彼がうらやまない相手はほとんどいなかった。確かに、自信たっぷりに颯爽《さっそう》と歩くたくましい若者にも腹が立ったが、自分と同じ年頃の、スマートで目を引き、仕立ての良い高価な服を着ている人々にも憧れた。ポールのスーツは古くてぶかぶかで、尻は向こうが透けて見えるほど薄くなっていた――デスクワーカーの尻だと、ときおり悲しく考える。

何よりうらやましいのは、魅力的な若い女性を連れた男たちだった。長い髪に、日に焼けたきれいな肌をして、流れるように優雅に歩く女性を。彼は生涯独身者で、どんなに物欲しげなオールドミスの目にも留まらなかった。それでも、太陽は明るく、食欲は旺盛で、チリは期待通りだった――溶けたアスファルトのように熱い。彼はがつがつと食べ、口いっぱいにほおばった、火傷しそうに熱い食べ物を味わった。

銀行の中では、高まる緊張に耐え切れず、女性客が悲鳴をあげた。年配の警備員が銃のホルスターに手をやろうとしているのを、驚いた強盗のひとりが見て、あわてて発砲した。男は血を流して倒れ、あたりは収拾がつかなくなった。二ブロック先をのんびり走っていたパトカーがブレーキの音を響かせて停まり、向きを変えて、銃声のしたほうへ急行した。

二人組の強盗は、何も持たずに銀行を飛び出した。サイレンの音を聞き、さらに緊張を高まらせながら、逃走車へ駆け寄る。それは古いダイムラーで、傾斜した巨大なボンネットは、最近の車ではとうてい太刀打ちできないような、攻撃的なけだものじみた獰猛さを感じさせた。タイヤをきしませてカーブを曲がると、パトカーもスピードを上げて曲がり、徐々に迫ってきた。

逃亡者の経路は明らかに不適切なもので、パトカーは素早くそれに追いついた。たちまちのうちに、助手席に乗った警官は至近距離から発砲できる位置についた。しかし、引き金を引くことはできなかった。この状況下では一般人を危険にさらし、署の方針に反することになる。彼にできるのは、追跡し、道路封鎖の手配をすることだけだった。

だが、その警官の父親は銀行強盗事件で相棒を殺され、自身は生涯足が不自由になっていた。そして息子はこの類の犯罪を、盲目的なほど憎んでいた。彼は窓から身を乗り出し、両手で銃を構えて二発撃った。それは未規制の四四口径マグナムで、アフリカスイギュウをもよろめかせることのできる強力なものだった。そして、彼は署内で最高の射撃手という評判にたがわぬ腕前を見せた。銃弾は二発とも、ダイムラーの運転手に命中した。車は激しく揺れ、縁石に乗り上げ、四方八方の人々が逃げ出した。さらに車は〈エル・マタドール〉の大きな窓を破り、戦車のような金属のかたまりが、恐ろしいほどの量と威力で突っ込んだ。

ポール・グリーンウッドはチリを食べ終え、ひりひりする口を水で冷やしながら、ホット・ファッジ・サンデーを食べようかどうしようかと迷っていた――この血圧で、これ以上ナトリウムと飽和脂肪を摂取する危険を冒すか？――そのとき、巨大なボンネットがガラスの破片を撒き散らしながら、永遠にも思える時間をかけてこっちへ向かってくるのが目に入った。だが、オリンピック選手のような敏捷《びんしょう》さを持っていたとしても、その黒い車をかわすのは人間には無理だった。何トンもの固い金属がただかすったのではなく、彼にまともにぶつかった。恐怖と絶望の恐ろしい悲鳴がグリーンウッドの喉にこみ上げたが、口から出ることはなかった。彼は最期の闇の中に真っ逆さまに落ちていった。

ポール・グリーンウッドの、二度目の運命とのランチは終わった。


フォレスト通りとライトハウス通りの角の信号は、今も内蔵された鉄の周期に従い、無感情に車と人々の流れを決めていた。青、黄色、赤――青、黄色、赤――。

だが、運命の神は色盲だった。

ひとり遊び

白須清美訳

リンダはゆっくりと目覚めようとしていた。真っ暗で、ぞっとするほど静かな無意識という底なしの井戸から、風船が浮かび上がってくるように。朝、ぱっちりと目が開き、すぐに意識がはっきりするほうではなかった。それよりも、リンダは夢も見ない眠りから完全に目が覚めるまでの、けだるいひとときを楽しむのが常だった――すべすべした寝具の肌触り、外で得意げに歌うものまね鳥のさえずり、コポコポ音を立てながら抽出されるコーヒーのかぐわしい香り。この素晴らしい移り変わりを楽しんでから、ようやく彼女はゆっくりと目を開け、部屋を見わたすのだった。

今日はその楽しみを、もっと広げてみよう。数年ぶりに、彼女はひとり遊びのことを思い出し、大好きなやり方で楽しんでみようと思った。それにはいろいろなやり方があって、ほとんど忘れていたけれど、今、ゆっくりと目を覚ますうちに、記憶が鮮やかによみがえってきた。

たとえば十歳の頃、冷え込む秋の宵には〈旅〉を楽しんだものだ。強い夜の香りが立ち込める川沿いを、長いこと歩く。暗くなってからようやく、海を越えた当てのない長旅から戻ったかのように家路につく。帰宅したとき、懐かしいセコイアの家がまだそこにあるのかも、ママとパパがまだ生きているのかすらもわからない。甘美な期待――そして、注意深く育んできた恐れ――に胸を高鳴らせ、最後の角を曲がる。ああ、家はそこにあった。明かりが温かく招いている。でも、両親は本当にそこにいるのかしら？　長年、帰ることのないリンダの身を心配していたことだろう。いつか帰ってくることがあるのだろうかと。

けれど、その後で決まってがっかりさせられることに、ママは本から顔を上げ、穏やかにこういうのだ。「頼むから、暗くなる前に帰ってきてちょうだい」長い長い異国の旅を終え、前触れもなくドラマチックに帰ってきたはずなのに、まるでただの散歩から帰ったかのように！

でも、今朝は〈旅〉をしている時間はなかったので、ひとり遊びの〈奇妙な目覚め〉編にしようと思った。子供の頃、何度もやった遊びだ。それにはベッドにじっと横たわり、ほんのわずかでも目を開けてはいけなかった。そして、周囲を疑うのだ。両腕をぴったりと脇につけ、身を固くすれば、柔らかいなじみのあるベッドがたちまち見知らぬものとなり、そっと目を開けたときには部屋がまるで違ったもののように見えた。眠っている間に、謎めいた変化が訪れたかのように。ものまね鳥の声さえも、アフリカのジャングルを舞台にした映画の中の不気味な歌い手のように、ガーガー、ギャーギャー、ホーホーと響き、コーヒーの香りはアメリカの食通さえも知らない、異国的な飲み物の香りに思えた。たわいもない遊びだったが、それはとても愉快で、最後に目を開けて、よく見知った、大好きな場所にいることを知ると、心からほっとするのだった。

そう、今それをやってみよう。もう二十歳の女の子だけれど。女の子？　いいえ、大人の女だわ。嫌だ、どうして忘れていたの！　今日は誕生日じゃないの。五月十八日には二十歳になるんだわ。『ホフマン物語』の、あのほろ苦い場面はどんなだったかしら。悪い博士がアントーニアの年を思い出してこう歌うのよ。〝まだほんの二十歳とは！　人生の春……〟そして彼女は彼によって破滅させられる――病気だというのに、無理に歌わされて……。

リンダはますます強くまぶたを閉じた。そう、誰もわたしの春を奪えない。ゆうべの素敵なデートの相手も。優等生のブライアン・マックレーは新しい車にわたしを乗せ、わたしは舶来のシャンパンを三杯飲んでいた。本当はもっと多く。何がいけないの？　ブライアンは酔っていた。町一番の有望な結婚相手を、わたしは独占していた。二十歳になる恋人が、まさにその誕生日の朝に〈奇妙な目覚め〉の遊びをしていると知ったらどうするかしら？　しかも、彼はわたしを成熟した女性だと思っている！　けれどそのとき、彼女は何年かぶりに腕をぴったりと身体の両側につけて身を守り、目を閉じていた――きっと、すごく幸せだからだわ。

ひとり遊びはまだ続いていた。ベッドがいつもよりも固く感じる。ものまね鳥も、奇妙になりを潜めていた――ときには鳥らしくもなく、ひと晩じゅうさえずっているというのに。けれど、コーヒーの匂いはした。抽出が終わったところね。でも、匂いが強すぎる――どこかの知らない飲み物かしら？　海を越えたアトランティスの、コーヒーに似た別の飲み物かもしれない。それなら、この妙な匂いもうなずける。

ひとり遊びがうまくいきすぎている。リンダは身震いした。もう十歳の子供じゃないわ。どうしてこんなにはっきりと、違う部屋だと思い込めるの？　寝ている間に、異常な、ありえない変化が訪れたかのように。それに、コーヒーをいれる音にも気づかず、出来上がって初めて目が覚めるほどぐっすり眠っていたなんて。一瞬、混乱した。

でも、無理もないわ。遅くまで出かけていたんだもの。二人でいろいろなところへ出かけたわ。

わたしとブライアンは……それから、川べりに長いこと車を停めて……彼は男らしいといえる程度にぶっきらぼうで……プロポーズさえしてくれたら、うまくいったのに……美人コンテストの女王になるのは確実だと思っていた。結婚相手を見つけるには有利になる……それに、このリンダ・ジーン・バリンジャーが町一番の美人だと思うのは、ただのうぬぼれじゃないはず。十六の年から、誰もがそういってくれたもの……何をとりとめもないことを考えているのかしら！　リンダは自分にいい聞かせながら、ますますベッドに深く沈み、取るに足りない、傷つきやすい子供時代を思い出していた……そろそろ起きて動き出さなきゃ。今日は誕生日だもの……今夜はパーティだわ……。

まぶたは重く、開こうとしなかった。リンダは急に、少し怖くなった。本当に目覚めていないわけじゃないわ。前にもこんなことがあったはず。眠りからは覚めていて、ただ夢のレベルが移り変わっただけ。この半覚醒状態から、無理にでも抜け出さなくちゃ……。

そのとき、近くで声がした。ママとパパ？　いいえ、二人の女性の話し声だわ。ひとりは大声で、もうひとりは穏やかで優しい声。友達？　ママの友達が、こんなに朝早くから来るはずがない――家のことをしなくてはならないもの。それとも、昼まで寝ていたのかしら……そんなことってある？……家に帰ったのはとても遅かった……そうだった？……覚えてもいない……ワインの飲みすぎ？……そうでなければいいけど――パパはかんかんに怒るわ……でも、わたしは今日で二十歳よ。大人の女だわ……それに、誕生日なんだから、少しは大目に見てもらえるはず……夢にしては、頭がひどくはっきりしている。変なの……。

「ここです」声の大きい女性がいった。「痛ましい患者ですわ、シスター。デート中の出来事でした。かわいそうに、誕生日の前の晩に。ボーイフレンドがお酒を飲んでいて、新車で事故を起こしたのです。ＤＯＡ――つまり、病院到着時死亡でした。彼のほうは」

リンダは目を閉じたまま、いぶかりながらそれを聞いていた。不健全な噂話ね。わたしは大嫌い。どうしていいことだけに目を向けようとしないの？　世の中にはたくさんあるはずなのに。死なんて不愉快よ。どうしてママは、こんな人を家に上げたのかしら？　それに、別の寝室にいる〝患者〟って？　ここは養護老人ホームじゃないわ。寝室はお客様のためのものよ。

リンダはとうとう目を開けた。けれど今回は、ひとり遊びの〈奇妙な目覚め〉がまだ続いていた。壁は薄汚れた白で、強いコーヒーの匂いに混じって、つんとする消毒薬の匂いが漂ってくる。そして、寝ているのは自分のベッドではなく、固くて狭い簡易ベッドだった。

彼女は両腕を自由にし、ひどく骨を折って、自分の顔に持っていった……。

「ええ」声の大きい女性が、ドアのすぐ外でいった。「彼女は誰よりも長くここにいます。わたしが来る前から。親族はもう、ひとりもいません。脳の損傷というのはご存じでしょう、シスター・アースラ。昏睡状態に陥っているのです。植物人間のように。そして今日は、彼女の誕生日なのです」

穏やかな、とても低い声が何かをいった。

「いいえ、目を覚ますことはないでしょう、シスター……ただ……最後の最後に、ほんの数分だけ意識がはっきりすることがあるようです……あたかも死が、特別な力を与えてくれるかのように……」

リンダの指が、しわくちゃの頬にふれた。老いてたるんでいる。両手は今、はっきりと見えたが、それは節くれだって、静脈が浮き、鉤《かぎ》のように曲がっていた……。

二人の女性がベッドの横に立った。ひとりは尼僧だった。シスター・アースラの目は溶けたキャラメルのように優しげな茶色だった。リンダと目が合うと、その目が驚きでいっぱいになった。

「でも、彼女は目を開けているわ！」尼僧が叫んだ。

そしてリンダは目を閉じ、ひとり遊びは終わった。

水たまり

定木大介訳

一握りの塵《ちり》のなかに恐怖を見せてあげよう――偉大な詩人はかつてこう言った。そんなことがはたしてできるものだろうか？　もし仮に、私がかつて一度でもそうした疑いを抱いたことがあったとしても、今は違う。子供のころの、おぼろげながら恐ろしい思い出が、何十年ものあいだ記憶の枠のすぐ外側に――まるでじらすかのように――とどまり続けたあげく、この数週間で不意にくっきりと輪郭をそなえた明瞭な像を結んだのである。あるいは感冒《かんぼう》による高熱が、閉ざされていた私の記憶回路をいくつかひらいたのかもしれない。理由はどうあれ、とにかく私は初めて納得がいった――自分がなぜ塵のなかにではなく、水に恐怖をおぼえるのかを。

雨が降ったあとにできる浅い水たまりが怖いなどと聞けば、さぞかし馬鹿げたことに思えるだろう。でも、ちょっと考えてみてほしい。子供の時分、道にできるそうしたちっぽけな水たまりをのぞき込んで水面に映る空を見たとき、ある錯覚にとらわれ、その錯覚があまりにも生々しいので思わず身震いしてしまったという経験が、あなたにはないだろうか？　わずか数歩先に、底知れない深淵が口をあけている。下へ下へと穿《うが》たれてゆき、どういうわけか天上に達する地面の裂け目。一歩を踏み出し、水たまりがつくる鏡のような水面の真ん中に足を下ろしたが最後、真っ逆さまに落ちてゆく。落ちてゆく？　昇ってゆく、と言うべきだろうか？　ともかく天地は判然とせず、そこでは上と下とが奇怪な混交をなしている。水たまりを見下ろすあなたの足もとには雲が広がり、あなたと雲とをへだてるのはきらきら輝く水面しかない。はたして子供のころのあなたには決定的な一歩を踏み出し、錯覚を打ち砕くだけの勇気があっただろうか？　私にはなかった。記憶が戻った今にして思えば、そんなことをしてもし本当に水たまりのなかに落ちたらと考えただけで、恐ろしくてしかたがなかったに違いない。だから、遊び仲間たちがどれほど無造作に水を撥ねちらかしていこうと、私はそうした水たまりを注意深く迂回せずにはいられなかったのである。

仲間たちの大半は、私が時折のぞかせるこの弱みを大目に見てくれた。なんといっても当時の私は丈夫で活発な子供だったし、遊びなら何をやらせてもそれなりにこなすので、周囲からは一目置かれていたからである。幼心に恐れていたことが現実のものとなり、私が立場を失うのは、ジョー・カルマが町にやってきてからのことだ。

ジョーは私よりも三つ年嵩《としかさ》で、腕っ節もずっと強かった。胸板が厚く、筋肉質で、肌の色は浅黒く、常に不機嫌でいらだっていたのを憶えている。屈託のない笑顔など見せることはなく、唯一笑うとすれば、他人の不幸を喜ぶとき（ドイツ語で言うところのシャーデンフロイデ）にかぎられた。ジョー・カルマがそのずんぐりした背中を丸め、大きな両の拳を振りまわしながらじりじりと前に進み出るとき、彼に立ち向かえる者はほとんどいなかった。私も例外ではない。ジョー・カルマの腕力もさることながら、私は彼の傍若無人な振る舞いにすっかり怖じ気づいていたのである。

振り返ってみれば、父親がおらず、病弱で愚痴っぽい母親と二人で暮らしていたあの少年には、どこか残酷で邪悪なところがあったように思う。ジョー・カルマのすることは、ほかの子供たちがはたらくような他愛もない、基本的には微笑ましい悪戯とは違って、悪意と冷酷さに満ちていた。〝寸足らず《ショーティ》〟・ドゥーガンが雄猫に雪つぶてをぶつけたり、グルーバーさんのクルマのタイヤの空気を抜いたりして喜んでいたのに対し、ジョー・カルマは子猫をいじめたり――生きたまま火をつけて焼き殺すところを見たという噂もあった――、クルマのヘッドライトをハンマーで叩き割ったりするのを好んだ。

そのジョー・カルマが例の水たまり恐怖症のことをどこからか聞きつけたのが、私にとっての運の尽きだった。首根っこをつかまれ、もがく体を大きな水たまりの縁まで引きずっていかれ、そこに――路面の下に広がる恐ろしく遠い空へ――放り込むぞと脅されたことさえ一度や二度ではない。

恐怖のあまり半狂乱になっている私を、いつもあわやというところで助けてくれたのが、ラリー・デューモントだった。ラリーはジョー・カルマよりも上背があり、腕力では互角以上、すばしっこさでは上を行くと見られていた。二人はいずれ雌雄《しゆう》を決しなければならない運命にあったが、そのときはまだカルマがラリーとの勝負を避けていた。おそらくは、何かつけ込めるような弱点はないかと探しているところだったのだろう。だからといってジョー・カルマが臆病者だったというわけではない。彼はただ冷静かつ慎重だったのである。ジョー・カルマは勝てる見込みのない勝負をしなかった。

いっぽうのラリーはというと、普段は穏やかで、よほどのことがないかぎりみずから進んで喧嘩をするタイプではなかった。ラリーはいつも、太い釘さえ曲げることができそうな細長く強靭な指でカルマをつかまえ、相手の罵り言葉に軽口で応じながら、決定的な対決にいたることなく私を囚《とら》われの身から解き放ってくれた。そのあと二人はひとしきりつかみ合ってから――ラリーは余裕しゃくしゃくの笑顔、ジョーはいつもの仏頂面という違いこそあれ――、お互いの強さを再認識して離れるのが常だった。

そんなある日、大雨があがったあと、町の北のはずれに建つジョンソンの納屋の裏手にできた、ほとんど池と言ってもいいぐらい巨大な水たまりで私はカルマに捕まった。そこは普段から人気《ひとけ》のない寂しい場所で、かなり朝早かったこともあり、週末はいつも遅くまで寝ているジョーがまさか姿を現すはずはないと高をくくっていたのである。もしジョーが現れるかもしれないと思っていたら、そんなところに一人でのこのこ出かけはしなかっただろう。

何かを恐れながら、それに魅せられるというのは珍しいことではない。私はその大きな水たまりのそばに立ち、ただし縁からはじゅうぶんな距離を保って、水たまりに映った蒼穹《そうきゅう》をのぞき込んでいた。空は雲ひとつなく、地面からずいぶん下にあるように見えた――もちろん、そんなところに空などあるはずもないのだが。とにかく私は、それまでに幾度となくそうしてきたように、水たまりに足を踏み入れる勇気を奮い起こそうとしていた。水たまりの下に固い地面があるに違いないことはわかっていた。過去に、棒切れで水面を突いて確かめたことも一度ではきかない。それでもやはり、私は足を踏み出すことができなかった。

そのとき、二本のたくましい腕がにゅっと伸びてきて私の体を宙に抱えあげると、鼻面よ水たまりにくっつけとばかり逆落としに傾けた。恐怖で顔をゆがませた私のすぐ目の前には、きらきら輝く水面がせまってきた。

「今から十《とお》数えるぞ。十でおまえを水のなかに放り込んでやるからな！」耳障りな声が響く。「おまえが怖がってるとおりさ。底なしなんだよ、水たまりってやつは。落ちて、落ちて、また落ちて、とにかくずっと落ち続けるんだ。びゅんびゅん風を切る音が聞こえて、体はくるくる回り、どんどんスピードが上がってく。もちろん、二度と戻ってこれないぜ。だって永遠に落ち続けるんだからな。おまえはずっとキチガイみたいに悲鳴のあげどおしさ。けど、それもだんだん小さくなって、しまいにゃ聞こえなくなる。さあ、覚悟しな！　一つ！　二つ！　三つ！――」

　私は悲鳴をあげようとしたが、喉がふさがって声にならなかった。かすれ声を漏らしただけで、あとは必死にもがき続ける。けれども、カルマは私をしっかりと抱えたままいっこうに放そうとしない。彼の腕の隆々とした筋肉という筋肉が、私を捕まえておくために盛りあがるのが感じられた。

「四つ！　五つ！　そおら、もうすぐだぞ。六つ！　七つ！――」

　かぼそくも憐れっぽい声が私の唇のあいだから漏れ、それを聞いたカルマは高笑いした。なぜだか視界がぼやけてくる。あれから何十年もたった今にして思えば、私はそのとき、おそらくショック状態に陥ろうとしていたのだろう。

　そこへ、救いの手が差しのべられた――すばやく、かつ鮮やかに。突然カルマの体がぐいっと水際から引き離されたかと思うと、次の瞬間、私は解き放たれて地面に這っていた。見上げると、そこには憤怒で顔を蒼白にしたラリー・デューモントが仁王立ちになっている。

「懲りないやつだな、ジョー！」ラリーは怒りに歯ぎしりしながら言った。「お仕置きにこうしてやる」

そして彼は驚くべきことをやってのけた。カルマは上背こそラリーに負けていたが、体重は上回っていた。それなのに、ラリーはそのしなやかで強靭な両腕をカルマに巻きつけると、宙に抱えあげ、みごとなスープレックスで、水たまりの真ん中めがけてその体をたっぷり六フィートは放り投げたのである。

今、私は自分の記憶を疑ってかかっている。これほど鮮明に思い出せるのに、そのあとの光景を本当に見たのかどうか、私には確信が持てない。常識的に考えればありえない出来事だ。しかし、あの光景は脳裏に焼きついて離れない。カルマは体をまっすぐに伸ばしたまま、うつ伏せで水たまりに落ちた。そして言うまでもなく、水たまりの深さといったら、せいぜい数インチ程度だったに違いない。ところがどうだろう、カルマはその水たまりのなかに落ち込んだのだ！　私は彼の体が螺旋《らせん》を描き、回転し、例の雲ひとつない空に向かって落ちてゆくにつれてどんどん小さくなるのを見た。カルマは――まさについさっき自分で口にしたとおり――悲鳴をあげていた。ぞっとするような甲高い叫び声は、まるで遠ざかってゆくかのように次第に小さくなり、手足をばたつかせる姿は、やがて小さな人形のように見え、ついにはたんなる黒い点に変わった。忘れようとしても忘れられるわけがない。それでいて、ついこのあいだまで夢の記憶でしかなかった光景……。

ラリーを見ると、あんぐりと口をあけ、その顔からはすっかり血の気が引いていた。彼の長い指は、さきほどみごとなスープレックスを放《はな》ったときと変わらず、鉤状に折り曲げられ、こわばったままだった。

少なくとも、私はそのように憶えている。それ以降の記憶は定かでないが、あるいは私とラリーで水たまりの深さを測ってみたかもしれない。もし測ったとしても、数インチがいいところだったのは間違いない。

今から三週間前、病状が快方に向かったのを機に、私は腕利きの私立探偵に調査を依頼した。地方紙のバックナンバーにはあいにく抜けがあったが、一九三七年八月二十日——私が八歳のとき——の紙面には次のような記事が載っていることがわかった。

カルマ少年行方不明事件、いまだ手がかりなし

十日間にわたる警察の捜索もむなしく、今月九日に忽然と姿を消したジョー・カルマ少年の足取りはなんらつかめていない。仮に少年が町を出たのだとしても、バスを使ったのか、それとも列車に乗ったのか、そのあたりは皆目不明である。半径数十マイル圏内で唯一の深い水場であるマーティンズ・ポンドが浚《さら》われたが、こちらも徒労に終わっている。

探偵によれば、ジョー・カルマがそれっきり町に戻らなかったことは確からしい。また、一九三七年から現在まで、軍の記録やＦＢＩのデータベースはもちろん、いかなる公的な名簿にも彼

の名前はないという。

　今では素潜りもするし、自前の小さなスループ帆船もあやつる私だ。ゴムボートを漕いでコロラド川の急流を下ったことさえある。それでも、空を映し出す浅い水たまりを踏んで歩くのに、依然として私は、それこそありったけの勇気を奮い起こさなければならない。

フォードの呪い

白須清美訳

「フォードは最悪だ」老人は震える声でいい、潤んだ青い目に怒りをにじませて記者を見据えた。「やつらは徒党を組む。まるで――全員が親類同士の田舎者のように。たとえあちこちに散らばり、ケンタッキー州を越えたとしてもだ。そこのところはちゃんと書いておいてくれよ、お若いの。ほかのもひどいが、フォードが最悪だ。一族のプライドってやつさ！」

記者はうなずき、手馴れた速記でメモを取った。このじいさんは実に面白い。まったく新しい異常者だ。テレビの仕事でないのが残念だった。この塩辛声《しおからごえ》を録音できたら素晴らしいのに。ウォルター・ブレナンを思わせる。

彼は書いた。「フレッド・マーラー。なめし革のような顔に鋭い目つきの退役軍人は、迫害され――」いや、こっちのほうがいい。「――ひどく奇妙な迫害の犠牲者だと主張している――」

マーラーが連想を断ち切った。「始まりがどのようなものだったかは覚えている。あれは一九一三年のことだった。あんたは生まれていないかもしれんな。わしは親父のT型を完全に怒らせてしまったんだ。当時はまだほんの子供だったが、口は悪かった――全部書いたかね？」

「ご心配なく、ミスター・マーラー。大変面白いお話です」

「しかも、全部でたらめだと思っているんだろう」老人は意地悪くいった。

「それを判断するのは、ぼくの仕事じゃありません」記者は穏やかな口調で答えた。「ありのままを記事にするだけです。そう考えるには、十分な理由があるのでしょう。さて、T型のことですが、あなたが――その――敵に回したという。知りませんでした」――彼は微笑んだ――「あれがそんなに怒りっぽかったとは。ぼくの祖父はあれを、どんなにおとなしいラバでも我慢できないだろうという言葉でののしっていました。一度など、ラジエーターを思いきり蹴飛ばしていたのを覚えています。ボルトや何やらが一クォートほども落ちてきましたが、それでも問題ないようでした。車は走ったんです――その意志があれば」彼は顔を赤くして言葉を切った。ついしゃべりすぎた。しかも馬鹿げたことに、マーラーと一緒になってその古い車を擬人化していた。

「その通り」世捨て人は悲しげに同意した。「やつらを侮辱するのは容易ではない。製造ラインで作られたときには、プライドのかたまりというわけじゃない。ロールスロイスと違ってな。だが、わかるだろう、ミスター――ええと――」

「ネルソンです」

「――ネルソン――たいていの人間は、一種の愛情を込めてフォードをののしる。ああ、持ち主は十分腹を立てているさ――ぬかるみにはまって動けなくなる、寒い朝にはエンジンがかからない、あるいはギアがうまく嚙み合わない――だが、そんなのは夫婦げんかみたいなものだ。本当は愛し合っているものだから、そう深刻にもならず、わだかまりもない。だが、わしは生意気な口をきく青二才だった。そして、それが天敵のひとつだったのだろう。わしはもっと大きく、性能のいい車を追い求め、こいつに当たり散らした。

わしが何といったかは訊かないでくれ。遠い昔のことだからな。いずれにせよ――我慢の限界を越えるほどのものではなかった。だが、いつそれが起こったかは知っておいたほうがいいだろう。わしはある寒い朝、車のエンジンをかけていた——カリフォルニアと違って、あそこの冬は本当に寒いんだ——そして、彼女は動こうとしなかった」

「どうして〝彼女〟というんでしょうね?」

「知らんよ。だが、〝彼女〟で間違いない。女ほど恨みを引きずるものはいないからな。恋人に捨てられた女がどうなるか知っているだろう。知らないほど若くはないはずだ。いずれにせよ、今いったように——きみのような若者は覚えていないだろうが——T型はエンジンがかかるとき、〝エヘン! エヘン! エヘン!〟というんだ。あの朝には、まるで馬鹿にされているように聞こえたよ。仕事には遅刻だし、鼻はアラスカのエスキモーよりも冷たくなっていた」彼は言葉を切り、考え込むように唾を吐いた。頭上では二羽のカラスが羽ばたき、かすれ声で鳴いている。そして、雲のはるか上では、ロスアンジェルスにつきものの貨物用ジェット機が、ヒステリックな音を立てていた。

「その声にはわしを苛立《いらだ》たせるものがあったので、ぼろくそにののしった。それだけじゃない。身を引いて構え、ジャッキの取っ手で思い切り叩いてやった。ボンネットに大きなへこみができ、ヘッドライトのひとつが壊れた。こてんぱんにやっつけたというわけさ」彼は物知り顔にうなずいた。「あのT型は二度と元には戻らなかった。片目が斜視になった美女みたいなものだ。女の顔に傷つけたときには気をつけろ——それに尽きる! あらゆるいさかいをやり尽くした上で、それが仕上げだった。彼女はわしを心底憎んだ。彼女だけじゃない。恨みが伝わるのだ。フォードってのは家族みたいなもので、結束している。ひとつを傷つければ、全部を傷つけたことになる。まるでひとりの女でなく、呪われた部族をまるごと引っぱたいたようなものだ。それだけじゃない。ほかの車――別の車種――も、たちまちそれに加担する。たぶん、オールズはフォードが好きではないだろうが、わしは共通の敵というわけだ」

「最初の――ええと――攻撃はいつだったのですか？」

「ああ、あのT型は、手放す前にわしを十二回は殺そうとした。エンジンをかけようとしたときには、いいかね、ニュートラルだったことはわかっている。ところが、エンジンがかかったときになぜかギアが入っちまうんだ。わしはすんでのところで脇に飛びのいた。向きを変えると、間違いなくそれを追いかけてくる。その証拠に、わしが溝に飛び込むと、彼女は本当に操縦不能になった車のようにそのまま突っ走らず、停止してニュートラルに戻った。自分を大破させるつもりはないのだ！ それが証拠じゃないかね？」彼はけんか腰に問いかけた。「そんな行動をするのは、悪意に満ちた車だけだ」

「筋が通っているように思えます」ネルソンは表情を変えずに同意した。

「そう、やっとのことでわしは車を売るよう父を説得した。それから、オールズを買った。これも同じくらいひどかった。あのぽんこつ車に、いいところはひとつもなかった。親父が運転しているとき、いきなりこっちへバックしてきたことが二度あった。親父はバックのギアには手を触れていないといい、わしもそれを信じている。親父は運転がうまいからな。当然、そのことがあってから、わしはそれには乗らなかったが、常に何とかしてわしを轢《ひ》こうとしおった。何の前触れもなくバックしたり、急に向きを変えたり、スピードを上げたりするのだ。親父はわしがつきを悪くするといった――わしがそばにいると、あのオールズは普通に動かないからだ。賭けてもいい！　わしは親父に、フォードとどれだけそりが合わないか、やつらがほかの車にどうやって偏見を抱かせているかを訴えたが、親父は笑うばかりだった。おふくろは優しかったので、わしを信じてくれた――機械の類はほとんど怖がり、馬がいなくなったのを嘆いていた――だが親父は、おふくろのいうことなど聞く耳を持たなかった。

わしは道でも安全じゃなかった。やつらが猛スピードで走るのを見たことがあるだろう。ひとりの男がこれほど多くの自動車事故に遭うのが、自然なことと思うかね？　いいか」彼はひとつかみの黄色い紙をめくった。「一九二〇年、わしは三度殺されかけた。いきなり操縦がきかなくなり、歩道に乗り上げてきた車などのせいでな。たいてい、運転手に違反歴はなかった。両脚を八回、鎖骨を五回、あばらは数え切れないほど骨折した。いいか！　一九三二年には縁石に止められていたダンプカー――運転手さえもいなかった――が、突然五トンの砂利を落とした。わしは脚を深く切った。傷跡が見えるだろう。これでわからなければ――」

「大変面白い――」いや、それはさっきもいった。「きわめて興味深いお話です。それからどうなったんです？」

「何を期待している？　同じことが繰り返し、車が増えるにつれて頻繁に起こるようになっただけだ。バス、トラック、タクシー、それにトラクターまでもな。だが、こいつはのろますぎた。そいつら全部が、わしを狙った。それから、これはどうだ、お若いの？　わしの家は二度、高速道路を外れた大型トラックに壊される寸前になった。最初は打ち身で済んだ——ベッドに助けられたのだ。次は足首を骨折した。それからは細い裏通りで暮らすことにした。それで解決したかって？　とんでもない！　最初にそこで知り合いになったのは、オートバイとジープだった」彼は無精ひげを生やした顎の、細く白っぽい傷跡をさすった。「四五年に、バイクの男にやられた。操縦がきかなくなったということだ。わしは砂利道からたっぷり五十ヤード離れたところで、マッシュルームを採っていた。もしまともにぶつかっていたら、今頃ここにはいなかっただろう。あの若者がステアリングギアを見たときには、何の問題もなかった」

「きっと損害賠償や保険で、相当なお金を手に入れたんでしょうね」

「だからどうした！」老人は怒っていった。「当然のことじゃないか？　運転手に責任がないにしたって、誰かが治療費を払わなければならない。事故は車のせい——大半はあのいまいましいフォードのせい——で、わしのせいじゃないといったって仕方なかろう。誰がそれを信じる？　訴訟費用を節約するためだけに、わしはこの安全な場所に住んでいるんだ」彼は節くれだった手で周囲を指した。二人が座っている山小屋の外のベンチからは、何マイルも続くカリフォルニアの丘の眺めが広がっていた。すでに乾いた夏の日差しに焼かれている。人の気配はどこにもない——つややかな毛並みの、茶色と白の牛が数頭いるだけだ。

「しばらくすると、保険金さえも下りなくなった」老人はこぼした。「つまり、増えるのは怪我ばかりということだ。連中はわしがわざと事故を起こしたことを証明しようとしたが、運転手のほとんどは正直な人間だし、どのみち目撃者がいる。彼らは車がどんなふうに操縦不能になったかを証言した。

やがて車のボンネットが、大きな口のように作られるようになった。やつらは――何を笑っているんだ、この青二才?――まさか――」

「すみません」ネルソンは真面目に反省してみせた。「あなたのお話を笑ったんじゃないんです。ある漫画を思い出したもので。どうぞ続けてください、ミスター・マーラー。驚くべきお話です。つまり、実に魅力的だ。それに貴重です」彼はあわててつけ加えた。

老人は彼を疑うように見た。「わしは紛れもない真実を話しているんだ。起こった通りの出来事をな。わしの記憶力に間違いはない。今すぐ、すべての元となったT型の製造番号をいうことができる」彼は誇らしげに言葉を切った。「一二一二一だ――覚えやすいだろう」

「初期のものですね。しかし、その新しいボンネットの話を聞かせてください。そうおっしゃいましたよね――」

「ああ、その話をさせてくれ。近づかないだけの分別を持つべきだと思うかもしれないが、あの車はまったく違って見えた。同じ種族とは思えなかった。恨みを受け継ぐ理由はない。あのT型は、三十年以上も前に錆びついてしまった。いずれにせよ、田舎に引っ込んだわしのことなど、フォードは忘れてしまったと思ったのだ」彼は宙をにらみつけ、不満を噛みしめた。「あのいまいましいボンネットが、大きな顎のように閉じたんだ。わしはただ、モーターを見てみたかっただけなのに。二九年以降、しげしげと見たことがなかったからな」彼は当時を思い出したように肩をこわばらせた。「パッドの入ったジャケットを着ていたので助かった。だが、それ以来、背中は元に戻らん」

「外国車はどうなんです？　海外で暮らすこともできたでしょう」

「それがあんたの考えか！　釈迦《しゃか》に説法とはこのことだ。わしもやってみたさ。一度だけな。スクーターにはねられて、溝に落とされたときの賠償金五千ドルで、一年間ヨーロッパで暮らした。第一に、そこには米国車がごまんと走っていた。それらはここで作られ、工場で噂を聞いていた。英国フォードのようにヨーロッパで作られる車も、まもなくそれを耳にした。まるでマフィアだ。やつらはみんな手を組んでいる。わしはMG、ジャガー、ドーフィン、フォルクスワーゲンに追われた。確かに、全国に車が数台しかないエチオピアやリビアに住んでもよかったが、すぐに危険を冒すことになるだろう」彼はいまいましそうにかぶりを振った。「ヨーロッパでは、十分な損害賠償も支払われないのだ」

「なるほど」記者はそういって、手帳をポケットにしまった。「ようやく問題を解決されたようですね。どんな車もここまで来られないのは確実です。しかし、日用品なんかはどうやって手に入れているんです？」

「ラバが山道を登ってくる。歩くにはそう険しくないが、車輪のついたものは登ってこられない」

「それで、ここに住んでいるのですね——どれくらい前から？」

「八年だ。わしは七十近い。新型の車に太刀打ちできるほど機敏に動くことはできなくなった。一九五三年の一団でも十分ひどかった！　一九六〇年代のフォードと争いたいとは思わんよ」

「あなたは安全です。新型の軍用偵察車でも、ここまで登ってはこられませんよ。とうとう勝利をおさめたようですね」

「それはどうかな。フォードってやつは、そう簡単にあきらめない。わしが死ぬまで休むことはないだろう。わしはフォードを侮辱し、フォードはわしを殺そうとしている。だが、少なくともT型でないのは間違いない――今ではそれほど多く見かけないからな。新聞に載ったら送ってくれるだろう――二部ほど?」

「もちろんです」ネルソンは請け合ったが、そうしないことはわかっていた。怒らせるよりは忘れたことにしたほうがいい。自分の話を客観的に扱われれば、この老人は激怒するに違いない。典型的な偏執狂者だが、何たる想像力だ!

「このへんで、写真を撮らせていただければ……」ネルソンはカメラバッグのところへ行き、報道用のカメラを取り出した。「まずはベンチで一枚。いいですよ」

老人は背筋をしゃんと伸ばして座った。しわだらけの、日に焼けた顔はひどくいかめしかった。ネガの出来に疑いを持ったことのない記者は、気楽な自信とともにシャッターを切った。

「今度は、拳を振り上げたところを一枚撮りましょう。まるで――そう――あのT型を呪うように」

マーラーは不審そうな顔をした。「馬鹿げた写真だ」彼は反対した。「人の話をまともに受け取っていないんだろう。真面目な話なんだぞ」

「まあまあ」ネルソンは食い下がった。「あなたのいい分を聞いてほしいのでしょう?　人々はあなたを、頭のいい保険金詐欺師か何かだと思っている——ぼくのいってることがわかりますか？　いいですか、写真が少々あざといからといって、それが何です？　それを見れば、皆は記事を読む。それがあなたの狙いでしょう」

「わかった」マーラーはしぶしぶいった。「どこに立てばいい？」

「この空き地に。結構です。では、拳を震わせて。いいえ、もっと激しく——怒れる預言者のように、空に向かって。そう——そのまま」

まるでキャプションが目に浮かぶようだ。〝呪われた車種の復讐〟そのとき、ヒューッという音が聞こえ、大地を揺るがすような衝撃がして、彼は気を失って固い地面に投げ出された。しばらくして意識を取り戻し、怪我をした身体から重い厚板を払い落としたとき、老人がばらばらになった木と金属の中に倒れているのが見えた。そのほとんどが血に染まっていた。

ショックを受けた彼は、その原因を突き止めるのにしばらくかかった。木片は大きな梱包用の箱に違いない。そして、潰れたホイールや壊れたラジエーター、さまざまなエンジンの部品は、その中味だったのだろう。そして何より、あの有名な、黒い光沢のある金属。

のちに知ったが、修理されたT型がロスアンジェルスを空輸されているとき、不可思議な状況でハッチから落下したということだった。

だが、何より彼を悩ませたのは、その製造番号だった。一二一二だったのである。

第二部　パズラー編

八一三号車室にて

森英俊訳

夜をついて疾走するかの名高きコートダジュール急行の八一三号車室にはふたりの乗客がいた。ひとりはかなりの老齢で、ふわふわした髪はすっかり白くなっていて、身体は小さくしなびていたものの、眼のところに生命の残り火が集まっているかのように、青い瞳だけは爛々と輝いていた。

もうひとりは少年といってもいいくらいの青年だった。背は低くてがっちりしており、もっかの自分にいたく満足しているらしく、これといった理由もないのに笑みを浮かべ、一度はふくみ笑いをもらしたりもした。もうひとりの乗客が自分のほうをじっと見つめていること、ぶしつけといってもいいくらいにきつい視線をそそいでいることには、まったく気づいていないようだった。

やがて老人のほうが口を開いた。声はややかすれてはいたものの、しっかりしていて、いまだに威厳のようなものが感じられた。

「失礼ですが、ムッシュー」彼はいった。「その特徴ある耳たぶと目の周りの山吹色のそばかすからして、デ・モンソロウ侯爵夫人のお身内のかたとお見受けしましたが」

青年はまゆをつりあげ、老人を一瞬まじまじと見つめてから、答えた。「まさにご明察のとおりですよ。そう、彼女はぼくの祖母です。ぼくはベルトラン・デ・モンソロウといいます。で、あなたは？」と強い口調でつけ加える。

「わたしは――その、ムッシュー・セルニーヌと申します。セシールから名前をお聞きおよびなのではないですかな」

青年はさっと考えをめぐらせた。「お名前には聞きおぼえがあるような気がします。でも、祖母はぼくがまだ小さかったころになくなってしまったものですから……」

「あのかたのことはよく存じあげておりました」セルニーヌはつぶやいた。「実にすばらしいおかたでしたね」それからやや鋭い口調でいった。「《ル・タン》紙の伝えているとおりなら、あなたはデュクロー男爵の晩餐会に出席されていたかたのおひとりですな――そう、〈虎の心臓〉なる有名なルビーが不可解な状況のもとに消え失せた晩餐会にですよ」

「たしかにそのとおりです」ベルトランはややこわばった口調でいった。

「すると、仲直りなさったというわけですな?」

青年は驚いたように相手をさっと見やった。

「どうしてそれをご存じなんです――?」

「男爵がいっときあなたの母君に対してひどい仕打ちをしたのを思い出したものですから。男爵は母君がデ・トルネー家の者にはふさわしくない身分の人間と結婚されたとお考えになったのですな」

「おっしゃるとおりです」ベルトランは認めた。「あのときのぼくは」彼はゆがんだ微笑を浮かべながらつけ加えた。「どうやら歓迎せざる客のようでした。ムッシュー・ヴァランのおかげで出席を許されたようなもんですよ。さすがの男爵もあのかたの機嫌を損ねることはできませんからね」

「ああ、なるほど――そういうことでしたか」青い瞳にははげしい心のうちが表れていた。「さて、年寄りのわがままを聞いてはいただけませんか。まだ時間はじゅうぶんありますし、読書はもともと苦手なたちでして。あなたの口からその犯罪のことを聞かせていただきたいのですよ。謎を解いてさしあげられないともかぎりませんしね」

　青年はふたたびまゆをつりあげながら、小首をかしげた。いたずらっぽい微笑やうっとりさせるような気品よりも、そうしたしぐさが祖母をいっそう魅力的に見せていたことを、彼は知らなかった。

「あなたにそれがおできになるなら」彼はやや皮肉っぽくいった。「フランスの司法警察よりも上手《うわて》だということになりますね。なにせ連中はお手上げだと認めていますから」

「これでも若かりしころは――いや、もうずいぶんと昔のことですが」セルニーヌは相手に告げた。「犯罪の手口についてひとかどの知識を持っていたものです。そう、すべてのことは過ぎ去り、壊れ、流れていく（フランスの詩人ポール・エリュアールの言葉）。精神のほうはいまだに燃えさかっていますが、肉体のほうはすっかり弱ってしまいまして」

　きっとしがない事務員かなにかだろうと、ベルトランは心のなかでひとりごちた。でも、こちらからくれぐれも質問はしないようにしよう。この手の老いぼれはいったん話し出したら止まらないからな。そこで彼は如才なくいった。「祖母のご友人の願いとあれば、否やはありませんよ、ムッシュー。あなたのおっしゃるように、時間はたっぷりありますから。さあ、どこから始めましょうか?」

「《ル・タン》紙によれば、あれはささやかさな――そう、六人ばかりの集まりだったとか。使用人たちは出かけており、デュクロー夫妻にはもちろん子どももいませんでしたから」

「そう、人間の子どもはね。でも、あの夫妻ときたら、あきれるくらいの動物好きで――鸚鵡《おうむ》や猫やプードル――を溺愛していました。ぼく自身も動物は嫌いじゃありませんが、ものには限度というものがありますよ。まあ、とにかく……あなたのおっしゃるように、あそこにいたのは六人だけでした。晩餐のあと、だれかが――それがだれなのかは忘れてしまいましたが――二百万フランで買ったばかりの〈虎の心臓〉なるすばらしいルビーをひと目見せてくれるようにいうと、男爵はふたつ返事で承諾しました。というのも、あの男は生来のみえっぱりで、金持ちであることを鼻にかけていたからです。

かくして、みごとなルビーは手から手へ順々に回されていきました。ええ、ちょうどいいぐあいにほの暗いあかりのもとでです。会話もひとしきり盛りあがったあと、どうでしょう!――いつのまにか、ルビーはだれのところにもありませんでした! そう、消え失せてしまったのです」

「なるほど!」老人は物知り顔でうなずいた。「昔ながらのやり口ですな。そもそも高価な宝石をそんなふうに軽々しく回覧させるべきではないのだが。いやいや、お話のじゃまをしてしまったようですな、ムッシュー。どうか先を続けてください」

「実のところ、お伝えできるようなことはほとんどないんです。ついさっきまであったルビーが、次の瞬間にはもう消え失せていたんですから。当然のなりゆきとして、男爵が警察に通報しているあいだ、われわれは部屋のなかに留まっているよう命ぜられました。デュクローの名前がものをいって、ベテランの捜査官たちがすぐさまやってきました。連中はわれわれの身体検査をし——そう、婦人警官もひとり連れてきていたんです——部屋のなかも隅から隅まで捜したものの、なにも見つかりませんでした。ルビーは跡形もなく消え失せてしまっていたんです」

「かくて〈虎〉は盗まれぬ」セルニーヌがつぶやいた。

ベルトランは老人にゆがんだ笑みを見せた。「きわめて古典的な状況じゃありませんか？　関係者《ネセパ》はごくひとにぎりで、だれひとり現場を離れていないのにもかかわらず、高価な宝石は消え失せてしまった。六人のうちのだれかが取ったのは明らかですが、獲物をどうやって屋敷から持ち出すつもりだったんでしょう？　まあ、司法警察のお歴々の悔しがりようときたら、ありませんでしたよ」

「あなたは連中に好感をお持ちでないようですな」セルニーヌが鋭い口調でいった。

「当然じゃないですか。連中は無礼にも、このぼくを第一の容疑者と見なしたんですから。あまりぞっとしない名誉ですよ」彼はくすくす笑った。「さあ、ムッシュー・セルニーヌ、これでもまだ謎が解けるとお考えですか？」

「おそらくは」落ちついた口調で返答があった。「いくつか質問をさせていただけますかな？」

「なんなりと」

「家内でいくつかペットが飼われていたというお話でしたな。あくまでも理屈のうえでそう考えられるというのにすぎないでしょうが、手始めに猫から取りかかることにしましょうか。犬は猫ほど自由が許されてはおりませんからね。まあ、外の空気を吸ったりなんかするために、プードルは散歩に連れ出してはもらえますが。かたや猫《ル・シャ》のほうは、好きなようにそこらを歩き回ることができるときています」

ベルトランは青ざめた顔で、身体をこわばらせて座っていた。

「こいつは驚いた《モン・デュー》！」彼は叫んだ。「たしかにそうだ！　でも、どうして？」

「この猫はおそらく、毛並みの長いやつだったのではないですか？」セルニーヌは青年の反応などどこ吹く風と、なおも続けた。「それに年寄りでもあったのでしょう――なまけ者で動作がのろく、ひとなつっこい――そう、年齢を重ねると、そんなふうになるものですよ」

「なにをいわんとされているんです？」ベルトランはわれを取り戻して尋ねた。「あなたのこの推理とやらにはついていけません」

老人はため息をもらした。

「男爵のようなやから――わたしはああいう類の連中をよく知っていますが――そう、金で爵位を手に入れた、成りあがり者のプチ・ブルジョワは、どいつもこいつも同じです。さて、猫を飼っている家には、いつでも外に出られるように小さな自在戸――そう、猫用のくぐり戸と呼ばれているもの――が設けられているものです。盗人はそのことを知っていました。すべてが入念に計画されていたのです。犯人はひざの上か目につかないテーブルの下でくだんの猫をなで回し、ガムかそれに似たものでルビーを長い毛の奥にくっつけたのです。老猫はいずれはそれをなめてはがすでしょうが、なにぶんやんちゃ盛りの子猫とは違って、のんびりしているので、時間はたっぷりありました。関係者たちが身体検査をされ、ごつい刑事《フリックス》たちがしゃべりまくっている――喧騒のなかでは、猫と名のつくものであれば、そこに留まってなどいなかったでしょう――なにせ気むずかしい生き物ですからね。くだんの猫も小さなくぐり戸を通って、部屋の外――屋敷の外へと出ていきました。そして外では――そう、盗人の共犯者――妻ないしは恋人？――が宝石を回収するために待機していたのです。猫ちゃんには小魚が用意されていたかもしれません。それとも、ひとなつっこい老猫ですから、えさはなにも必要なかったかもしれませんね」

ベルトランは口をあんぐり開けて、ただただ相手を見つめるばかりだった。

「とても信じられない」青年はしまいにぼそぼそいった。「現場も見ずに、ものの十分のあいだに真相を――そう、まさしく真相を見抜いてしまうだなんて！　おっしゃるとおりです」と興奮ぎみにいう。「潔く認めましょう。たしかにその手を使って盗みました。でも、どうしてそれがわかったんです？」

「セシールは一度ならずわたしの手助けをしてくれたのですよ」老紳士は優しい口調でいった。「血筋は争えないものですな。彼女と同じように、あなたも頭の回転が速くて、創意に富んでおいでだ」

「あなたはどなたなんです？」ベルトランが尋ねた。

「あなたのおばあさまはわたしのことをポール・セルニーヌとしてご存じでした」老紳士の口調には誇らしげなところが感じられた。「だが、わたしはかつてもうひとつの名前で世間に広く知られていました――そう、アルセーヌ・ルパンとして」

誕生日の殺人

森英俊訳

ミス・アリス・ディーンはきびきびした感じのする女性で、態度は冷静沈着ながらも、瞳は陽気に輝いていた。そしてもっかのところ、「真実はなにか?」なる質問に全神経を注いでいるように見えた。だが冷淡なピラト総督とは違い、彼女はその答えをじっと待ち続けることだろう（聖書の「ヨハネ伝」のなかで、ピラト総督がイエスを磔にする最終決定を下すときに、真実に背を向けたことを踏まえている）——満足のいくような答えがいっこうに得られなくとも。

「あらあら、警部さん」彼女はウォルター・メースに向かっていった。「喜んだらいいのか、わくわくしたらいいのか、それともどぎまぎすべきなのかわからないわね。わたしがどうしたら犯罪捜査のお役に立てるのかしら?」

「あなたは——その——これまでにアガサ・クリスティをお読みになったことはありませんか?」相手の感情を損ないやしないだろうかと思いながらも警部は訊いた。

「クリスティ?」ミス・ディーンは思案するようにその名前をくり返した。「二十世紀の作家かしら? 一七四二年にサー・ケネルム・クリスティとかいう人物がいたけど、娘の名前は——いえ、アンナだったわね」

メースは軽く咳ばらいをした。

「いえ、そうじゃないんです、ミス・ディーン。わたしのいうミス・クリスティはミステリ作家でして。読者にもっとも人気のある登場人物のひとりは女性でしてね――あなたよりはだいぶん年上ですが――やはり独身で――事件を解決するんです」顔が赤らむのを感じて、彼は言葉をとぎらせた。まったく、なんたるざまだろう！　このお上品な女が手助けしてくれるかもしれないという村の大ばか者たちの言葉をうのみにするんじゃなかった。

陽気な瞳は相手の苦境を楽しんでいた。

「さあ、続きを聞かせてちょうだい」彼女は先をうながした。「ますます興味を惹かれてきたわ。ねえ、ミス・クリスティの未婚の老嬢とこのわたしとに、いったいどんな関係があるというの？」

「つまり」メース警部は調子に乗っていった。「作中人物であるミス・マープルがすばらしいのは、彼女が自分の村のことに精通してるうえに、人間のよき観察者であるからです。それに、ティルフォードの住人のなかであなたがもっともミス・マープルに近いという話がありましてね」

「あきれた」彼女はため息をもらした。「まさか、そんなこととはねえ。ひとがいくら文学に興味があるからといって……。見てちょうだい、警部さん」彼女は相手を五十冊ばかりの本が並んでいる奇妙な黒っぽい木造の本棚へと案内した。「実をいうと、わたしに関心のあるのはジェーン・オースティンと彼女の作品だけ。彼女こそは史上最高の作家――いえ、女性だわ。もう何年もその作品以外のものは読んでいないし、これからも読むつもりはなくってよ。わたしのような人間、わたしのような人生について言及すべきことは、ジェーン・オースティンがみごとなまでに述べつくしてくれているもの。村のひとたちがどう思っているにせよ、ほかのひとたちのことはまるで知らないし、犯罪を解決するためにといわれても、そもそもティルフォードにそんなものが起きていることにすら気づいていなかったわ」

警部はぽかんと口を開けて相手を見つめた。

「そんな」彼はいった。「過去八週間のあいだにまさにこの村で五人もの人間が殺されたということを、ご存じないなんて。おかげで、ティルフォードはイングランドでもっとも悪名高い地域になってしまったんですから」

「このあたりの出来事にはとんと関心がないもので」彼女はしかつめらしくいった。「ティルフォードの閑静な雰囲気が乱されていることにはうすうす気づいていて、それを厭わしく思ってはいましたけれどね。でも、わたしはひとりで家にこもって、そういった変化はつとめて無視するようにしているの。いずれ時がすべてを解決してくれる――そう、けっしてあせってはいけない」

メースにはもはやお手上げだった。

「なるほど」とそっけない口調でいう。「どうもお手数をおかけしました、ミス・ディーン。どうやら地元のひょうきん者にしてやられたようです。なにせスコットランド・ヤードの警部をかつぐほど痛快なことはないでしょうからね」

「あなたが悪いわけじゃなくってよ」彼女は感じのいい笑みを浮かべながらいった。それからいかにもおっとりと、つけ加えた。「ねえ、そのひとたちはどうして殺されたの?」

「それがわかってれば苦労しませんよ」彼はむっつりといった。「わけのわからない連続殺人とはまったくこのことです。動機もなければ、被害者どうしにもなんのつながりもないときてる。まるでだれかが誕生日そのものに恨みを抱いてるかのようだ!」

ミス・ディーンはまゆをつりあげた。

「誕生日ですって?」

「五人の被害者はいずれも誕生日をまぢかに控えてました」

「そのことが重要だとは思えないわね」彼女はいった。「もちろん、歳をとるのがいやだから、わたしたちはみな誕生日というものを憎んでいる。とりわけ、十代が過ぎてしまったあとではね。若者たち――愚かな若者たち――は哀れにも、一日も早く大人としての特権を手に入れたがっている。彼らはあとになってから、理不尽にも歳をとることで今度はその特権を失いつつあることに気づくのよ。でも、あなたはそんなことを心配するにはまだ若すぎるようね、警部さん」

「これでも三十四ですよ」言葉が思わず口をついて出たあと、警部はそう認めたことにしばし憮然とした。そういったデータは相手に提供するのではなく、本来ならばこちらが手に入れるべきものだからだ。彼はささやかなしっぺ返しを試みた。「そちらのお歳をうかがってもさしつかえありませんか? 女性はたいがいその質問をいやがりますからね」

「わたしはそうじゃなくってよ」青い瞳をいっそうきらめかせて、彼女は切り返した。彼はこれほど陽気な輝きをいままで目にしたことがなかった。その瞳はまるですみれ色の蛍光を放っているかのようだった。その取り澄ました外観の下にはある種の力が潜んでいるようで、それがまた妙に不釣り合いに感じられる。「もうじき四十二になるわ――それまで生きていることができればだけれど! あなたの殺人鬼がわたしの誕生日を阻止しようとするかもしれないもの」

「やつを先に捕まえることができれば、だいじょうぶですよ」メースはそういって、それ以上のことは相手に告げようとしなかった。というのも、いま頭に浮かんでいることは自分でもこれまでに考えてもみなかったことだったからだ。にわかには断言できないが、被害者はみな似かよった年齢の人間だったのではないか？　そう、彼女自身の歳に近いはずだ。たしか、五十を越えた人間はいなかった。それから男と女の区別もなく――被害者は三人の男性と二人の女性からなっていた。

その一方で、ティルフォードの住人のうちの何人かは無事に誕生日を迎えていた。あの連中は何歳だったたろう？　メモを調べてみる必要があるが、おぼろげな記憶によれば、そのうちの数人は子どもで、残りは二十代か三十代後半、それからひとりかふたりはかなり年輩の、七十代かもっと上の者たちだった――だが、だれひとりとして、そう、四十から四十五歳の、明らかに危険な年齢層に属する人間はいなかった。

とはいえ、ほんとうにそうした一貫性があるのだろうか？　いや、おそらくはあるまい。いくら気のおかしなやつの仕業でも、人生のある時期を目の敵にするよりもまともな動機があるに違いない。四十一歳の人間を殺し、三十八や六十三の者たちを見逃す理由がどこにある？

メースはため息をもらした。この連続殺人にまつわる〝動機〟に彼はほとほと手を焼いていた。彼はまさに暗中模索の状態にあった。実際、これほど意味がないと同時に巧妙な連続殺人に遭遇したことはなく、解決の見込みがまるでないように思われてきた。

「どんな殺されかただったの？」ミス・ディーンがおだやかな口調でそう訊くと、考えにふけるあまり目の前の相手のことをすっかり忘れていた警部は思わずぎくりとした。意志の力によってこの女性は気配を消し去ることができたが、それはだれにでもできることではなかった。たいがいの連中は、静かにしていても、その存在を相手に感じさせずにはいられない。深く息をしたり、足を組み替えたり、咳ばらいやため息、あるいはのどを少しばかりごろごろと鳴らしたりするものだ。まして女性の場合は、衣ずれの音ややっかいなガードルや補整下着の立てる音があるし、香水もじゃまになることが多い。

だが目の前のこの女性ときたら、音も香りもなしに、おのれを雲つくような巨人にも透明な霞《かすみ》にもすることができるのだ。そんなミス・ディーンに好感が持てるかどうかはさだかでなかったが、相手にその気さえあれば、こちらの役に立ってくれることはまちがいない。あとは、その気にさせることができるかだ。

「被害者たちは」彼は相手の質問に答えた。「さまざまな殺されかたをしてました。背後から撲殺された者がふたり、刺し殺された者がひとり。ひもで首を絞められたやつもいたし、最後のひとりにいたっては、崖の上から落下してきた岩の下敷きになったんです——そう、海辺で日光浴をしていたときに」

「その連中がどうして殺されたのか、なにか考えはないの?」

「さっぱりです。たしかに、連中の知人や親戚のなかにはある種の動機を持っている者たちがいました。でも、ひとり残らずアリバイの裏づけが取れたんです。それに、その動機にしてもずいぶんと弱いものでした。数百ポンドの遺産、大酒飲みで暴力癖のある父親の始末、口やかましすぎる母親——まあ、その程度のものですよ。そうした動機が殺人へと発展するのであれば、人口は激減することでしょう」彼は相手を鋭く見やった。「でも、うっかりしてました。あなたは被害者の名前もご存じないんでしたよね？」

「ええ、知らないわ」彼女はいった。「わたしはきょうびめったに外出しないし――食べ物も届けさせているくらいだから。わたしは一日中、ジェーン・オースティン――彼女のあまりに数少ない、すばらしい作品――を読み、彼女の生涯や作品についての文章にも目を通すの。この世で価値のあるのは彼女の人生だけだとさえ思っている」

「でも、もうなくなっているじゃないですか」メースは相手に思い起こさせた。偉大なるジェーンについて彼が知っているのはそれくらいだった。読者としては、C・S・フォレスター（海軍士官ホーンブロワーの活躍する海洋冒険小説シリーズで知られる、英国の小説家・ジャーナリスト）やラファエル・サバティーニ（イタリア生まれの英国の大衆小説作家。代表作に『スカラムーシュ』などがある）のほうが好みに合っていた。

「冗談じゃない、りっぱに生きているわ」ミス・ディーンはすみれ色の瞳を輝かせながらいった。「彼女が執筆していた時代よりもいまのほうが輝いているし、あなたやわたしがただの土に還ったあとも、ずっと生き続けることでしょうよ」

警部は咳ばらいをした。このオールドミスと愚にもつかない話をしているあいだに、殺人鬼はティルフォードの残りの住人を皆殺しにしてしまうだろう。ここはひとつ、潔くあきらめたほうがいい。とはいえ、郵便局のミセス・ダゲットは真剣そのものの口ぶりだった。悪ふざけをするような女性ではなく、その彼女もアリス・ディーンに相談してみるよう勧めたのだった。「冷静沈着な顔をしてるけど、その間も頭はめまぐるしく働いてるのよ」ミセス・ダゲットはそういった。「たしかにこのところは外にも出ないけど、窓辺に座ってても物事をけっして見逃さない。それに彼女ときたら、目に留まったものの意味をあざやかに見通すのよ。そうそう、こんなことがあったわ――」そのあと、「ほかのみんながすっかりだまされてたのにもかかわらず」アリス・ディーンがどのようにしてドーカス・ハワードが性《たち》の悪い若者と結婚するところを救ってやったかという、とりとめのない話が続いた。

「被害者の名前をお教えしましょう」メースはミス・ディーンにいった。「なにか思いつかれるかもしれませんから」

「好きにしたらいいわ」ぼんやり前を見つめたまま、彼女はおだやかな口調でいった。

「最初の被害者はジョン・タナー。鉛管で背後から殴られてました。頭を一撃され、一巻の終わりです」

「ジョン・タナー」と彼女はくり返した。「のっそりした、まるで牛のような男だったわ――それとも、雄牛のようなというべきかしら？　いいえ、雄牛のほうがまだ精力的で機敏よね。まあ性別はともかく、牛のように鈍重だったことはたしかよ。奥さんは彼がなくなったことを悲しむでしょうし、行きつけのパブの常連たちもそうでしょう。でも、世のなかにとってジョン・タナーは取るにたらない存在だったわ」彼女の瞳はいまや曇っていた。

「敵はいなかったという話ですが」メースが口をはさんだ。

「ひとりはいたじゃない」ミス・ディーンが思い起こさせた。

「それはどうでしょうか。殺人犯は行き当たりばったりに殺しただけかもしれませんよ」

「殺人者たちについては、あなたのほうがはるかに精通していますものね」彼女はいった。「ジェーン・オースティンの作品は暴力とは無縁で――そこでは人間の精神や風習というものが描かれているのにすぎない。でも、あの会話文のすばらしさときたら！　澄みきった小川のようによどみなく流れ――明晰で、いきいきとしていて、ごく自然に真実を伝えるんだもの」

「ええ、おっしゃるとおりでしょう」メースはややいらいらしたようにいった。「続いての被害者はメアリー・ハルステッド。さあ、なにか心当たりはおありですか?」

「敵はたんといたわね。ちょっとしたお金持ちで、そのことを鼻にかけていたもの」

「聞くところによれば、気前がよかったともいうことですが」

「そうすることで自分の人生を意義深いものにしようとしていたけど、むだだったというしかないわね。本を読むことも、名曲に耳をかたむけることもせず、ひとつのことを十秒も考えていられないたちだった。まったく、なんの価値もない人生だったわ」

「でも、本人としては高く評価してたようですが」警部はそっけなくいった。ジェーン・オースティンを読むことがはたして意義深い人生なのだろうかと、彼は心のなかで思った。だが、彼はそれを口に出して問うようなまねはしなかった。

「次がサリー・バスコムの番です。そうそう、いい忘れましたが、メアリー・ハルステッドはひもで絞殺されてました。タナーと同じように、彼女も翌週に誕生日を控えており、どちらもたしか五十歳にはなっておらず――むしろ四十に近かったはずです。これはまあ、確認してみる必要がありますがね。さほど重要なことではないかもしれませんし。さて、話を元に戻しますと、次に殺されたのはサリー・バスコムで――リンゴの皮をむくのにでも使ってた、ごくふつうのキッチンナイフで刺し殺されてました。殺人者に背を向けてたらしく、背後から心臓をひと突きにされてました。被害者の信用してただれかの仕業という可能性もあります」

「サリーはだれかれとなく信用していたわ」ミス・ディーンがきっぱりいった。「私生児を何人か生んでいて――子どもの父親、あるいは父親たちがだれなのか、だれも知らなかった。最近は前にもまして相手かまわず関係を持っていた割には――」ぴったりした言葉を捜すかのように、彼女は口ごもった。するとメースがひどく驚いたことに、「腹ぼてにならずにすんでいたわ」なる言葉が口をついて出た。ミス・ディーンは取り澄ました態度を少しも崩さずに、そうしめくくった。

「すると、彼女の死もたいした損失ではないとお考えなんですね」メースはすぐさまわれを取り戻していった。

「ある意味、そのとおりだわ。でもわたしには、自分自身のも含め、すべての人生をジェーンのと比べて軽んじてしまうきらいがあるのよ」

メースはふと、態度が非道徳的だと相手につっかかってやりたくなったが、その衝動をどうにか抑えた。この女の風変わりな人生哲学をくどくどと聞かされるのはごめんだが、ことによれば被害者たちに対する洞察が役に立ってくれるかもしれない。それに、甘っちょろい同情に左右されることなく、事実をありのままに見つめる、この女の彼らに対する寸評がひどく的を射ているのは、認めざるをえない。

「だからといって、背後から刺されてもいいということにはならんと思いますがね」気持ちを抑えきれずに、彼はそう口にした。

「いまの世のなかで」ミス・ディーンが指摘した。「よきにせよ悪しきにせよ、自分たちの思いどおりに生きていける人間はほんのひと握りよ。ジェーンの時代はもっとひどかったわ。ほら、エリザベス・ベネット（ジェーン・オースティンの代表作『高慢と偏見』のヒロイン）を見てごらんなさい――」

「わたしはジェーン・オースティンを読んだことがないもので」彼は慌てていった。

「なんてもったいない」彼女はいった。「でもそれなら、彼女の作品にひとたび出会いさえすれば、さぞかしすばらしい体験が得られるはずよ！」

「おっしゃるとおりです」そうはいったものの、メースは心のなかでこっそりつけ加えた。「ホーンブロワーやブラッド船長（ラファエル・サバティーニの小説の主人公。海賊船の船長）が航海に出てるかぎり、そんな気など起こるもんか！」それから彼は先を続けた。「お次がマーティン・ディル。海辺で日光浴をしていたときに岩で殺害されたというのが、この男です」

「いかにもありそうなことね」彼女はいった。「ディルは怠け者だったもの。ねえ、考えてもみなさいな――四十を過ぎているというのに、どの仕事もせいぜい数週間しかもたないんだから。だから、いつも物乞いのような生活をしていたわ」

「たしかに褒められた存在ではなかったでしょう」メースはいった。「とはいえ、この男もべつだん他人に迷惑をかけてはいなかった」

「ずいぶんと後ろ向きな生きかたよね。人間というのはね、この世でなにかをなし遂げなければならないものなのよ」

「あなたはいったいなにをなし遂げたというんです、完璧さん《ミス・パーフェクション》？」といった類の不適切な質問がふたたび口をついて出そうになるのを、警部はかろうじて抑えた。そのかわりに彼は先を続けた。「最後の被害者はジョージ・ロス。何者かが重いこん棒を用い――またしても背後から撲殺されてました」

「ジョージ・ロス。で、やはり誕生日がからんでいると？」

「そう、関係はおおありですよ――つまり、被害者のだれもが誕生日をまぢかに控えてたんです。とはいえ――」彼は憤りをこめていった。「襲われなかった者たちもいます。そうそう、思い出しました。グレース・マーブル――彼女はディルの殺された日に二十六になりました。ハリー・ラシター――こちらは六十三歳の誕生日を迎えてます。それからレディ・テンプルも五十二歳の誕生日を盛大に祝ってます。まったくわけがわからない！　それはそうと、ロスについてはなにか？」

「これといってなにもないわ、警部さん。ロスは中身のない人間だったもの。息をし、歩き、新聞を読み、それからおそらくひと晩じゅう鼾《いびき》をかいたりするだけのね。腕のいい機械工なら、ジョージ・ロスの代わりになるようなロボットを造れるでしょうよ。奥さんには見分けがつくかもしれないけど、ほかの大多数の人間には無理かもしれない」

埒があきそうにもないと、メースはとうとうあきらめることにした。とはいえ、感謝の言葉はいかにも彼らしくおおげさだった。

「たいへん参考になりました」と彼は相手に告げた。「被害者たちの人となりに関するあなたの洞察があるいは決め手になるかもしれません。この連中が自分というものをあまり持たず、敵らしい敵のいなかったことははっきりしてます。したがって、彼らがいわば行き当たりばったりに殺されたことは明白ですし、おそらくはみずからのいかれた論理につき動かされた狂人かなにかの仕業でしょう。そう、捕まえてみせますよ」彼はおごそかに誓った。「遅かれ早かれ、なにか糸口がつかめるはずです。なんらかのミス、目撃者、現場に残された手がかり。ええ、捕まえてみせますとも」

そう口にするそばから警部は自己嫌悪に陥っていった。それは虚勢にすぎなかった。犯人のまともな行動パターンが見えない以上、捕まえられる可能性はなきに等しかった。たとえば、どこかの狂人がある地域に住む三人の子持ちの左利きの人間を皆殺しにしようとしたらどうだろう？ そういったパターンを見抜くことのできる者がはたしているだろうか？ 警察はもっとまともな動機を捜し続け、被害者たちの罪のない知人や親族をおおぜい悩ませるに違いない。

「立ち去る前に」ミス・ディーンがいった。青い瞳がふたたび蛍光色に輝き、陽気さをたたえ始めている。「ささやかなプレゼントをさしあげるわ」彼女は本棚から一冊の本を抜き出した。「同じものがもう一冊あるから、これは手放してもかまわないの。愛するジェーンの、短いながらも洞察力に富んだ評伝なのよ。これを読めば、彼女のことを尊敬するようになって、小説のほうも読んでみようという気になるかもしれない。そうなれば、いつの日かわたしに感謝するようになるでしょう」

その本を断るよりはもらうほうが容易でもあり、礼儀にもかなっていた。

「ありがとうございます。どうもご親切に」

彼女は手入れの行き届いた田舎家の玄関のところまでメースを見送った。彼女の手は妙に温かく、握手にも力がこもっていた。ミス・アリス・ディーンに好意を持てるかどうかは別として、尊敬の念を禁ぜずにはいられなかった。とはいえ、なぜそうなのかはわからなかったが……。

その本を開いてみることなど、ほとんどありえなかった。ところがその日の晩、宿の部屋で気まぐれともいえる衝動につき動かされ、彼は頁《ページ》をぱらぱらとめくることになった。そして本の終わりにさしかかり、ある文章に目が留まるや、頭の奥で警笛が鳴り響いた。

「なんたることだ!」彼ははげしい口調でいった。「たまげたな!」何年も前に子ども向けの本でそれらの感嘆句と出会って以来、いまや動揺した際にはなかば大まじめにそれらを口にするのが常になっていた。「それが真相なんだろうか? ばかげてる――あまりにもばかげてる――とはいえ……」

いますぐにでもすっ飛んでいきたいところだが、いかんせんもう真夜中だ。朝まで、そう早朝までは――ほうっておいてもだいじょうぶだろう……。

夜が明けるやいなや彼は起き出し、七時にはもうミス・ディーンの家の玄関のドアをノックしていた。相手がそれを開けるまでしばらくかかったので、その間、気が気ではなかった。さては、手遅れだったたか? だが、そうこうするうちに彼女はほほえみを浮かべながら戸口に姿を現した。凝った、女性らしい部屋着に身を包んで。

「なんのご用かしら、警部さん？」彼女はいった。

くだんの陽気な青い瞳でじっと見つめられ、彼は思わず言葉に窮した。まったくなんと若々しく、光り輝いていることだろう。

「例の本をさっそく読みましてね。そう、ジェーン・オースティンについてのです」そのあと間を置いてから、彼は意味ありげにつけたした。「ずいぶんと早世したんですね？」

「あまりにも早すぎる死だったわ」ミス・ディーンはいった。「彼女の死によって、書かれずに終わってしまったかもしれない――いいえ、書かれずに終わってしまったに違いない小説が、どれほどあったか、考えてもみて。そう、彼女こそは、一日でも長く生きてしかるべきだった。タナーやバスコムや――その他もろもろの連中とは違ってね」

「あなたが彼らを殺したんですね、ミス・ディーン？」

彼女はふたたびほほえんだ。

「きっとつきとめるに違いないと思っていたわ。実をいうと、そうしやすくしてあげたのよ」

「でも、どうしてなんです？」彼はあえぎながらいった。「なぜ、あんなことを？」

この取り澄ました小柄な女性が連続殺人鬼だとはとうてい思えない。とはいえ、その陽気さはあまりにも常軌を逸しているし、彼女の瞳は陽気なばかりでなく、狂気をも宿している。そう、正常な人間の瞳があんなふうに光り輝くわけはない。

「どうしてあの連中を殺したかっていうの？　それは明らかじゃなくって？　ジェーン・オースティンが四十二歳の誕生日を迎える前になくなってしまったからよ。それなのに、あのろくでなしども、なにもしようとしない、これまで生きてきて重要なことはなにひとつしていないあんな連中が、わたしのジェーンよりも長生きしなければならないわけがある？　取るに足らない人間が四十二歳の誕生日を迎えようとしていると知って、わたしはそいつを始末しようと思い立った。そう——それがジェーンのためにわたしのできる唯一のことだもの」ひどく青ざめた顔で、彼女は長椅子の上にどさっと腰をおろした。

「ぐあいでも悪いんですか？」メースは彼女のそばに寄ると、心配そうに訊いた。

「ぐあいが悪いわけじゃないわ」彼女はいった。「死にかけているだけよ」顔にはいまやぞっとするような笑みが浮かんでいる。「ねえ警部さん、きょうはわたしの誕生日なの。正午が来れば四十二歳になるの。ほかの連中と同様、わたしにもジェーンより長生きする資格はないのよ」

メースはげしいののしりの言葉を口にすると、電話をさっとつかんだ。だが、もよりの医師に電話がつながる前に、ミス・ディーンは息をひきとってしまい——かくして誕生日の連続殺人は終わりを遂げた。

平和を愛する放火魔

森英俊訳

「火と狂信ほどやっかいな組み合わせはないな」ユリシーズ・プライス・ミドルビーはもっかの状況にふさわしいひどく重々しい口調で語った。

「いえ、状況はさらに深刻です」ブラック巡査部長はいった。「なにせ、現場は引火性の化学製品や――爆薬だらけですから」

「なあ、連中はなにを製造しておるのかね?」

「公には――いえません。だれも知らないことになっていますから。とはいえ、それはもはや周知の事実であり、郡中に広まっています。世のなかにはこういったことをもらす手合いがいるものですよ。それは神経ガスやその他もろもろの、極秘の化学兵器にほかなりません。だからこそ、厳重な警戒の敷かれていた工場内のいたるところで放火騒ぎが勃発したことに連中がどんなに慌てふためいたことか、想像がつくというものです」

科学史および科学哲学の教授の座をつい最近しりぞき、いまや犯罪捜査の相談役となっているミドルビーは、灰色の瞳で刑事を見据えた。「だとすると、これはまちがいなく国家的事件じゃないか。連邦捜査局《FBI》の連中はどうした?」

「いたるところにいますよ!」という苦々しい返事が返ってきた。「ええ、たしかに礼儀正しいですし、地元の法の番人たちに〝協力する〟とはいってくれています。でも、なかにはひどく偉そうな連中もいて、いまにもこちらの頭をなでるんじゃないかと思うほどです。まあ、こちらがやっかんでいるだけかもしれませんが、とにかくわたしとしては先にこの事件を解決して、連中の鼻をあかしてやりたいのです——そして、あなたがわたしの秘密兵器というわけですよ！」

現況を分析しているかのように、教授はしばらく押し黙っていた。オーデュボン（ジョン・ジェームズ・オーデュボン。米国の鳥類学者）財団の後援で、サンフランシスコ湾岸まで野鳥観察に行く会の責任者をつとめることになっている。さらには、高校の科学部で宇宙旅行に関係した計算について話す予定もあった。彼は顔をしかめた。

「連邦捜査局が捜査に乗り出してから、どれくらいになるんだね？」彼は尋ねた。

「かれこれ数週間です」

「なにか成果は？」

「わたしの知るかぎりでは皆無です」ブラックはぶっきらぼうにいった。「連中は保安体制を調べ、内部の者のしわざに違いないという結論に達しました。そして、工場内で働いている全員を対象とした、嘘発見器による調査を徹底的に実施するよう、お偉がたたちを説き伏せたのです。それは実行に移されたものの、なにも判明しませんでした。つまるところ、どの従業員も精神が安定しているということでお墨つきをもらっていますから。わたしにいわせれば、猛毒のガスを製造している意固地な平和主義者なんていうのは、いたとしてもきわめて稀ですよ。かくして、連中はふりだしに戻ってしまい——いまや前にもまして困惑しているというわけです」

「その工場というのは、空港の北の、建物が連なっているあたりのことかね？」

「そうです。あそこを警備するのはいとも簡単なはずです。あのあたりはほとんどが見通しのいい場所ですし、どの方角にも数百ヤードにわたってほかに建物ひとつないときていますから。おまけに大きな有刺鉄線の囲いがあり、工場への出入りの際には服をすべて着替えるうえ、徹底した身体検査も行なわれます――それなのに、手がかりになりそうなものはなにも見つかりませんでした。そうこうするうちにも、ふいの不審火は続いています」

ブラックは相手の灰色の瞳がきらめくのを目に留め、してやったりという気になった。そう、まんまと老教授の興味を惹くことに成功したのだ。実際この御仁ほど、ひどく難解な謎に目のない人間もいなかった。それらしき解決が当てはまらず、ほかの専門家たちが途方に暮れているとなれば、ミドルビーはみずから乗り出さずにはいられないのだ。

「まあ、少しばかり話を聞いてみても、さしつかえなかろう」ミドルビーはいった。さりげない口調だったが、瞳のきらめきがすべてを物語っていた。「できるだけ簡潔にまとめてくれ。そうはいっても、はしょりすぎんようにな」

「もちろんです！」ブラックはいかにも満足そうに答えた。「まず最初に手紙が送られてきました。現物は連邦捜査局の連中が保管していますが、写真は撮ってあります」彼はミドルビーの机の上に六・八×十インチの光沢印画紙に焼きつけられた写真を置いた。「ご覧のように、鉛筆で安い便箋に活字体で書き記すという――もっとも安全な方法が用いられています。雑誌から切り取った文字を用いるといった、気がきいてはいるが手間のかかることはしていません。木版印刷に見せかけるつもりだったのかもしれませんが、だとしてもたいした手がかりにはならないでしょう」

「これらに目を通すあいだ、しばらく時間をくれ」と教授がいった。

手紙はどれも似かよっていて、どれも最後通告の形をとっていた。そのうち代表的なものには次のように記されていた――「このあいだの火事からはあやういところで逃れたようだな。次のときは同時にいくつか火の手があがるだろう。悪いことはいわないから、工場施設を閉鎖しろ。さもなければそこは火に包まれ、人々が死傷することになる。おまえのところの警備員には、わたしを止めることはできない」手紙には〝平和を願う、一人委員会〟と署名してあった。

「なかなか教養のあるやつだな」ミドルビーは考えをめぐらしながらいった。「新たな神のお告げがどうのという、狂気じみた目をした宗教団体の信者どもとは違う」

「教養も知性もあり、専門技術も身につけているうえに――えらく成果をあげているときています」ブラックはけわしい口調でいった。

「ふーむ。それじゃあ、先を続けてもらおうか」教授はいささかもったいぶっていった。

「焼夷弾のうちのひとつは不発に終わり、工場内で発見されました。現物は連邦捜査局がワシントンにある彼らの犯罪科学捜査研究所に送ってしまったので、ここにはその写真しかありません。でも、わたし自身もそれを調べさせてもらいました。第二次世界大戦中に用いられたものに非常に似かよっているそうです。小さくて、びっくりするくらい軽量ではあるものの、きわめて強力で、爆発するとまるまる一分近く炎をほとばしらせ、可燃物であればほとんどどんなものにでも燃え移ります」

ミドルビーは最初は眼でじかに、そのあとは強力なレンズを用いて、写真をじっくりと調べた。

「ここに写っておるのは、焼夷弾にくくりつけられていた紐きれかね?」彼は尋ねた。

「そうです。そして、爆弾がどのように運びこまれたかを示す手がかりは、いまのところそれくらいしかありません。たいして役には立ちませんがね」

「ぱちんこを用いて塀を越させたんじゃないか?」

「不可能です。敷地内は昼夜を問わずパトロールがなされていましたから——それも犬を連れてですよ」

「飛行機から落下させたのでは?」

「それもだめです。あそこは飛行禁止区域にあたっていて、上空を飛行しようものなら、民間航空管理局や陸軍航空隊に追いかけられることになります。実際問題、ミサイルを後ろからぶちこまれなければ、もうけものですよ」

「これまでのところ、何件の放火があったのかね?」

「十二です。最初の四件はそれぞれ単独で、一週間ごとに起き、次の日に工場閉鎖を要求する手紙が送られてきました。警告が無視されるたびに、七日以内にまた別の放火が起きたというわけです。そう、まるで警戒措置を嘲笑うかのように」

ミドルビーはふたたび写真をじっくり見やった。

「どうやらお手製のもののようだな」

「ええ。アルミの管に酸、それから化学薬品を用いた程度のものです。そんなものは、専門的知識のあるやつならだれでも、機械学の雑誌に広告を出しているような店に行きさえすれば買えますよ。そいつはおそらく、朝鮮やドイツで爆破工作に関わったことのあるやつでしょう。十三発のうち不発に終わったのがたったのひとつですから、とうてい素人とは思えません。でも本当に天才的なのは、それを工場内に運びこんでいる方法ですよ」

「もっとも近くにある隠れ場所はどこかね？　そう、工場施設の近くでだれかが隠れることができ、警備員たちに見つからずにすむ場所は？」

ブラックは一瞬、考えこんだ。

「たしか数百ヤード先にやぶに覆われた丘がありますが、それより手前にはなにもありません」

「だったら、夜はどうだ？」

「夜は夜で、投光照明がいたるところにあたっています。まあ、それでも――工場施設から二百ヤードほどのところまでは近づくことができるかもしれません」

「なあ」教授はなかば自分に向かっていった。「その距離から発射したり放り投げたりする方法はないものかな」

「不可能です」ブラックはむっつりといった。「試しに手に持ってみましたが、どうにも軽すぎます。ほら、紙マッチの束を投げようとするようなものですよ。それより重いもの――たとえば、箱入りタバコのようなもの――であっても、そんなに遠くまで飛ばすことは絶対にできません」

「紐が残っていることからして、なにか重いものにくくりつけられていたとも考えられる」

ブラックははっと身をこわばらせた。

「そうに違いありません！」彼は叫んだ。「重い部分は燃えてしまったので、これまで見つけることができなかったんでしょう」

「それなら、不発弾はどうなる？」

「なにを捜していいのかわからずに、見落としてしまったのかもしれません」

「ありえるな」ミドルビーはうなずいた。「いずれにせよ、いまのわたしにいえるのは、塀の向こうから発射されたか投げこまれたかした、なにか重いものを捜したまえということだけだ。すでに発見されており、ただのごみと思われてもう捨てられている可能性もあるから、せいぜい尋ね回ってみることだ。そうしたうえで、わたしに電話をよこすか——もう一度、訪ねてくるがいい。その間わたしのほうも、この件について考えておく。それからそう、可能なら、写真は置いていってくれ」

ブラックは逡巡《しゅんじゅん》を見せた。

「連邦捜査局の連中は気に入らんでしょうね」彼はいった。「でも、そんなのはくそくらえだ。あなたを信用できないようなら、いっそ警察バッジを返上しますよ。とにかく、ありがとうございました。それにしても、さっきの重いものの件が当たっていればいいんですが」巡査部長は教授と握手して、立ち去った。

ミドルビーは刑事を見送ったあと、ふたたび事実をふり返ってみた。ひとりでいるときのほうがいつでも、頭を働かせるのには適していた。ブレーンストーミングは彼の得意とするところではなかった。するとたちまち、みずからの仮説におかしな点があるのに気づいた。狂信者がぱちんこか空気銃の類を用いて離れたところから焼夷弾を投げこもうというなら、かなり長い飛行にたえうるよう重たくしておいたほうがより目的に適うのは、明らかだ。それを最小化したうえで、塀を越させて工場そのものに届かせるために、それぞれの爆弾になにか重いものをくりつけるなどというのは、あまりにもばかげている。だめだ、この仮説は成立しない。だとすれば、あとに残されたのはなにか？

教授は首を横にふった。写真一式の横にはタイプされた書類の束が置かれており、それがブラックの詳細な事件報告書であるのは明らかだった。それを吟味する価値はありそうだが、その前にまずは景気づけといこう。

彼は大きなグラスにジンを少量そそぎこむと、スプーン山盛りの赤砂糖をそこに加え、ボックビール（ドイツ産のアルコール度数の高い黒ビール）をグラスのふちまでなみなみとついだ。彼の友人たちはこの代物のことを――ぞっとしたように――〝ミドルビーのウシガエル・ジン〟と呼んだ。教授はそれをちょびちょび飲んでは、ぴょこぴょこ飛びはね、しまいには低いしわがれ声をあげ始めるのだ。彼はそのすさまじい代物をうれしそうにすると、刑事の報告書に目を通し始めた。ブラックが五年前に教授の講座で、はっきりと筋道立てて書くすべを習得したのはたしかだった。その書かれようがミドルビーを喜ばせた。

特にひとつの点が、爆弾を塀の向こうから発射するという彼の仮説に、依然として合致していた。そう、焼夷弾はすべて建物の外で見つかっていた。屋根の上にもいくつかはあったが、大部分は敷地内の人目につかない隅にあった。ただし、壁からほんのわずかしか離れていない芝生のうえで発見されたものも二、三、あった。

ミドルビーは不発弾の写真をふたたび吟味した。例の紐が彼の興味をそそっていた。爆弾になにか重いものをしっかりくくりつけるのには、強度が足りないように思える。どうにも解《げ》せない。彼は紐のぎざぎざの端をくわしく調べてみた。切り取られたのか、それともプツンと切れただけだろうか？　粗い糸がもつれているところからして――どちらかといえば、後者のように思える。教授はあることをいまにも思い出せそうなのに思い出せずに、苦しんでいた。ペンシル型の小さな爆弾、紐きれ――そう、たしかになにかおぼえがある。何年か前に興味を惹かれ、むさぼるように読んだものだ。すると、閃光のように光明が見えた。ミドルビーは興奮の面持ちで郡の地図を引き出しからひっぱり出すと、西部地方をチェックした。そこであるものを見つけ、彼はまるで子どものようににこりとした。パズルのかけらがぴたりと収まりつつあった。だが、本当に重要なのは帰納法に基づく観察の結果なのだということを、彼以上に痛感しているものはいなかった。

翌朝電話をかけてきたブラックは、教授が出かけていることに困惑した。倍率七倍、口径五十ミリの携帯双眼鏡を手に、ミドルビーが夜明け前から、工場施設近くのやぶに覆われた丘の上に、やぶにすっぽり覆われた状態でうつぶせに横たわっているのを、知るよしもなかった。

彼はそこに六時間近くも横たわりながら、おびただしい数の鳥の群れを観察し、鳥類学の専門知識をさりげなく発揮して鳥の種類を見分けることで、退屈をまぎらわせた。その結果、事件とはまったく関係のない、予想外のおまけが得られた。この国ではきわめて稀な、スナイロツグミモドキに初めてお目にかかれたのだ。興奮のあまり、彼はあやうく敵らしきものの前に姿をさらしそうになったが、どうにか頭を冷やすことに成功した。

その日の晩、辛抱しきれなくなっていた巡査部長はミドルビーが自宅にいるところをようやく捕まえたが、相手はいまだに事件を解決したことよりも、くだんの鳥を目撃したことで有頂天になっていた——結局のところ、六十七歳のこんにちまで、それを一羽も見たことがなかったからだ。

だが、ブラックの息づかいが荒くなり始めると、教授は相手を気の毒に思い、鳥類学のかわりに犯罪学に目を向けた。

「するときみは、連邦捜査局の鼻をあかしたいのだな?」彼はおだやかに訊いた。「そう、そのためにはどうしたらいいか、たぶん教えてやれると思う」彼は郡の地図を手にとると、それを広げ、細い指でさし示した。「ここにあるのが〈オランダ人の洞窟〉だ——その名前に聞きおぼえはあるかね?」

刑事は困惑しているように見えた。

「ええ、なんとなく」

「そこに一日か二日——それも昼のうちだけ——はて、なんといったかな?——そうそう、張りこめば——目ざす犯人を捕まえることができるだろうよ」

ブラックは口をあんぐり開けて相手を見つめた。

「目ざす犯人を捕まえる? いったいだれを? だれを捜せというんです? そもそも、どうやって犯人を見分けろというんですか?」

「洞窟でコウモリを捕獲している男——ないしは女——に、目を配っていたまえ」

ブラックは啞然としたまま、教授のほうをただじっと見つめるばかりだった。

「コウモリ? いま、コウモリとおっしゃいましたか?」

「そうとも。オヒキコウモリだよ。洞窟のなかにはごまんといるはずだ」

ブラックにはもはやお手あげだった。

「いったい全体、そいつはなんのためにコウモリなんかを捕獲しているんです?」

「先の大戦のさなか」ミドルビーは辛抱強く説明した。「飛行機からオヒキコウモリを何百匹と放すことで、木と紙だけでできた日本の家屋に火をつける、計画があった。そいつらの身体には小さな焼夷弾がくくりつけてある。さて、あの連中には昼のあいだは日の光を極力さけようとする習性があるから、建物の暗い隅へと飛んでいくのだよ。連中はそうしてから、じゃまな積み荷から解放されようと、紐をかみ切る。かくして爆弾は、いたるところに投下される。だれも捜そうと思わないようなところ、場合によっては、だれもたどりつけないようなところに。

そのためだけに造られた木造の町でくだんの計画のテストが実際に行なわれ、上首尾を収めた——コウモリが投下されてからほどなくするうちに、町のいたるところから火の手があがったのだ。

今回の爆弾が工場施設内のあのような場所に現れたのも、そのためだ。犯人はただ、数百ヤード離れた、見つかる心配のない場所に腰を据え、捕獲しておいたコウモリを放せばよかった。わたしはお昼ちょっと前に、何匹かが工場内に飛んでいくのを見た。爆弾もはっきり見えたよ。なあ、きょうは六件ばかり放火騒ぎがあったんじゃないかね?」

「五件です」ブラックがぼそぼそいった。

「おそらく、一匹はあそこに向かわなかったんだろう。だが、連中を惹きつけそうな高い建物はあそこだけだ。そう、あとはだだっ広い野原が広がっているだけだからね」

「でも白昼堂々——衆人環視のもとで、ですよ!」

「犯人はおそらく、丘の上に身を隠しておったただろう。それに、あのあたりには数えきれないほどの鳥が飛びかい、工場施設付近やそのなかに着地する。それらの鳥にまじって何匹かのコウモリがひらひら飛び回っていたとしても、それを見分けることのできる人間がどれだけいるだろう? たとえばほら、ツバメの飛んでいる姿とそっくりだからね。

なあ」彼は重々しくつけ加えた。「わたしはこの狂信的な同胞には共感できなくもない。原子力による破壊手段に化学兵器の恐怖が加わるとは、なんと怖ろしいことだろう。政府の連中はキリスト教伝統の無抵抗主義は効果がないとぬかしているが、兵器の開発競争がこれまでなにかを解決したというためしは、断じてない。それに、平和主義的なやりかたはこれまで試みられたことすらない。やってみたところで、さほど悲惨な結果に終わるはずがないにもかかわらずだ」彼はため息をついた。「まあ、わたしにも解決のつかない問題だが、少なくとも神経症の同胞を死ぬまで刑務所か精神病院送りにしてしまったことだけはたしかだ。だが、まあ、きみは疑問など感じやせんだろうから――やつを捕まえに行くがいいさ！」

「おっしゃりたいことはわかります」巡査部長はややぎこちなくいった。「でも、工場施設を焼きはらうののどこが、平和主義的なやりかたでしょう！」

「たしかに一理ある」ミドルビーが暗い声でいった。「だが、わたしはかねがね鳥を人類よりも好んできたし、人類の問題などどうでもいいと思っている。この世界が鳥たちだけのものだったら、どんなにか住みやすいことだろう！」

ひ弱な巨人

森英俊訳

「現場には巨大な猟犬の足跡！」ミドルビー教授は芝居がかった口調でいった。

ブラック巡査部長は口をぽかんと開けて相手を見やった。このところシャーロック・ホームズの出不精で太った兄のマイクロフトさながらに安楽椅子探偵としていくつか事件を解決した反動で、ご老体の推理力もふいに錆びついてしまったのかもしれないと、彼は心のなかで思った。

「猟犬ですって？」彼は異を唱えた。「犬がどうこうなどといったおぼえはありませんがね――ただ単に並はずれて大きな足跡が残されてたというだけです」

「わかっとるさ」ミドルビーはきまり悪そうにいった。「マイクロフトばりの活躍をしたものだから、ついつい口にしてみたくなったまでだ（ホームズ物の長編『バスカヴィル家の犬』を念頭に置いての言葉）。とにかく、口をはさんですまなかった。さあ、先を続けてくれたまえ」

かつて大学で科学史と科学哲学を教えていたこのご老人ほど、犯罪捜査の相談役としてうってつけの人物はいなかった。つまるところ、実験室での入り組んだ実験の結果として生じた未知なる要素を徹底的に調べるということは、犯行の痕跡をわずかにしか残していない犯人をつきとめ、その裏をかくこととさほど大きな違いはないのだ。

「いえ」ブラックはいった。「それに関してはまったく行きづまってしまいましてね。峡谷《きょうこく》の住民たちを少なからず怯えさせた、巨人とか怪物とかいうやつはたしかにつきとめたんです。六フイート三インチばかりの堂々たる体格をした、ひどくすばしこいやつですよ。ところが、その哀れな老人は七十近くなっていて、だれか近づこうものなら逃げ出す始末です。たいへんな苦労をして捕まえた割りには、自由であるべきものを檻《おり》に入れてしまったんじゃないかという気になりました。まあ、精神鑑定をしたうえで、住みかにしている洞窟に帰してやることになるでしょう。そんなふうな暮らしを送るのは違法ではありませんし、気にかけてくれるような親族もいませんから」

「その足跡とやらは?」

「やつのものでないのはたしかです。大男にしてはおかしなくらい、小さくて幅の狭い足をしていますから。さらにおかしなことには、われわれの捜している十四という靴のサイズに該当する人間は、わたしの部下のなかにたったひとりいるだけで、やっこさんがその哀れな女性を殺していないことは、このわたしが断言しますよ!」

「たったひとつ」ミドルビーは思案げにいった。「そう、足跡はひとつしかなかった」

ブラックはいった。「死体の近くで土の柔らかな部分はそこだけでしたから。とはいえ、すべてがインチキくさい感じのするのは否めません」彼はゆっくりとかぶりをふった。「そうはいっても、こいつをやるには超自然的なもの――幽霊や魔女や妖術師の類――の手助けが必要でしょう」

「要はこういうことかね」教授はいった。「なあ、わたしが状況を正しく把握しているかどうか、確認してくれたまえ。きみは背の高い生け垣が視界をさえぎっている広々とした芝生のまんなかで女性の死体を発見した。被害者は九十ポンド（約四十キロ）を超す固いコンクリートの塊で撲殺されていた。おまけに、頭の上からただ落とされたのではなく、そいつで何度も殴られていたのはたしかだ」

「まちがいありません。だからこそ、警察も頭を悩ませているんですよ。いいや、もとい。彼女の頭の上からそいつを落とすことはそもそも不可能でした。足場らしきものはありませんでしたし、ああいった傷——をそう、少しでも——残すには、八から十フィートの高さから落とすことが必要ですから。くだんのコンクリート塊を鈍器のように操ったとなれば、犯人は巨人かゴリラに違いありません。九十ポンドものものをふり回そうとしてみたことはありますか？　よほど力の強い人間でないと、そうした重さのものを自分の頭の高さまで持ちあげることもできませんし、まして操るとなると、さらに大事《おおごと》です。われわれは当初、犯人が何度かそれを被害者の上に落下させたのだと考えました。ところが鑑識の話では、被害者の顔や肩に残されていた擦り傷からして、強い一撃がすばやく何度も加えられたと思われるとのことでした。さあ、そんなに重いものを自由自在に操れるとは、犯人はいったいどれほどの力持ちでしょう？　プロレスラーか全米級のアメフトのフルバックにならやれるかもしれませんが、だとしてもこの目で見るまでは信じられません。おまけに唯一の容疑者というのが、十六歳のひ弱な少年ときているんですから」

ミドルビーはまゆをしかめた。「被害者の息子かね？」

「養子です。まあ、そのことが多少は関係しているかもしれません」

「うまくいっておらんかったのかね？」

「ふたりの関係はおおむね良好だったといってもいいでしょう。いえなに、どうにも扱いづらい少年でしてね。まあ、年齢のせいもあるんでしょうが――十六歳というのはだれでもむずかしい歳ごろですから。隣人たちの話では、故人は甘やかすほどではなかったにせよ、少年によくしていたそうです。自分自身では子どもを生めなかったので、もっぱら旦那を喜ばせるために、赤ん坊のころに養子にしたんでしょう。少年がまだ幼いうちに旦那がなくなってからは、ほとんど義務感から面倒を見ていたようですが」

「かなり面倒をかけたのかね？」ミドルビーが訊いた。

「まあ、世間並みには。でも、そもそも本心では養子など望んでいない若い未亡人となると、どうでしょうか？――本当のところはだれにもわかりませんよ。実のところ、くだんの少年はかなり頭がよく、科学の成績も抜群です。美術の才能にも恵まれているようで、陶磁器類に凝っていて、花瓶や立像などを造っています」

「ほかに容疑者はいないといったね？　敵はいなかったのか？　殺されるような動機は？」

「まるで見当たりません。人好きのするようなタイプではないうえに、人づきあいも悪く、やかまし屋でもありましたが、けっして恨みを買うほどではありません。隣人たちも、それほど深いつき合いはありませんでしたし」

「遺産はあったのかね？」

「生命保険が数千ドル、義理の息子に遺されていました」

教授は深くくぼんだ目に憂鬱な色を浮かべ、ほっそりした顔を曇らせた。

「養子とはいえ、彼女が自分の息子の手にかかったとは考えたくない。そう、古代ギリシャの人々はうまいことをいった。そういった類の犯罪にはどこか嫌悪をもよおさせるものがある」彼はしばらく黙りこくってから、「そもそもきみがなぜ彼を疑うのか、まだ腑に落ちんのだが。得られるものといえば、たかだか数千ドルじゃないか。たがいに憎み合ってもおらなかったようだし」と、おだやかな口調でいった。

「ごもっとも」ブラックは認めた。「だからこそ、ほとほと困りはてているんですよ。それに、九十ポンドのコンクリートの塊で人間をぶん殴れるような巨人をあたり一帯くまなく捜したものの、だれひとりとして見つかりませんでした。それほど大きくて獰猛であれば、必ずや目につくはずです。まったく、あの足跡――あのいまいましいたったひとつの跡――をのぞいては、手がかりはなにもないときています。かりにそんな怪物がいたとしても、どうやってこんな住宅街までやってきて、自分のうちの芝生のまんなかに静かに座っている罪のない女性を襲うことができたんでしょう？　被害者は老齢にはほど遠い四十歳だったにもかかわらず、このばかでかいけだものはスーツケース大の大きな塊を手に、背後から彼女に近づくことができたんですから。まるで見当もつきませんよ！　彼女の叫び声や助けを呼ぶ声を聞いた者もいない。その少年がまっ先に死体を発見したんです」

「なるほど」ミドルビーは冷静な口調でいった。「きみは問題の足跡が偽物かもしれないと思っている。だったら、そうだと仮定しようじゃないか。そちらほうは難なく解決がつく。この少年のように手先の器用なやからなら、木か紙細工で足型をこしらえ、ぬかるんだ土の上に足跡を残したあと、その仕掛けを始末すればいいだけの話さ。だがそれでも、巨人だけが操ることのできるコンクリートの塊の謎が依然として残される。それから、少年の仕業だとするなら、その動機はなにかということもだ」

「動機といえるようなものはなくもありません」ブラックがおずおずといった。

教授は相手をきっとにらんだ。「それを口にするまでにずいぶんと時間のかかったものだな」

「それというのも、動機としては弱すぎるからでして——とはいえ、人間というのはひどくばかげたことが原因で殺し合ったりもしますからね。このあいだも、釣り銭をごまかしたという理由で旧友を殴殺《おうさつ》した男がいました。それも、たかだか十八セントですよ！」

「すると、これにも金がからんでいるのかね——つまり、保険金がだ」

「まあ、おそらくは」ブラックはほほをすぼめた。「まったく、きょうびのガキどもときたら！ジュリアンというのが問題の少年の名前なんですが——やっこさんは技師にも物理学者にもなれるほど聡明です。あるいは本人が望むなら、芸術家にだってなれるでしょう。世間では、そういった少年は落ちこぼれどもや暴走族やビート族より、ずっとまともだと思われています。ところが、隣人たちややつの友人たちの話を信じるなら、やつは義理の母親とはげしい口げんかをしょっちゅうしていたらしく、しかもその原因たるや、新しい車だときています。これまでに五十ドルも稼いだことがないくせに、赤いスポーツカーが欲しくてたまらなくなったんですよ。この車を買うのに、やつは義理の母親に三千ドルかそこら出させようとしました。すると、そんな大金は大学進学資金にすべきだという返事が返ってきました。彼女はカフェテリアのレジ係をしていて、スポーツカーに月に六十ドルも費やすのはまったくの論外だったのです。ところが、やつのほうはそれがどうしても欲しくて、まったく聞く耳を持とうとしませんでした」

「するときみは、彼が実際にこの女性、自分のことを養子にして面倒を見てくれた義理の母親を、車のために殺したと思っておるんだな?」

「そうはいっていません。ただ、その疑いを捨てきれないんですよ。とにかく、たしかめてみる必要があります。わたしだって、そう思いたくはありませんが」

教授はいった。「きみの推理に弱い点があるとすれば、それはそもそもコンクリートの塊が殺しに用いられたとしたことだ。ひ弱な少年も含めただれかが、彼女をこん棒か金槌で殴り殺してからコンクリートに血をなすりつけたとは、どうして思わんのだね? そうであれば、超人的な力の謎は解決されるじゃないか」

「たしかに」巡査部長は答えた。「そのことはわれわれも考えました。実のところ、殺人のあった日にそう訊かれていたら、そちらのほうにひと月分の給料を賭けていたでしょう。でも、われわれは新式の分光器で物質を特定するやりかたをしていましてね。二枚の分光写真に見られる無数のスペクトル線が一致したんですから、指紋よりも確実だといえます。被害者の傷や髪に付着した細かいちりやごく微細なかけらが、コンクリートの塊の表面のものと一致したんです。そう、ほかのものはありえない——彼女を殺すのにはコンクリートの塊が用いられたに違いありません」

ミドルビーはいった。「きみの入念な仕事ぶりと明快な論理には敬服したよ」

「先生の教えにしたがったまでですよ」ブラックは如才なくいったが、それはまさしくそのとおりだった。

教授は先を続けた。「コンクリートの塊が飛行機やなんらかの建造物の上から落とされたというのは、まず考えられん。殴打がくり返されていること、きまった高さが必要だという点から、それは除外できる。周りに木はあるのかね？　たとえばほら、滑車に針金を通したらどうだろう……そうはいっても、その少年がそういった装置を組み立て、大きな塊を何度も滑らせているところは想像できんな」

「いずれにせよ、木はありません」ブラックは告げた。「少なくとも、手近に植えられてはいません」

「コンクリートの塊の出所《でどころ》のほうはつきとめたのかね？」

「イエスでもありノーでもあります」

「どういうことだ？」ミドルビーの声にはいらだちが感じられた。

「というのも、被害者宅から数ブロック先の海岸にはコンクリートの塊がやまほどありましてね。もう何年も前に波よけとしてまとまって持ちこんだあと、工事現場の跡などからも運んできては積みあげていったというわけです。問題の品もそこから持ってきたんでしょう。むろんトラックか車で運んだに違いなく、それをつきとめようとはしてみました。ところが、そうした塊が少年の家やその付近に運びこまれるのを目にした者はおりません」

「きみの最初の考えに戻って、すべてがインチキだとするなら、犯人はわれわれに巨人が彼女を殺したと思わせようとしたということになる。だとすれば、十六歳の少年が九十ポンドの塊をまるでレンガかなにかのように用いて犯行なしとげる方法が、なにか存在するはずだ」

「おっしゃるとおりです」ブラックはいかにも憂鬱そうだった。「やつの仕業だとは思いたくないですが、真相をつきとめるのがわたしの務めですし、ベテラン警察官としての勘が……」

「いいたいことはよくわかった。だったら、その塊とやらを見てみたほうがいいかもしれんな」

「どこにでもあるようなコンクリートの大きな塊にすぎませんよ」巡査部長は熱のこもらない口調でいった。「とはいえ、喜んでお見せしますよ。まだ鑑識のところに置いてありますから、いつでもけっこうです」

「あすの朝うかがうとしようか」ミドルビーがいった。

「なにかお考えでも？」

「いまのところはまだ、わたし自身にもわからない。とにかく、すべてはその代物を見てからの話だ」

「けっこうです」ブラックはいった。「では、あすの朝お待ちしています」

翌朝ミドルビー教授が郡庁舎にやってくると、おりしもブラックがジュリアン少年の事情聴取にふたたび取りかかるところだった。老教授はふいにそれに同席する気になった。これまで巡査部長の捜査には協力してきたものの、写真以外には容疑者の顔を見たことがなかったからだ。かねがね若者たち、とりわけ才能のある連中のよき理解者であったことも、そうさせた。

ブラックは彼のその決断に驚いたものの、喜んでもいた。

「これでどうやら、世のなかのことが少しはわかっていただけそうですね」彼はからかうようにいった。

「きみらは年少者には小さめのゴムホースを用いるのだろうね？（かつて米国での警察の取り調べの際、容疑者に無理やり自白を迫る際にゴムホースが用いられたことがあった）」と教授がすかさずやり返すと、巡査部長は目を白黒させた。

少年裁判所の係官がジュリアンを取調室へと連れてきた。ほっそりした少年で、見るからに落ちつきがなかった。九十ポンドのコンクリートの塊をふり回せるような体格をしていないのは明らかだなと、老教授は思った。だがその一方で、こちらを惑わせるような場面を演出する創意は持ち合わせているかもしれない。

いくつか予備的な質問をしたあと、ブラックはより直截的な攻撃に転じたが、その目的が少年の自白をひき出すことにあるのは明らかだった。

「きみがひどく欲しがっていたあの車――そう、赤いスポーツカーだよ」彼はさりげない口調でいった。「きみはあれをすぐにでも買うつもりなんだろうね。きみのお母さんは、お父さん――いや、義理のお父さん――の保険金にはほとんど手をつけていなかったんだろ？」

「ええ」ジュリアンは警戒しながら答えた。「それで十分まかなえるはずです」

「でも、お母さんは大学の学費用にできるだけ取っておきたいと思っていた」

「まだ二年も先の話じゃないですか。そのころには、もう職に就いてるかもしれないし」

そこでブラックはとっておきの切り札を出した。

「きみみたいに頭のいい少年が、お金には手をふれることができないというのを知らなかったとは、驚きだな」

ジュリアンは呆然として相手を見た。「あれはぼくのお金だ！　遺言ではそうなってる。あの女がそういったんだ。ほかに受け取る人間——身寄りもいないんだし」

「だが、きみはまだ未成年だ」巡査部長は優しくいった。「法廷はきみの後見人を指定するだろう。そしてまともな大人であれば、きみがお母さんの遺産の三分の一をスポーツカーに使うのを許しはしまい」

「でも、そんなのおかしいよ！　あれはぼくのお金だ。それにぼくはもう子どもじゃない」骨格が溶けてしまったかのように、少年のほほが落ちくぼんだ。「そうとわかってれば……」消え入りそうな声で彼はいった。

「きみがお母さんを殺したんだね？」ブラックはさりげない口調で訊いた。

それは不発に終わった。少年はきゃしゃな身体をこわばらせ、挑むように相手をにらみつけた。

「殺してなんかいるもんか！　ほら、あんたもあのコンクリートの大きな塊を見たろ」少年は苦々しげな笑い声をあげた。「みんなはぼくのことをちび助と呼んでる。そんなぼくがあの塊をふり回してるとこが想像できるかい？」そういう声は自己憐憫《れんびん》に満ちあふれていた。「だからこそ、車がいるんだ。うちの一九五七年型のオンボロ車なんかなにになる？　女の子たちは見向きも——」彼は言葉をとぎらせると、唇を噛んだ。「もうなにもいうもんか。ぼくはなにもやってない」

そのあとはもう埒があかず、ブラックは少年をさがらせた。

「どうです？」彼はミドルビーに水を向けた。

「わたしは心理学者ではないが」老教授はいった。「金と、車が手に入らないと知ったときの悲嘆ぶりからすると――」

「おっしゃるとおりです。でも、やつの仕業だとすれば、どういうふうにやったんでしょう？」

「とにかく、そのコンクリートの塊を見せてくれ。あることを思いついてはいるのだが、なにぶん、あまりにとっぴな考えでな。だが、案外あたっているかもしれん」

鑑識室でブラックは教授に凶器を披露した。形は立方体に近かったが、端はざらざらしていて一定でなく、さらに大きな塊からあるときはがれ落ちたもののように思われた。

「取り壊された古い建物の土台の一部かもしれません」巡査部長はいった。

ミドルビーはざらざらした表面を指でなでたあと、手のひらをそこにあてた。眉間にしわが寄る。

「まだ少し温かいぞ！」彼は叫んだ。「窓から日があたっておったのかね？」

「そんなことはありません」ブラックがいった。「そういえば、そいつをここに持ちこんだときからもう熱を帯びていました。なにせ、外で直射日光に何時間もさらされていましたからね。なくなってから半日近くして、われわれはようやく彼女の殺人のことを知らされたんです。というのもジュリアンは出かけていて、その間だれも庭に入ってこなかったからですよ」

教授はふたたびコンクリートの表面に手をふれた。

「そんな簡単なことだったのか！」彼ははげしい口調でいった。

「どういうことです？」ブラックが尋ねた。

「ここに電気ドリルはあるかね？　コンクリート用の、四分の一インチの刃《ビット》のついたやつだ」

「あると思います。器具はけっこう揃っていますから」

「だったら、さっさと持ってきたまえ」

いささかむっとしながらも、巡査部長は指示にしたがった。ミドルビーはドリルを手近のコンセントにさしこむと、コンクリートにあてた。特製の刃がざらざらのコンクリートに食いこみ、けたたましい音を立てる。三インチばかり掘り進んだところで、老教授はドリルを抜き取り、穴のなかをのぞきこんだ。それから刃によってこなごなになったかけらを調べた。長い人差し指が黄色い粉末を見つけ出し、手際よくえり分ける。

「木だよ」彼はぶっきらぼうにいった。「要はそういうことさ」

「お願いですから、説明してください――！」ブラックは必死に懇願した。

「外を覆ったこのコンクリートの下には」教授はいった。「木の箱があり、その箱のなかには固まりきっていない新しいコンクリートが入っておる。練ったことで化学反応を起こし、まだ湿っていて温かい。なあ、まだわからんか？」

「さっぱりです――でも、ひょっとすると――」

「小柄な少年にはとうてい扱えない百ポンド近くの重さにするのには、どれだけの量のコンクリートが必要なのかを計算したうえで、あの少年はこの箱を作ったのさ。おそらく峡谷に住む巨人の噂を聞いて、そいつのせいにできるとでも思ったんだろう。そこでやつはこの箱を作ると、一週間して、表面に塗ったコンクリートが固まってから、それを用いて義理の母親を殴り殺した。そのあとで、からっぽの箱にすぐさまコンクリートを流しこんだのさ。たぶん、水でこねればすぐに使えるタイプのやつだろう。そうしてから――」

「くそっ!」ブラックはうめき声をあげた。「ガレージのすぐ目につくところに、ペンキやパテ、それに水でこねるタイプのコンクリートの袋があったじゃないか。それなのに、このぼんくら頭にはなにも思い浮かびやしなかった!」

「わたしのほうも褒められたもんじゃない」老教授はつっけんどんにいった。「われわれのような玄人が揃いも揃って、あの十六歳の少年にしてやられるところだったんだからな」その瞳はいかにも悲しげだった。「まったくなんという才能の損失だろう! それもスポーツカーなどというつまらないもののために」

「これでやつも自白するでしょう」巡査部長はひどく満足げにいった。「まずまちがいありません」

翌日ミドルビーに報告しにきたときには、ブラックはひどくご立腹の体だった。

「やつの最大の心配事はなんだと思います?」巡査部長は皮肉っぽく訊いた。「二十一歳（米国の成人年齢）になってしゃばに出てきたら、新しい運転免許証を取得するのにさぞかし苦労するだろうということですよ」

消えたダイヤ

森英俊訳

「どうにも理解できないのは、あなたたち警察官がどうしていろんなものをなくすかですよ。今回は高価なダイヤときてる――それも袋小路で。あきれたもんです！」

そういっているのはエドガー・グレーで、身体こそ、どこにでもいる十四歳の、人間の子どもそのものだが、その並はずれた頭脳は知能指数百八十を誇り、本気になればそれを上回ることもしばしばだった。九十歳のジョージ・バーナード・ショー（アイルランド生まれの英国の劇作家・小説家）にむしろふさわしいような、辛辣なユーモアのセンスの持ち主でもあった。

だが、いましがたの言葉には悪意はつゆほどもこめられていなかった。というのも、少年はトラスク警部補に好意を抱いていたからだ。その気持ちはたがいに共通したものだったが、警部補のほうはそれにやや畏敬の念が加わっていた。そのそばかすだらけの若い顔の後ろにある、精密機械のような頭脳には、ときおりまごつかされることもあった。

少年の父親で、ときたま警察の相談役も務める科学者のシリアック・スキナー・グレーは、温かいまなざしで目の前の光景を興味深げにながめていた。

「ヒット――クリーンヒットだ」彼はいった。「エドガーにどうやら一本取られたようだな。きみらは盗品を抱えていると思われる泥棒を袋小路へと追いこんだ。唯一の出入り口はふさがれ、脱出するすべはなかったにもかかわらず、宝石は消えてしまった。それを聞いて、片親だけなら気の毒ですまされるかもしれないが、両親ともなくしたのなら不注意といわれてもしかたないという、オスカー・ワイルド（アイルランド生まれの詩人・劇作家・小説家）の警句（風俗喜劇『まじめが肝心』のなかのレディー・ブラックネルのせりふ）を思い起こしたよ」

トラスクはにやりとして、「まあ、奇妙な状況ではあります」と認めた。「でも、五万ドル相当のものが盗まれたというのはゆゆしき事態です。最悪なのは、ルー・バーギンが犯罪者タイプではなく、狂信家に近いやつだということですよ。やつの盗みの目的は新たな〝キリストのためにいざ立ちあがらん〟運動の資金にあてるためだったのではないかと、わたしは疑っています。やつの部屋は一見の価値がありますよ――数えきれないほどの小冊子、時代遅れの説教集やけばけばしい写真、聖杯に十字架に聖像といった、ごちゃまぜのコレクション――それに、挿絵入りの稀覯本《きこうぼん》も含まれた、一ダースもの聖書。なかには、本の収集家のクリフ・ギャレットが舌なめずりしたという、ドレ（フランスの画家・彫刻家）の挿絵のものもあります。ところが、ドレであろうがなかろうが、バーギンは食事をしながら読むうえに、なんでもかんでも食べるので、ギャレットがなかの頁を目にしたときは、それこそ一大事でした！　やっこさんを第一級謀殺犯として警察署に連行することになるんじゃないかと、はらはらさせられたくらいです！」

グレーはいま座っている車椅子のひじ掛けについたボタンのひとつを押した。シューという音がしたかと思うと、極上のコーヒーの香りが部屋のなかに充満した。小さな陶磁器のカップがひじ掛けの下から現れる。トラスクはそれをグレーから手渡され、コナ・コーヒー――科学者のお気に入りのブレンド――をありがたくすすった。

「最初のところから話してみてはどうかね」グレーがいった。「わたしの聞いたところでは、バーギンは閉店まぎわに支配人をつかまえ、無理やり金庫を開けさせて、ダイヤの包みを持って慌てて立ち去ったということだが。拳銃も使ったそうじゃないか」

「ええ」警部補はいった。「でも、それを撃つようなまねはしなかったと思いますがね。とにかく、やつが現場から逃走するのを非番のケリー刑事はたまたま目撃し、あとを追いかけました。するとバーギンは慌てふためいて、くだんの袋小路に追いこまれてしまったというわけです。逃げているあいだに拳銃は投げ捨てましたが、指紋はすっかりふき取っておいたに違いありません――きょうびはどんなど素人でもそんなことは心得ていますからね。

まあ、警官というのは重罪犯人をひとりでは追跡しないことになっていましてね。ことによれば、バーギンが拳銃をもう一丁持っている可能性もありましたから。そこでケリーは容疑者のあとをつけ、袋小路の入り口のところで待つことにしたんです。そこから抜け出せないということはわかっていましたから。そしてさっきもいったように、巡回パトカーが応援を連れてやってきて、警官たちが袋小路のなかに入ると、バーギンはあっさりと投降しました――ただし、ダイヤは消え失せていたんです」

「途中で捨てたんじゃないかね？」グレーが訊いた。

「それはまず不可能です。ケリーがすぐ後ろにいたうえ、袋小路まではわずかな距離で、そこまでは見通しのいい道ばかりでしたから。いずれにせよ、われわれはやつの通ったところをただちに捜索し、そこからはなにも見つかりませんでした」

「だが、夕暮れが近づいていて、あたりはうす暗かったという話じゃなかったかね」

「たしかに。でも、やつの駆け抜けたブロックはじゅうぶん明るかったうえ、袋小路に入るまでやつはなにひとつ投げ捨てていないと、ケリーも断言しています。盗品が袋小路のなかにあるんだとしても、これまでのところまったく見つけ出せずにいます」

「拳銃に指紋がなく、ダイヤも出てこないとなると、バーギンを捕まえておける根拠はあまりなさそうですね」エドガーがいった。からかうような口調ではなく、そこには同情がこめられていた。

「きみのいうとおりだ。だが、ダイヤを取り戻すことのほうがもっと重要なんだ」トラスクはそういうと、残ったコーヒーを飲み干し、苦笑いを浮かべながらつけ加えた。「本犯罪にはビギナーズ・ラックめいたところさえある。この道化者はどんなプロの犯罪者もうらやむような窃盗をやってのけた。ところが、エース宝石店を選んだのもたまたまだし、宝石についてもほとんどなにも知らないときている。宝石をまんまと手に入れることのできたのは、拳銃による脅しと、そのバーギンの年代物の四五口径の銃があまりにぼろすぎていまにも暴発するのではないかと、口がからからになるほど支配人がびびってしまったからなんだ！」

「支配人に非はないさ」科学者がいった。「まともな人間ならだれだって、四五口径の銃を怖れるものだよ」彼は葉巻用のボタンを押して、ハバナ葉巻を二本取り出すと、片方をトラスクにぽんとくれてやった。「その袋小路とやらは、どんなふうになっているのかね？」

「片方の側には大きなアパートが立ち、もう一方の側には古い州立劇場があります。劇場のほうはもう使われておらず、板でふさがれていて、いまやハトやスズメ、それにカラスどもの、公営住宅になりさがっています。袋小路のなかは暗くて、アパートの住人たちはなにも目にしていません。ダイヤがどこにも隠されていないことは――絶対にたしかです」

「屋根の上はどうだ？　どちらかの屋根の上まで放ったということは？」

トラスクは首を横にふった。「強肩の外野手であれば劇場の屋根の上まで届かせることができるかもしれませんが、いかんせんバーギンというのはひ弱な小男でしてね。まあ、ほとんどの人間には無理でしょう」

「包みの重さはどれくらいあったのかね？」

「四オンス（約百グラム）といったところでしょう。実のところ小さな袋で、柔らかい革でできていたはずです」

「投げるのにはうってつけだな」グレーが指摘した。

「たしかに。でも、どこへです？　アパートは六階建てで、州立劇場のほうはやや低いとはいえ、それのおよそ五階分の高さはありますから」

「きみのいうとおり、放るのにはたしかに距離があるな」科学者は認めた。「まあ、とにかく、捜査資料と写真を見せてくれたまえ。それに目を通したうえで、なにか考えてみよう。それにエドガーの知恵も借りるつもりだ。こいつときたら、近ごろだれぎみだからな！」

「それも悪くないと思いますがね」トラスクが大真面目にいった。「そうすれば同級生たちも少しは追いつけるようになるでしょうから」

「もうすでに、数学と同じくらい詩を楽しむようになり始めているさ」グレーがいった。「きのうもあいつは『ライン河のニシコクマルガラス』を引用したりしていた——なあ、『インゴルズビー伝説集』（英国のユーモア作家トーマス・インゴルズビーの物語詩）を読んだことはあるかね？　なかなかできのいいライトバース（軽妙な、娯楽本位の詩）で、こんにち見られる類のものよりずっとましだ」

「オグデン・ナッシュ（米国のユーモア詩人）が書いたのであれば読んでいると思いますが、そうでなければノーです」警部補はにやりとしながらいった。「それではのちほど——願わくはまたお目にかかりましょう」そういい残して、彼は立ち去った。


　グレーがじっくり目を通したのは比較的うすいファイルだった。事件は単純きわまりないように思えた。アパートの住人たちからは、助けになるような証言はほとんど得られなかった。捜索結果についての詳細も、これぞといった推理を働かせるのには役に立ってくれそうもない。九十分後、科学者はフォルダーを下に置き、ため息をもらした。調べてみる価値のあるのはたったひとつ、ささいな点だけだ。彼は電動車椅子を電話の前まで移動させ、トラスクを呼び出した。

「なにかはっきりしたことをつかんだというわけではないんだが」彼は即座にいった。「ひっくり返っていたごみ入れのことが少しばかり気になってね」

「あのなかにはダイヤは隠されていませんでしたよ」トラスクが請け合った。

「そのことはきみの報告書にもはっきりと記載されていたな。だが、住人たちにその中身を見てもらって、なにかなくなっているものがないかどうか伝えてもらうのは、かなり面倒なことかね？」グレーはそういったあと、心配そうな声でつけ加えた。「いうまでもなく、あのあたりは立ち入り禁止にしてあるんだろうな？」

「もちろんですよ。盗品があそこのどこかにあるという可能性を排除できないかぎり、そうせざるをえません。それにしても」と彼は言葉を継いだ。「バーギンがごみ入れをひっくりかえしたんだとして――そこから持ち出されたものがどうして重要なのか、わかりませんね。そうはいっても、ほかならぬあなたのご提案ですから、ただちに調べてみましょう」

「ありがとう」グレーはいった。「だれかが捨てたものがなくなっていたら、教えてくれ」

「了解」トラスクはそうすることを約束して、電話を切った。

その日の午後遅く、トラスクは電話をかけてきた。「ひとつだけありました。ひとりの女性がいうには、ごみ入れのなかにプレゼントのきれいな包み紙といっしょにあったはずの、けばけばしいティンセル（絹・レーヨン・綿糸を芯にしたもの）を織りこんだ、色のついた細ひもが消え失せているそうです」そこで間をとったあと、彼は「それがなにかの手がかりになりますか？」と訊いた。

「あせりなさんな」という悲しげな返事が返ってきた。「まずは考える時間をくれたまえ――もっかのところ、それがなにを意味しているのかさっぱりわからないというのが、正直なところだよ。はたしてなにか意味があるのだろうか？」

「そういったことはあなたの得意とされるところじゃないですか」トラスクはいった。「もっともらしい推理をお待ちしていますよ」

「頭を働かせてはみるが、なにも約束はできんよ。細ひももといったね？　はて？　まあ、なにか思いついたら、連絡しよう」グレーはため息めいたものをもらして電話を切ると、ふたたびフォルダーを開いた。

二時間後、彼はトラスクに電話をかけてきた。「突拍子もない考えだが、ある意味、当たっているのではないかという気がするんだ。聖書の研究家と細ひもから——なにか連想されるものはないかね？」

「いいえ、これといって。そんなものがあるんですか？」

「ダビデについて読んでいたバーギンに、ある考えがひらめいたとしたら？（聖書の「サムエル記」に、ダビデが少年時代に投石器で大男を倒したという記述がある）ひもを捜してごみ入れをひっくり返し、細ひもを見つけ、それを袋にくくりつける——」

「そうか！」警部補が勢いこんでいった。「投石器《スリング》だ！　そいつがあれば、どちらかの屋根に届かせることができる。勢いをつけて思いきり石を飛ばせば——わたしも子どものころにやりましたが——かなり遠くまで飛ばすことができるんです」

「たしかにひとつの可能性ではあるし」グレーはいった。「もっかのところきみに提供できる唯一のものでもある。さあ、屋根の上を捜してみたまえ」

待っていたトラスクからの電話は次の日の朝にかかってきた。警部補はひどくしょげかえった、いかにも困惑したような声をしていた。「申しわけありません」と彼はいった。「どちらの屋根の上にもなにもありませんでした。あなたが謎を解いてくれたに違いないと、わたしもてっきり思ったんですが」

含みのある沈黙があったのちに、グレーがいった。「妙だな。なにもなかったというのか？

ふーむ……。ほぼまちがいないと思い始めていたんだが……」彼は笑い声を立てた。「まあ、かえってよかったかもしれないな。毎回うまくいくと期待するのは、おこがましいというものだ。そうはいっても、まだあきらめはしないさ。ただふりだしに戻っただけだ。あとはどこだ？　屋根の上でないとしたら――いったい、どこがある！」

電話を切ったあと、グレーはかすかに顔をしかめながら、身動きせずに座っていた。彼の頭のなかでは、興味をそそるドラマが展開されていた。袋小路に追いつめられ、必死になっている泥棒が、ごみ入れを急いでかき回し、細ひもを見つけ出す――そのあとバーギンが細ひものついた小袋を垂直方向に、何度も何度も勢いをつけてふり回し――狙いどおりのところで放すと、袋は彗星の尾のようなきらびやかなひもと共に屋根のほうへと舞いあがっていく……そこで――ふいに映像はとだえた……。

彼は写真のほうに目を向けてみた。可能性の高いのは州立劇場の屋根のほうだ。投石器を使ったとしても、アパートの屋根は高すぎる。よろしい。さて、そこにはなにがいるか？　ふたたび映像が見えてきた……どうしても好きになれないハト――空飛ぶネズミと称されるのももっともで――コマツグミやカケス、ニシコクマルガラスといった、ほかの鳥と比べると、うす汚くて、少しも鳥らしくない……ニシコクマルガラス……ライン河……すると曙光《しょこう》がさしてきた……。

「双眼鏡ですか？」トラスクはとまどったように訊き返した。「ええ、あることはあります――倍率七倍、口径五十ミリの、りっぱなやつが。でも、いったいどこで、なにを捜せばいいんです？」

「あらかじめいっておくが」グレーはいった。「かなり突拍子もない説なんだ——その突拍子のなさたるや、七十五マイル離れたパリ砲（第一次世界大戦のさなか、ドイツ軍がパリを砲撃するために製造した巨大な列車砲。最初の砲撃は一九一八年の三月に、パリから七十五マイルの地点から行なわれた）並みだよ」

「まともに考えてもどうにもならない以上、突拍子もない説でも喜んで拝聴させていただきますよ。さあ、いってみてください」

「いいだろう。ふたつの建物の周りにある、高い木をじっくりと調べてみたまえ。捜すべきものは、例のけばけばしい細ひもだ——それにまだダイヤの袋がついていることを心から願うよ。それから、質問はいっさいなしだ。ただでさえ、ずいぶんと想像をたくましくしているんだからな。とにかく、捜したまえ。そして、それらを見つけたら——」

「ご連絡しますよ」警部補はそういうと、そつなく言葉をそれ以上はつけ加えなかった。


後刻、グレーは勝利をこっそり祝う会でくわしい説明をした。「バーギンが投石器を使ったのはほぼまちがいないと思っていた。さもなければ、ごみ入れからどうして細ひもがなくなったりするかね？　いまの子どもたちはおもちゃに恵まれているので、わたしの世代の者たちがやったようにいろんなものを集めることはしないしな。だが、わたしの推理が正しいとすれば、ダイヤは劇場の屋根に到達したあと、ふたたび消えてしまったに違いないということになる。ところが、劇場は板でふさいであり、屋根にのぼることはまず不可能だった——ただし、鳥たちをのぞいてはだ。すると、エドガーと『インゴルズビー伝説集』のなかのニシコクマルガラスのことがふと頭に浮かんできた。きみは」彼はトラスクのほうを見た。「屋上にカラスが何羽かいたといっていた。話は変わるが、連中が近年、都会に進出してきたのは、おかしな現象だな。わたしが子どものころは、小さな町でもほとんど見かけなかったし、大都市ではなおのことだ。だが、農場がどんどんとなくなっているから――まあ、それはどうでもよかろう。要は、連中が光っているものに目がないということだ。カラス科に属する鳥が、きらびやかな細ひもを放っておけるはずはないさ。自分の巣か止まり木のところに持ち帰るに違いない。大きなカラスにとって、四、五オンスなどという重さはなんでもない。そう、今回のは、二重の窃盗事件だったのさ――最初はバーギン、続いて貪欲な鳥が盗みを働いたというわけだ！」

「消防署からシュノーケルを借りる必要がありましたがね」警部補はいった「袋は高い木の上にありました。あなたのお考えになったように、運よくけばけばしいひものおかげで、双眼鏡で難なく見つけることができたんです。それも、一ダースばかりの木を試してみただけで――へたをすれば、五十本はくだらないところでしたよ。カラスはどれくらい遠くまで飛べるものなんですか？」

「相当な距離を飛ぶ」グレーはいった。「だが、州立劇場の屋根を使用している鳥が近くに止まり木を持っていると考えるのは、理に適っているからね」

「ライン河のニシコクマルガラスは」エドガーがいった。「司教の指輪を盗み、教会からさんざん呪いの言葉を浴びせられたんです。おかげで、あやうく命を落とすところでした！」

「べつだん司教が鳥嫌いだったというわけじゃないんだ」科学者が補足した。「聖職者として、盗人に対してはげしい非難を表明したにすぎない――実際、ニシコクマルガラスが自分の指輪を盗んだなどとは、あとになるまで思いもしなかった」

「ところで」エドガーがほくそ笑みながら訊いた。「いつになったら犯人のカラスを捕まえ、宝石やらなんやらの重窃盗罪で、警察の記録に載せるつもりです?」

トラスクは口元をきゅっとひきしめると、「いいかい、おチビさん」といった。「そもそも重罪など犯されていないんだ。盗品を発見したことを届けなかったという――微罪があるだけだ。それに、面通しのために並べられた七羽のうちから盗人を見分けることのできる人間がいれば、いつでも告発してみせるさ!」

警部補はもったいぶった足どりで、意気揚々とひきあげた。エドガーをやりこめられるのは、そうそうあることではなかった。

横断不可能な湾

森英俊訳

起こるべくして起こった殺人であっても、それが完全に偶発的な場合もある。皮肉にも有名な平和主義者から名前をとった、ジェニングス・ブライアン・ラティマーがいい例だろう。

ラティマーははげしい怒りと憎しみを相当に抑制してきた男で、見たところ内気でおとなしく、表面的には暴力とは無縁の存在だが、空想のなかではこれまでに数えきれないほどの殺人を犯してきた。長身で肩幅が広かったが、ひどく太りすぎており、女性のようになよなよしたところもあった。職場の同僚たちから〝ジェニー〟と蔑んで、ときに憐れみをこめて呼ばれるのも、おそらくはそのためだろう。不釣り合いなほどちっちゃな手足をしており、それを知る者はほとんどいなかったが、指先は信じられないほど器用だった。

おとなしい、ひどく抑圧されている者たちの多くがそうであるように、彼もまた兵器類に目がなく、その優れた腕前を発揮して、縮尺どおりに組み立てられ、綿密に仕上げられた、すばらしい模型の数々で、地下室をいっぱいにしていた。古代ローマの投石機、破城槌、機械弓、石弓、それに砲術の歴史を縮小模型でたどれるくらいのおびただしい数の大砲。年代順にいうともっとも新しいのは、フランスの七十五ミリ砲（第一次世界大戦で用いられた、当時としては最新兵器だった大口径の大砲）だった。だが、ラティマーは南北戦争以降に造られた兵器はおおむね無視することにしていた。というのも、近代的なロケット弾やミサイル、超大型爆弾といったものは、彼にとって蔑みや嫌悪の対象にしかすぎなかったからだ。

この殺人の素ともいうべきものに加え、小柄で、ひどくおしゃべりな、妻の存在があった。その毒舌はまさしく冷酷きわまりない兵器で、それにかかれば、いかなる男女間のけんかでもけりがついてしまったろう。彼女は不幸せで、子どももなく、性生活の面でも恵まれず、みるみる歳をとっていくにつれ、どんどん辛辣《しんらつ》になっていっていた。

端的にいえば、ラティマーは体重二百五十ポンドの時限爆弾であり、その妻のシャーリーンはパチパチ音を立てている導火線だった。

夫妻は毎日曜日、交通渋滞を避けるためにかなり早起きし――実のところ、五時に――遠く離れた国有林のあたりまでドライブするのが習わしになっていた。深くて狭い峡谷に臨んだ、いいあんばいに樹木の茂ったその場所にいると、ふたりとも夫婦間のきりのない口げんかのことをつかのまだけ忘れることができた。

シャーリーンにとって、見慣れてはいるが絵に描くにはいつでも新鮮な風景が、そこにはあった。「牧歌的だわ」と彼女はため息まじりにいうだろう。「季節や光線のぐあい、雲の配列によって、少しずつ趣が違って見えるのよ」とも。そして気分によっても違うと、もっとも重要な要素をつけ加えることもできたろう。彼女の油絵の腕前は惨憺《さんたん》たるもので、できあがった絵はどれもこれもぴんとこないものばかりだったが、わけ知り顔の彼女の友人たちは、ただそれらが〝独自のスタイルを持っている〟というばかりだった。というのも、彼女は無頓着に機嫌を損ねてもかまわないような類の人間ではなかったからだ。

かたやラティマーは、模型作りの名人であることに飽きたらず、自分のおもちゃを実際に使用したがり、その際にはみごとな腕前を披露した。質量、火薬の量や弾道――さらには小さな弩砲《カタパルト》（てこを用いて弦を引きしぼり、石や極太の矢を射ち出した、古代兵器）を発射する際には――弾性係数さえも、計算した。しかもそれらはすべて、みずからの経験則や、独学で習得した数学に基づいたものだった。

「おれはナポレオンでもあり、シーザーでもあるのだ」と彼はひどく満足げにひとりごちた。

彼の入りびたっている海洋博物館には十二ポンドのコーホン臼砲（砲身の長さに対して口径が非常に大きく、臼に似た外見をしている、小型の大砲）があったが、きょうの彼はそれのミニチュア模型を試しているところだった。それは三オンスの重さの鉛の玉を発射し、彼のほかの大砲の模型と同じように、黒色火薬を使用していた。

小さな峡谷の幅五十フィートの山峡を越えると、大きな湿地帯があり、土ぼこりを立てながら高く弧を描いて飛ぶミサイルの試射にはうってつけだった。ミサイルが落下しても、うまいぐあいに泥水がわずかにほとばしるだけだった。ラティマーは毎週なにがしかの模型を持ってきては、小峡谷の向こうへ弾を発射した。八時前という、かなり早い時間にやってきていたので、森林警備員やふいのハイカーに、無害だが違法な演習をしているところを目撃される心配はまずなかった。

夫妻のプライバシーを守るさらなる手段は、道筋そのものにあった。それは狭くてわだちの多い山道で、夫妻の自家用車である〝パックミュール〟と呼ばれる不整地走行車の類だけがどうにか登っていくことができた。

それでも、時には車のフロント部分に取りつけた強力なウィンチを使う必要があり、鋼のワイヤーロープを木にくくりつけることによって、どんな穴やぬかるみからも脱出することができた。きょうも太陽はまぶしく輝き、空気はおだやかで、かぐわしかった。小さなコーホン臼砲はドーンと鳴り、鉛の玉をラティマーが思い描いたとおりのところへ着弾させた。峡谷の向こうに、泥がほとばしる。

だが、この日はほかの日曜日とは違っていた。パチパチ火花を飛ばしている導火線の火が火薬に燃え移り……。

シャーリーンの絵はうまくいっていなかった。彼女のひじには、このところめっきり数の増えた関節炎のきざしが見えていた。翼を持った時の戦車の轟きがまぢかに迫っている（時が容赦なく進むことを詠った、十七世紀の英国の詩人アンドリュー・マーヴェルの詩"To His Coy Mistress"の一節）ように思え、おもちゃの大砲以外のことには目もくれない、このでぶで性に無関心な男に縛りつけられたまま、彼女は歳をとろうとしている。

彼女は画架の前を離れて夫のところまでつかつか歩いていくと、いつものように長く手厳しい非難をまくし立てだした。夫のほうの弁明はあくまでも見せかけで、少しでもここ何週間かのものと違っていれば――実際にかなり違っていたが――用をはたしてくれるのだった。臼砲から注意をそらすと、ラティマーは辛抱強く耳をかたむけるふりをした。むくんだ顔には反省の色がほとんど反射的に浮かんでいる。相手から好意的な反応を得るためというよりは、こちら側の気遣いを示すために、ときおり「でも、おまえ」と弱々しく口をはさむ。

するとふいに、これまでになかったことが起こった。これまたいらだたしいほどのめめしさの象徴である、夫の従順さにかえって腹を立て、シャーリーンは許しがたい行動に出た。峡谷のはしぎりぎりに置かれている臼砲にいきなり靴をかけると、それを思いきり前に押しやったのだ。模型はよろよろしたまま数インチすべり、草木にあたると、ラティマーが恐怖のまなざしで見守るなか、六十フィート下の崖下へと落ち、石にぶつかってガタガタ音を立てながら、壊れた砲架の破片をまきちらした。身体が麻痺してしまったかのような状態で、苦悶しながら、彼はただただそれを見つめていた。

指先がどんなに器用であろうと、彼のように太って、足もとのおぼつかない者には、切り立った崖をおりて下の岩場にたどりつくすべはなかったし、どのみち臼砲はもうめちゃくちゃになってしまっているだろう。もう、どうしようもない。熟練の技を何時間にもわたって注いだのが、すべてむだになってしまった。

ラティマーのなかにあって長いこと抑圧されすぎていたはげしい怒りが、まるで熱い溶岩が噴出するかのように、いっきに彼を飲みこんだ。思えば、妻に蔑みのこもった文句を浴びせられるだけでなく、職場ではいつも、ぽっちゃりとした柔らかい身体やかん高い声、臆病さに対し、「おい、ジェニー!」とくすくす笑いまじりに呼ばれてきた。「もうたくさんだ!」と彼はどなった。

彼の小さな指は力強く、シャーリーンの毛深くて強靭な首もそれにはたちうちできなかった。自分が最期を迎えようとしていることにさえほとんど気づかぬまま、彼女はたちどころに息絶えた。夫のほうはみずからのしでかしたことに呆然としたものの、もはや手遅れだった。恐怖が否定しようもない現実へと変わる。ここで妻の遺体と共に発見され、自分以外には周りにだれもいないとなれば——だれが殺したのかは明々白々だ。そうなれば、今度は自分が死なねばならなくなるだろうし、縮小模型を組み立てたり発射させたりすることも二度とできなくなる。まさに絶体絶命だ。峡谷の下に落ちてしまった愛しいコーホン臼砲を回収するすべがないように、いまのこの状況から脱出するすべもない。

　三十分というもの、頭を両手で抱えこんだまま、彼はシャーリーンの遺体のかたわらにうずくまっていた。頭に浮かぶものといえば、新たに合法化された死刑囚監房のことばかりだった。事故だと主張することさえできれば——だが、いくらはずみとはいえ絞め殺してしまった以上、それは通用しない。ほかの者の仕業に見せかけるのはどうだろう？——キャンパー、浮浪者、不運な落ちこぼれの若者——そう、だれでもいい。この連中は、カルバリン砲（十六世紀から十七世紀のヨーロッパで使われた重砲。蛇の形をした取っ手と、口径よりも銃身が長いのが特徴）やダールグレン砲（米国の軍人ダールグレン大尉が一八五〇年に考案した榴弾砲）を満足げにながめたりはしない。人生の本当の楽しみを知りもしないし、存在している価値すらない。だが、これもやはりだめだ。周りには人っ子ひとりいないし、いたところで、どんな殺害動機があろう？　そう、あまりにも絶望的な状況だ。殺したのはおれだということになり、死刑はまぬがれまい……いや、待てよ、どちらかといえば衝動的な犯行だから、死刑ではなく、刑務所での長い刑期が待っていることになるだろう。そうなれば模型も作れないから、どっちみち同じことだ……。

　青ざめた、肉づきのいい、あごのたるんだ顔をあげ、彼は峡谷の向こうを見やった。昼近くになっていたにもかかわらず、そちらにも人っ子ひとりいなかった。ここにいたという痕跡をことごとく消し去るのを手始めに、偽装工作をするというのはどうだろう？　シャーリーンが車でここまでやってくるあいだ、自分は反対側でコーホン臼砲を発射していたと主張することはできないか？　そうなれば、だれかほかの人間が妻を殺したと主張することができるし、それを信じてもらえるか、少なくとも嘘をついているとは立証されずにすむだろう。

あたりをうろついていた浮浪者による強盗致死事件に見せかけるため、あいつの財布は空にしておこう。だが、どうやって向こう側に渡ったものか？　徒歩では不可能だし、峡谷が平坦になるところまで何マイルか不整地走行車を走らせたとしたら、タイヤの跡でばれてしまうだろう。それに、そんなことをすれば時間がむだになるし、こうした計画では車がまさにこの場所で発見されることこそが重要なのだ。

ラティマーはふたたびうなだれ、うめき声をあげた。すると、すばらしい考えがふいにひらめいた。突拍子もない、驚嘆すべきものだが——実行可能であることはまちがいない。興奮の面持ちでシャツのポケットからボールペンと手帳を取り出すと、彼は計算に取りかかった……。

「わたしが持ちこんだ難事件のなかでも今回のこれがとびきりのものだということに、おそらくあなたもまっさきに賛成してくれることでしょう」トラスク警部補がいった。「ある女性が絞殺されたのちに、ぬかるんだところに放り出され——背中についたあざからすると、かなりはげしく背中から落ちたことは明らかなのにもかかわらず——周りには足跡ひとつ残されておらず、だれかがその近くにいたという形跡すらないんですから」

彼はひと息ついてから、先を続けた。「ぬかるみ自体はどんな痕跡もじきに消し去ってしまうことは、認めましょう。でも、その周囲には湿ってはいるが、いくぶん堅めの地面が広がっています。沼地のどこにも痕跡を残さないんだとしたら、犯人には重さがないに違いないということになります。そんなのはあまりにばかげていますし――ありえません」

「きみの現場の説明を聞いていると、犯人にはたしかに重さがなかったように思えてくるが、そんなことを信じるほど、ふたりとも愚かではないはずだ。この宇宙の法則は、まずくつがえされることはないからね」

「あなたならではの言葉ですね」警部補はきわめて如才なく答えた。というのも、シリアック・スキナー・グレーは警察の非公式かつ無料の相談役であり、基礎科学によく通じているうえに、こうした技術的な背景を活写できるだけの豊かな想像力にも恵まれていたからだ。

妥当かつ可能性のある推理が自分の得意とするところだと、グレーはときおり大真面目に口にすることがあった。同時に妻の命を奪った自動車事故のせいで、車椅子での生活を余儀なくされてはいるものの、精神のみならず肉体的にも、かなり充実した暮らしを送っていた。ローンボウリング（芝生の上で行なわれる、木球を目標のできるだけ近くに転がす競技）に熟練し、弓術の腕も相当なもので、六十ポンドの弓をそのたくましい腕でやすやすと引きしぼることができた。車椅子そのものも高度にオートメーション化されており、そのほとんどが彼自身の設計による、実用的かつ便利な仕掛けの数々が装備されていた。

「天上界のお偉がたたちが」トラスクがまじめくさっていった。「新たな法則を認めることにしたんだとしたら、どうです？　そう、たとえば、ガマの脂――いや、きょうびはディオーソピロチャテキノールとかなんとかいうようですが——を全身に塗りたくれば空を飛べるようになる、といったような」

グレーのもじゃもじゃのまゆがぴくりとした。「そのディオーソ……とかなんとかいうのはいったい？」とおだやかに訊く。

警部補はややばつが悪そうに見えた。「そんな代物はないはずです。それはもう何年も前に大学の化学の授業中にこしらえた名前で、何ヶ月ものあいだ、ばかげた冗談の種になっていました」

「まんざら悪くはないな」科学者はほほえみながらいった。「いかにももっともらしい響きがするからね。まあ、コーヒーをごちそうするくらいの価値はあるさ」車椅子のひじ掛けの上のボタンを押すと、熱くて香りのいいコーヒーが、ブリキ製の小さな注ぎ口からこぶりな陶製のマグカップに注ぎこまれた。

トラスクはそれをありがたく頂戴した。グレーのコナ・コーヒーはこのあたりで最上のものだと思っていたし、世の愛飲家たちもそれには同意したことだろう。

「突拍子のないものでもかまいませんから——なにかお考えは？」彼は物欲しげに尋ねた。

「もうかね？」科学者は声に皮肉をこめて訊き返した。「それも、最上というか唯一の容疑者を、きみ自身が嫌疑の外に追いやってしまったあとでか？」

「ほかにどうしようがあるというんです？」トラスクからはぶすっとした返事が返ってきた。「やつがいたところと死体とのあいだには渡ることのできない湾があり、車でも最低一時間はかかるときているんですから。妻の姿が見えないことを知らせるために町まで車を走らせてたんですから、どう見積もっても、やつには反対側まで車を走らせる時間はありませんでした。やつには絶対にできたはずはありません。殺人はおろか、車で現場にたどりつくことも。それから峡谷を横断することも。そう、不可能です」

「男でも女でも死にものぐるいになれば、ふだんはとうてい不可能なこともできるものだよ」グレーが指摘した。「たとえば、小柄な女性が身動きできない赤ん坊の上から車を持ちあげたことは再三再四ある。ラティマーがやわなでぶ男だというのは認めるが、必死になるあまり、妻の死体を抱えたままどうにか急いで渡りきった、ということは考えられないか？　きみの話によれば、被害者は軽量だったそうだしな。とはいえ」と彼はつけ加えた。「湿地帯やその周辺のぬかるんだ土の上にどうして跡をつけずにそんなことがやれたのかは、わからんがね。そいつは難問だよ」

「いいえ、それは絶対にありえません。やつの体型や険しい急勾配を別にしても、小峡谷の底にはこの世でもっともとげの多いオオアザミがびっしり生えているんですから。そこをかき分けて進もうものなら、だれだって衣服の大半や皮膚の半分を残してくることになるでしょう。それに、オオアザミのたちの悪いとげの痛みたるや、やつに苦悶のわめき声をあげさせずにはおかなかったでしょう――あの下を捜査して回ったわたしがいうんですから、まちがいありませんよ。いいえ、ラティマーが峡谷を越えていないことは請け合います」

「なるほどオオアザミか」グレーはいった。「あのうっとりするほど美しい雑草のことは熟知しているし、きみに同意せざるをえんな。前にもいったことがあるが、きみはひどくぬかりのない男だな。オオアザミとからみ合ったことで、戦闘手当をもらってもいいくらいだよ！」彼は蝶番で車椅子に取りつけられている小卓の上にある書類のひとつに目をやった。「ふむふむ、財布は空になっていたと。あたかも」――彼は〝強盗の仕業であるかのように〟というところをやや強調していった。

「ええ。でも、柔らかい土の上に足跡を残さない強盗などいるわけがありません……。いまいましいことに、依然としてラティマーがもっとも有力な容疑者です。隣近所の話では、夫妻は口げんかが絶えなかったそうですし。もっとも、奥さんのほうが一方的にわめきちらし、だんなはただおとなしく耳をかたむけているだけなのを、口げんかと呼べればの話ですがね。とはいえ、従順すぎるほどの男ですから、だんだんと怒りをつのらせていったんでしょう。

こういったふだんおとなしくて抑圧されている人間がどうやってふいに爆発するか、あなたもわたし同様よくご存じのはずです。それは総じて、親のいいつけには全面的に従い、両親のことを心から愛し、だれからも慕われている、だれに対しても乱暴な言葉ひとついったことのない優等生であることが多く、そんな連中にかぎってなんのまえぶれもなしにわれを失い、自分が嫌ってもいないなんの罪もない人々を撃って傷を負わせたりするんです」

「コーヒーを飲んでしまいたまえ」グレーはおだやかにいった。「だいぶ疲れているようだな。捜査に熱中するのもいいが――それが度を超すと、いい考えも浮かばなくなるというものだ。わたしの場合、行きづまって精神がはりつめていることがわかると、しばらくその問題を放っておくことにしている。きみも家に戻り、仮眠をとりたまえ。そのあいだにこの謎をじっくりと考えてみよう。鳥でもないかぎり、殺人者に翼が生えていたとは考えられないから、なにか合理的な説明がつくに違いあるまい」

警部補は弱々しくほほえむと、コーヒーを飲み干し、マグカップを返して、立ち去ろうとした。

「自分でも、のめりこみすぎてはいけないことは承知しているんですが」トラスクは認めた。「それに実をいうと、ラティマーを捕まえたくてしかたないわけでもないんです。やつもまた、重圧にとうとう負けてしまった、害のない人間のひとりにすぎませんから。やつは数々のことに耐えてきました——職場では〝ジェニー〟と呼ばれていますが、それは罪のない愛称と呼べるようなものではありません。それに、やつのかみさんは四六時中うるさくつきまとう、手に負えない存在そのものでした。もっとも、彼女自身が悩みを抱えていなかったというわけではないのですが」いつものように公平に、彼はつけ加えた。「稼ぎがよく、妻に暴力をふるわなかったことをのぞけば、やつのほうも夫としてけっして褒められたものではありませんでしたからね。大砲に夢中になるあまり、女性のだれもが必要としている気遣いをまったく見せなかったときていますから」

「やつの模型作りの腕前はたいしたものだ」グレーはいった。「ラティマーの家できみが見せてくれた縮小模型に、エドガーもしきりに感心していたよ」エドガーというのは、この科学者の十四歳になる息子で、どこにでもいるような健康な少年のひとりだが、天才並みの知能指数とド・ゴール（一九五八年から六九年にかけて大統領をつとめた、フランスの政治家）並みの自尊心を誇っていた。「それに峡谷についてはきみと同意見だと、つけ加えておこうか。十五世紀の甲冑《かっちゅう》一式で完全武装したうえでなければ、そのオオアザミの茂みのあいだを猛然と進むのはまっぴらだと、あいつはいっていた！」

「いいでしょう」トラスクがいった。「とりあえずあなたのじゃまにならないよう退散し、仮眠をとれという助言にもことによれば従いましょう。一週間くらいは――楽に眠れそうですから」

そうして彼は立ち去った。

ひとりになると、シリアック・スキナー・グレーはふたたび捜査資料をぱらぱらめくり、鑑識のハッセルブラッド（スウェーデン製の一眼レフカメラ）で撮影され八×十インチの光沢印画紙に焼きつけられた写真をじっくりと見た。底に密生しているたちの悪いオオアザミを別にしても、幅が広くて深い峡谷それ自体が強力な障壁なのは明らかだった。

四輪駆動の頑丈な不整地走行車も写っている。妻の姿が見えなくなったと警察に通報したあと、ラティマーはそれに乗って警官といっしょに現場に戻ってきており、死体の後ろに駐めてあるところを撮影してあった。

ラティマーはふたりの口論のもようを説明して聞かせた。口論のあとシャーリーンは、もうこれ以上あんたの顔は見ていたくない、一、二時間どこかよそで絵を描いてくるといって、歩いて立ち去ったという。ラティマーの話では、妻が昼になっても戻ってこなかったので心配になり、車で捜し始めたらしい。だが、見つけることができなかったので、森林警備本部へ車を走らせ、最終的には町の警察署へと向かった。

一行がそのあたりに戻ってくると、みなが驚いたことに、小峡谷の向こうの湿地帯にあおむけに横たわっている、シャーリーンの身体がはっきりと見えた。警備隊員や警官たちにはそういっただだらりと横たわっている姿はおなじみだったので、離れたところからでも死んでいるのはただちに見てとれた。もちろんラティマーは、自分が妻を捜しにそこを離れたときには彼女はいなかったと主張した。りっぱな目がついているんですから、いるのに気づかないはずはないじゃないですかと。

そのあと、一行——警官ふたりと森林警備隊員ひとり——は車で峡谷のはしを迂回してふたたび下におり、凸凹の道を通って、シャーリーンの死体が横たわっている沼地へと到達した。

不運な女性は絞殺されており、泥のなかに勢いよく放り出されていた。そのうえ、殺人者はみずからがそこにいた痕跡をなにひとつ残さずに、それをなし遂げていた！

体重が九十ポンドそこそことはいえ、地面の乾いたところからぬかるみへと彼女の死体を放るのは不可能だった。というのも、もっとも近いものでも四十七フィート（約十四メートル）は離れていたからだ。あれこれ勘案してみると、たしかに不可解な謎というしかないなと、グレーは思った。

頭のなかである考えが芽生え始めたとき、彼は、車椅子の左のひじ掛けの下から取り出した、小さなクリスタルガラス製の携帯用酒瓶からブランデーをちびちびやりながら、ラティマーの模型の写真を感嘆の目でながめているところだった。それにしても、トラスクはどうしてこれらをいっしょにしておいたのだろう？　そう、あいつは有能な男だし、あとからどんな証拠が重要になってこないともかぎらないということを承知しているからだ。まさしく、科学者のはしくれだ！

グレーはただちに頭のなかで事件を再現し始めた。事件について思いついたことをそうやって心に描くことによって、整理するのである。そうだったに違いないと思われる殺人の場面……ラティマーは怒りに駆られて奥さんを絞殺したのだろうと、グレーは思った。予謀殺人ではない……お気に入りのおもちゃを被害者が小峡谷にわざと落としたことは認めている……それがそこでの口論のきっかけとなった……そうして彼女は死に、やつは死体のかたわらで身動きが取れなくなる……ひとりきりで、絶望に駆られる。彼女を殺すつもりはなかった……ただ、われを忘れてしまって……だが、そんなことをいくらいっても彼女は戻ってこない……どうしたらいいだろう？……だれかほかの人間の仕業に見せかけるのだ……だれでもいい、ラティマー自身には不可能だったように思われさえすれば……まあ、そういったところだろう。それに死体は峡谷の向こうにあった。だが、殺人犯がそこにいたという痕跡はなにもなく……それから、ラティマーの趣味……やつが得意としているのは……。

目を爛々とさせたまま、グレーは車椅子の上で身体をこわばらせた。ふむ！　そこから導き出される結論はあまりにも信じがたい。ばかげている。絶対にありえん。ポール・バニヤン（米国の民話に出てくる、伝説上の巨人）にもできまい……そうはいっても、現実にそれは行なわれたのだ。絞殺犯は空を飛びはしないし……物理学の新しい法則が前の週に認められたということもない。グレーの視線はふたたび一枚の写真の上に戻った。すると、ラティマーにすばらしい考えがひらめいたのと同じように、科学者にもまた……。

二日後にグレーの元へやってきたトラスクは、休養十分のように見えた。というのも、さしもの奇妙な事件も解決し、哀れなラティマーは収監されていたからだ。

「あなたのいわれたように、若木のところに跡がついているのを見つけました」警部補はグレーに告げた。「それにしても、奇想天外な妙案を思いついたものですね」

「なにしろ、やつの得意分野というより、生きがいそのものだったといってもいいことだからな」科学者はいった。「そう、弩砲などの、古い大砲の類がだよ。そんなやつならまちがいなく、峡谷の向こうに死体を放り投げるのに、じょうぶな若木を使うことを考えるだろう。だが、いざその方法となると、やっこさんにもすぐには思いつかなかった。わたしが最初につまずいたのも、そこのところさ。やつが怪力無双のヘラクレスでないことは明らかだし、プロのアメフト選手であっても、ああいった幹を曲げることは不可能だろう。

するとと写真のなかの不整地走行車に取りつけられたウィンチが目に留まり、すべてが明白になった。若木がきれいな弓の形になるまでウィンチでしならせ、それをロープで留め、死体をてっぺんの枝の上に載せたあと、ロープを切りさえすればいい。その手の仕掛けには精通していたので、死体が峡谷を越えることには自信があった。そんなふうに死体が飛んだ事実を隠してくれることになった沼地は、やつがあてにしてもおらず、必要性も感じていなかった、偶然の産物だった——硬い地面に落下していれば、死体はひどい損傷を受け、どんな検死官でもそのことに気づいていたろう。だが、きみのいうとおりだ。全体的に見て、なかなかの妙案だったといえるだろうな」

「まあ」警部補はいった。「冷酷な殺人ではありませんから、二、三年のうちにはまたしゃばに戻ることができるでしょう。おのれに匹敵するだけの——際立った個性というより、頭の持ち主——そう、あなたですよ——に遭遇することになるとは、やつもよくよくついていませんね！」

「一皮むけば、だれだって同じまねをしないとはいいきれない」グレーはこのうえなく真剣な口調でいった。「そう、しかるべき状況に追いこまれれば、だれでも殺人を犯す可能性がある。わたしにしたって例外じゃないさ」

トラスクはなにもいわなかったが、心のなかではグレーの言葉の正しいのをわかっていた。

ある聖職者の死

森英俊訳

心から生きのびたいと願っている若き米兵たちが天皇陛下のために命を捧げようとしている日本の古参兵たちと一戦を交えた、ガダルカナルでのすさまじい戦闘のあと、セルビー中尉はおのれがいかなる衝撃にも耐えうるものと思っていた。これまでのところ、OSS（戦略事務局）で割りあてられた仕事は満足のいくものだった。だが、いまの彼はハッカー大佐のほうをじっと見つめ、感情をぐっと抑えたまま、口ごもるしかなかった。「彼を殺害する？　自分がですか？　つまり、その——自分に、せ、聖職者を殺せとおっしゃるんですか！」

ハッカー大佐の顔の表情はこわばったままで、目は真剣そのものだった。

「これは汚い戦争だ」大佐はいった。「それに、これが下劣な仕事だというのもわかっておる。だが、どうしてもやってもらわねばならんのだ」

しばしためらっているあいだに、〝あからさまな命令違反〟という文言がおぼろげに頭に浮かんできた。とにかく、大佐にただ「お断りします」というわけにはいかない。

「できません」彼はしまいにそういった。「自分には無理です。ほかのことなら、なんでもやります。ですが、なんの罪もない——聖職者を殺すのだけは——！」

ハッカーの目が細まり、一瞬、二丁の拳銃の銃口のように危険なものに見えた。だが、ふたたび口を開いたときの口調は冷静そのもので、ほとんど抑揚がないといってもよかった。

「堂々めぐりをする前に」大佐はいった。「きみに全体の状況を知っておいてもらったほうがよかろう。そうすれば、きみの高潔さも多少はゆらぐかもしれんからな」セルビーはほのかに顔を紅潮させたが、ハッカー大佐はそれを目に留めなかったかのように先を続けた。「フランスのレジスタンスにいるわれわれの連絡員は大至急の助けを求めておる。彼らの組織全体が崩壊の危険にさらされておるのだ――」

「ですが、ひとりの人間がそんなにも多くの情報をつかんでいるはずはありません！　それぞれが少人数のしっかりした基礎組織に属しており、たがいに接触することは不可能なうえ、ほかのグループの連中を知っている者もいないのですから」

「それはおおむね正しい」ハッカーがいった。「だが今度ばかりは、予想もしない事態が起きたのだ。くだんの聖職者は基礎組織のなかでも活動的なひとりだったが、懺悔の場でもさまざまな情報を耳にしておったのだよ。それには危険が伴ったが、その時点では必要なことと思われた。いずれにせよ、隠れみのは万全だったし、不運に見舞われさえしなければ、うまくいっておったろう。だが、プラシデ神父はほかの人質たちと共に捕まってしまった――ドイツ軍はリンドルフ将軍を射殺した者の名前を聞き出すために、例によって、女や子ども、それに聖職者まで――手当たりしだいに捕まえたのだ。

ひどく悪いことに、だれかあるいはなにかのせいで、連中はプラシデ神父に疑惑を抱くようになった。ゲシュタポの連中はもっと大物だと思われる者たちを何人か捕まえており――そちらを先にかたづけてしまうつもりでおる。だが遅くとも、あと数日もすれば、プラシデ神父に取りかかるだろうし、そうなれば持つまい。六十歳を越えた、信念のひとであり――だれより腹もすわってはいるが――それでもしゃべってしまうだろう。結局はみなそうなるのだ。レジスタンスの連中もそのことを知っているし、われわれもそう思っている。もはや時間の問題にすぎん。ゲシュタポが本気で尋問を執り行なえば、だれだって永遠に持ちこたえることはできんよ」

「自殺するという手もあるように思いますが」セルビーはいつもより強い口調でいった。「それがこういった場合の解決法ではないですか？　そう――ドイツ軍を助けたくないのならです。お話によれば、勇敢な人物だということですし」

「たしかに」大佐はそっけなくいった。「きみはカトリック教徒ではないのだろうな、中尉。プラシデ神父にはみずからの命を奪うことはできんのだ――そうするのは大罪だからな。だからこそ――」ハッカーはセルビーを冷たくねめつけた――「だれか自分に替わってそれをやってほしいと、仲間にことづけたのだ。なあ、ひどく勇敢なことだとは思わんかね？」

セルビーはふたたび顔を赤らめた。

「どうやら――あなたの勝ちのようですね。それでもまだ下劣な仕事には違いありませんし、どうしてこの自分に白羽の矢が立ったのか、理解に苦しみます。まさしく同じ場所にいる、フランス人仲間のひとりにならば、やってのけられるはずです。抵抗すらしない老人を殺すには、特殊な技能は必要ありませんから。どうにも納得がいきませんね、大佐――」

「ことはそれほど簡単ではない」ハッカーは意外なほど辛抱強くいった。口に出しこそしなかったものの、この任務をいそいそとひき受けるような人間には、はげしい嫌悪をおぼえたことだろう。汚い戦争のなかにあっても、くだんの任務に対するセルビーの反応は、慎みのある人間ならだれでも見せるようなものだった。どちらも武装し、危険にさらされている状況下で、敵を戦場で殺すのと、ひとりの老人を暗殺するのとでは、まったく性質が異なる。

「やつらはプラシデ神父をひとりきりにさせ、一室に拘束している。さっきもいったように、神父がなにかを知っているという内報を受けてのことだ。もっかのところ、外部の人間にはいっさい接触することはできん——端的にいって、そいつが悩みの種なのだ」

「建物それ自体はどのようなものですか?」セルビーが訊いた。

「かつてはなにかの神学校として使われておった。水道水——冷水のみだが——、手洗い、暖房といった、基本的な設備が備わっていることをのぞけば、刑務所の監房と大差ない部屋がいくつもある。そこの現在の住人たちが、それらを有効に活用しているかどうかは疑わしいところだがな。

そこは町の中心部にある大きくて堅固な建物で、ゲシュタポ本部としてかなり厳重に警備されておる。プラシデ神父の独房は窓のない部屋のひとつだ。なんらかの明かりはある——ないしはあったものと思われるし、電気も来ておるようだ。だが、がっしりしたドアの奥にある、建物の中央のその部屋に神父は押しこまれ、もはやいつ尋問にさらされてもおかしくない。いまや彼ひとりかそれとも多数の幹部たちのいずれを採るかという問題なのだ。まあ、つまりはそういった状況だよ」

「どうしてほかの連中——危険にさらされている者たち——はただちに逃げ出さないんです?

そちらのほうがはるかに簡単ではありませんか?」

「だめだ」ハッカーはそっけなくいった。「連中は孤立しておるわけじゃない。家族もおれば、親戚や友人たちもおるんだ。たしかに、実際に戦っている者たちや破壊活動に従事している者たちがひきあげたあとなら、単独で英国やスペインまでたどりけるかもしれん。だが、組織のほうは何ヶ月にもわたり、あるいは半永久的に壊滅してしまうだろう。いいかね、リーダーが務まる人間はそうはおらんのだよ。それに、そうなれば国に妻子を残していくことになる。その結果ドイツ軍は、報復をするため、ないしはリーダーたちに戻ってこさせるために、妻子らをただちに捕まえるだろう――そう、毎度おなじみの人質作戦というわけさ。

だめだよ、中尉、犠牲になるのはプラシデ神父でなければならん。それが当人の望みだし、そうせざるをえぬ状況なのだ。そう、たしかに汚い仕事だ。だが、それをやらなければどんなことになるか、自分によくよく問うてみるがいい」

大佐の鋭いまなざしがふたたびセルビーの目をとらえた。「今夜ここを発ちたまえ。もっかのところ飛行機は使えんから、小さなボートで海峡を渡るんだ――めざす町は海岸沿いにある」

「そして自分は、ゲシュタポ本部の窓のない部屋にいる男を殺さなくてはならないと」セルビーはほとんどひとりごとのようにいった。「そんなのはお茶の子さいさいですよ」大きなのどぼとけが小刻みに上下する。「まあ、ブードゥー教の呪いでも用いますよ――なにかほかの手だてが見つからなければ」

「きみならできる」ハッカーはこわばった陰気な笑みを浮かべて請け合った。「なにせきみは、難問を解決することには長けておるし——なかでも不可能事の解決はもっとも得意とするところだからな」

波立つ海につきものの船酔いをしたことをのぞけば、セルビーの船旅には特筆すべきことはなにもなかった。そのせいで、おぼろげな計画も、突拍子のない計画ですらも、立てることができなかったが、かえってそれでよかったのかもしれない。というのも、目的の建物をじっくりながめる前に思いついた計画はなんであれ、うまくいく可能性が低かったからだ。

いつものように知恵遅れのフランス人——モラン博士の甥——のふりをすることで、通りを自由に歩き回ることができた。とはいえ、人質をやまほど抱え、町が火薬樽のようだとあって、ドイツ軍のいらだちもつのっていたので、けっして油断はできなかった。

かつての神学校をとりあえず偵察してはみたものの、そのことはすでにかなり落ちこんでいた彼の自信を回復させてはくれなかった。頭の奥では「とにかくやってみて、失敗したらいいさ！ あまりにも困難な任務だし——そもそもできるわけがない。だがらしくじり、聖職者を殺すのはだれかほかのやつにまかせりゃいい」というずる賢いささやき声がずっとしていた。

それは無視するには困難な忠告だった。たしかに事実上、この任務は不可能かもしれない。だとすれば、どうしてむだな努力をする必要がある？　昔のしゃれにいうように、だれが不可能を可能にできよう？

そこで彼はハッカー大佐の言葉をはたと思い出した。二者択一のうちのもうひとつ——そちらも同じように受け入れがたい！　そう、二十人もの善良な人間が捕まり、拷問を受けたすえに、虐殺されるかもしれないのだ。逃げられたとしても、今度は彼らの家族が言語に絶するほどの苦難にさらされることになるだろう。ひとりの命かおおぜいの命か――それは心を焼き焦がす、胸の張り裂けるような、それこそ永遠の、道義的なジレンマであり、しばしば論議の的になる、おそろしいほどに容赦のない現実だ。

セルビーはしぶしぶ自分なりの選択をした。プラシデ神父を殺害する方法があるのなら、とにかくそれを見つけ出すことだ。そうしたうえで、運がよければ、それを実行に移す最終段階のほうはほかのだれかに替わってもらえるかもしれない……。

だが、灰色の石の塊ともいうべきその大きな建物にはふたつしか出入り口がなく、そのどちらにも監視の目が四六時中光っているとあっては、難攻不落としか思えなかった。レジスタンスの連中が正面突破という命がけの急襲を試みたとしても、プラシデ神父の独房にたどりつくのは不可能だった。それは二階にあり、そこに行くには長い廊下を通る必要があった。同じ階の衛兵詰所には、下の階を上回る数の兵士がいる。そのうえ、建物から百ヤードのところにはドイツ国防軍大隊の兵舎があった。そこにいるのはたしかに年輩の再召集兵たちだったが、彼らの軽機関銃は新品だし、装甲車もやっかいな存在だった。

「なかにわれわれの手助けをしてくれる人間はいないのですか？」モランの家のキッチンに並んだ陰気な顔をながめわたしながら、セルビーは尋ねた。「あなたの部下のひとりくらいは？」

「おるさ」ロジェが苦々しげに答えた。「ふたりもな。だが、どちらも一階に拘束されていて、問題の独房の近くに行くことができんのだ」

ロジェは浅黒くてがっしりした、毛深い男で、見た目よりも強くさえあった。英語が堪能なため、米国人の通訳を務めている。

「ときおりプラシデ神父に伝言を渡すことはできるが——それだけだ。神父がそれらを使う気になってくれたとしても——銃や毒薬までは無理だ。まあ、まちがってもそんなことはないがね」不可知論者のロジェは強い口調でいった。「大罪を犯すのを怖れているだと！ わたしだったら、ゲシュタポのやつらと——同志たちを裏切ることを怖れるがね」

ほかの者たちは彼をにらみつけた。

「プラシデ神父は偉大なおかただ」デュボアがかみつくようにいった。「黙ってろ、このくず野郎！」

「かんばしくない状況ですね」けんか騒ぎになることを怖れ、セルビーは慌てて口をはさんだ。実のところ、気をもむ必要はなかった。カトリックであろうがプロテスタントであろうが、無神論者であろうが共産主義者であろうが、はたまた無政府主義者であろうが——みなが同じ戦争を戦っていた。もっかのところ、共通の敵はひとつだけだった。もちろん、戦争が終われば話は別だが……。

「なにか考えはあるかね、ムッシュー？」モラン博士がセルビーに訊いた。

「いまのところはまだ」セルビーは陰気な顔でそう認めた。

年少者のひとりが肩をすくめながら、一枚の紙をひっぱり出し、脇にある年代物の灯油ランプのうす明かりを頼りに、なにやらなぐり書きをし始めた。いまの状況ではそれはあまりにも奇妙なふるまいのように思えたので、セルビーは思わず首を伸ばしてそちらを見た。

セルビーにとってそれはまったく予期せざるもので、いまから数年前の戦争のまだ始まっていない時代に彼を連れ戻すことになった。まさか、このフランス人の少年は――いや、たしかにそうしようとしている。少年は長方形を上下に三つずつ描いたあと、線を引こうとしていた。

「そうか、思い出したぞ！」中尉がはげしい口調でそういうと、少年はだれに見つめられているかに気づき、赤面した。

「なんですか《クワ》？」少年はもぐもぐいった。

「この子に教えてやってください」セルビーはロジェにいった。「線を交差させることなしに、上のそれぞれの長方形から下のそれぞれの長方形に向かって、一本ずつ線を引くことはできないと。このパズルは俗に、三軒の家に――」

一同が口をぽかんと開けて見つめているのもおかまいなしに、彼は言葉をとぎらせた。「その手があったか！」彼は小声でそうつけ加えた。

「なんだね、中尉？」ロジェが訊いた。「なあ、なにか方法を思いついたのかね？」

「たぶん――いけるのではないかと思います。その建物の見取り図を手に入れていただけますか？」

「市役所に行けば複写図があるだろう。だが、部屋や廊下のひとつひとつ、屋上や地下室に関しては、すでにわかっているから――」

「いいえ」セルビーは鋭い口調でいった。「それらではありません」彼はゆっくり部屋のなかをながめわたし、そこにいる人々を順々に見ていった。「どんなに厳重な警備が敷かれている家にも三つの通り道があるということを、たったいま思い出したんです。ドイツ兵どももそれまでは見張っていないでしょう」

彼は疲れた目を拳でこすった。「とにかく、やりかたを考えてみなければ。まず入り用なものは？　手回しドリルに、馬の医者が持っているような大きな注射器。ふーむ。町に写真家かエッチング作家はいますか？　あるいは、ドラッグストア——いや、つまり——英国人がいうところの薬局のようなものはありますか？」

自分の声がヒステリー気味なのに気づき、彼は自制心を取り戻した。それからゆっくりと、小さな落ちついた声で、愛国者で聖職者かつ殉教者であるプラシデ神父を、どのようにして殺害するかを説明した……。

憔悴して、顔色が悪く、取りつかれたようなまなざしをしたセルビーは、ロンドンのＯＳＳ本部に戻ると、ハッカー大佐のところに報告をしに行った。

「いいえ」セルビーはいった。「結果は見届けませんでした。正直いうと、ほかの人間にあとはまかせました。任務を遂行する方法を伝えたうえで、立ち去ったのです。そのことが軍法会議に値するというのなら、甘んじて従いますよ」

「座りたまえ」大佐はいった。机を開け、ずんぐりとした緑色の壜を取り出す。「これでも飲みたまえ、中尉。きみにはそいつが必要だ——それに、フランスのラジオ放送によれば、きみにはそうする資格がある」

セルビーはそのバーボンウイスキーをゴクゴク飲んだ。かなりうまい、最高級品で、実のところ、大佐のとっておきの品だった。

「すると」彼は口ごもりながらいった。「プラシデ神父は……」

「ああ」ハッカーはいかめしい口調でいった。「死んだよ」

「せいぜい褒めてやってください」

「だが、きみがどのようにやってのけたのか、さっぱり見当がつかんのだ。記録に残しておくために、わたしにはそれを知っておく必要がある」

「三つの道ですよ」セルビーはいった。空きっ腹にしこたま流しこんだ酒の効果が出始めていた。

「というと?」

「パズルに取り組んでいる少年がたまたま同席しておりまして——水道・ガス・電気を、それぞれの事業所から三軒の家に配線をまったく交差させずに引いてくるという、不可能なことをやろうとしていました（このことから〈水道・ガス・電気パズル〉とも呼ばれ、昔から多くのパズル好きの頭を悩ませてきた）。そうする方法はありません——そんなのは位相幾何学の初歩です。ですが、それがわたしに解決策をもたらしてくれました。どんな家にも三つの通り道があります——そう、水道、ガス、それに電気のです。まあ少なくとも、文化的な家にはあるはずです」と彼はつけ加えた。

「プラシデ神父の独房にはまだ冷水の出る蛇口が備わっていることを、われわれはつきとめました。配管工事の複写図を手に入れたところ、めざす建物から五十フィートのところにある塀の陰になった水道管に穴を開けるのはいとも簡単なことが判明しました。こちらがいう時間には水を飲んではいけないと——ほかの囚人たちにはあらかじめ伝えておきました。それから写真家からは青酸カリを大量に入手しておきました——ご存じのように、連中はそれを仕事に使っていますから。

そうしたうえで、プラシデ神父が次の食事をとる前に、水道管にくだんの毒を注ぎ入れたのです。ワインは出されないので、堅くなったパン——それが連中の与えてくれる唯一のものでした——を食べる際に、少しは水を飲むはずです。でも、自分はその結果を見届けませんでした。案の定、そうしたのですね——哀れな老人だ！」

「そう、神父は水を飲んだ」ハッカーは静かな口調でいった。「毒の混入に気づく前に、ゲシュタポの少佐や歩哨《ほしょう》のうちの何人かもそうしたと聞けば、少しは気が晴れるのではないかね」彼はそうつけ加えた。

セルビーはおかわりの酒をつぐと、グラスを掲げ、大佐のほうを見やりながら、酔いの回った声でいった。「まったく、なんという汚い戦争でしょう——大佐！」

「まさしくな！」ハッカーはそういうとウイスキーの壜に手を伸ばした。

賭け

森英俊訳

ブライアン・ケンダル教授は最初の学期のあいだ、森羅万象全般の合理性、とりわけ物理のある法則に、たびたび心血を注いだ。頭脳明晰で理路整然としており、さりげない機知にも富んでいる、卓越した教員だったことから、どんな難解きわまりない原理もいきいきと面白く講義することができた。同時にまた冷酷な完璧主義者でもあり、ほかの大学教職員たちに対してはきびしく、ひどく癪にさわる存在になっていた。英文学であれ化学であれ、同僚たちがそれぞれの専門分野で一流でなかったりすると、ケンダルは相手を歯牙にもかけなかった。ミッドウェスタン大学の物理科学部のてこ入れのために招かれたのであり、そこにとって無用な人員は、大量のおがくずと共にお払い箱にされた。

彼が特に心血を注いでいた振り子の法則の公開実験は、なるほど観る者たちの目をくぎづけにした。まず、十ポンド（約四・五キロ）の金属球を教室の天井からたらした針金の先にぶらさげる。静止時には、それは床から数インチのところにぶらさがっている。このもっとも低い地点から自分のひたいぎりぎりの高さにまでその球をひき寄せ、放す。すると放たれた球は顔の前から離れ、弧を描く。さきほどと同じ高さにまで達すると、球はふたたびさっと弧を描き、こちらの頭を目ざして飛んでくる。だが、ケンダルは一歩たりとも後ずさりしようとしなかった。金属球が出発点以上の高さにはけっして達しないということを承知していたし、くだんの知識の蓋然性《がいぜんせい》に命を賭けてもいた。実際、それはひたいのやや下にまでしか達しない。頭上のさる環《かん》（先端につけた物体が自由に回転できるようになっている、取りつけ具）につけられたピボットが摩擦を、球が空気抵抗を受けるからだ。そうはいっても、金属の重りがケンダルの顔めがけてまっすぐ飛んでくると、呆然と見つめていた受講生たちは思わず縮みあがり、「ギャー！」とけたたましい悲鳴をあげる。

　このはなれわざが物理学に対する興味をかき立てるのに効果絶大で人気も高かったため、いかにも完璧主義者らしく、ケンダル教授はそれを改善する計画を立てた。彼は実験室の隣の大きな部屋を使わせてくれるよう要請した。そこは地質学部の資料館のようになっていたが、ケンダルは彼らの反対を押し切り、がらくたの山としか思えないものをなかから取りのぞいた。目的に適った振り子には天井が低すぎたので、彼はそこに細長いすきまを造り、そのすきまから屋根裏まで鎖を通して、屋根の梁《はり》にさる環をくくりつけた。そうして地元の沿岸警備隊本部から、なかがからっぽの使用済の機雷をせしめてきた。それは直径にして一ヤード（約九十センチ）近く、重量およそ二百ポンドの黒い金属の重りで、ひどく目を惹いた。

　そのあまりに仰々しい準備のしように、学内にいる少なからぬ数の敵対者たちはせせら笑ったが、彼はおかまいなしに昔の写真師たちが用いたような台を用意した。その当時は露出時間がかなり必要だったので、そのあいだお客が身動きしないよう、この台が必要だったのだ。床にしっかり固定された台は、ケンダルのほほを頑丈な締め具で押さえつけたので、頭を微動だにさせることもできなかった。たとえ本人がそう望んだとしても、手遅れにならないうちに重りから逃れることのできないのを、この装置はありありと示していた。ほほの締め具がはずれる前に、頭はぐじゃぐじゃになる――ただし、球が出発点よりも上にまで戻ってくれればの話だが。要するにそれは、彼がエネルギーの法則に全幅の信頼を置いていることを示すための実験だった。

ほかの仕掛け同様、ケンダルのも土壇場での変更が必要で、彼はそれに幾晩も費やした。彼は所定の位置に立ちっぱなしでいるのはやめて、床に重たい安楽椅子を取りつけることにした。頭の締め具は椅子の背にしっかりと固定した。顔ぎりぎりのところまで空の機雷をひっぱりあげるのはきわめて困難だったので、ケンダルは小さなウィンチを用意した。重りの輪にウィンチの針金を留め、球を所定の位置まで運び、自分は椅子に腰をおろしてから、最後にいくつか微調整をして、黒い金属の塊がひたいにふれるようにすれば、準備は完了だった。あとは瞬間解除装置をぐいとひっぱりさえすれば、巨大な球はさっと離れていく。

金曜日の晩、教授は最終的なチェックをするために戻ってきた。実験室で働いているふたりの特待生に対しては、入室の際にぶっきらぼうにうなずいてみせただけだった。それからケンダルは、屋根裏へつながっている幅の狭いらせん階段へと出る、脇の小さなドアをくぐった。学生たちは教授がさる環を点検するのだろうと思った。

数分後、ケンダルは下におりてくると、実験室のはしにあるドアのみが通じている、振り子装置のある部屋へと進んだ。すると、なかからウィンチを巻きあげる音が聞こえてきた。

「またやってるぜ!」学生のひとりがやれやれというように首を横にふった。「おれにいわせりゃ、教授はあの仕掛けにいかれちまってるな」

「いいじゃないか」もうひとりがいった。「なにせ、わが大学始まって以来の最高の物理学教授なんだから。実際、たくさんのことを教えてもらったよ――」

そのとき、振り子装置のある部屋の閉ざされたドアの向こうから、大きな怒声が聞こえてきた。言葉は明瞭でなかったが、学生のひとりはケンダルが「ばか！　おい――どくんだ！」とどなったように思った。そのあとさらにかん高い、悲鳴のような声がしたかと思うと、ぱたっとやんだ。

彼らはまず驚きのあまり顔を見合わせ、続いてそれが不安へと変わっていった。ケンダルは作業中にじゃまされることをきらっていたが、今度ばかりは事情が違っている。そう、助けが必要なのかもしれないのだ。

「入ってみたほうがいいかもしれないな」かたほうの学生がそういうと、先に立って行った。

ふたりは安楽椅子にくくりつけられたままのケンダルを発見した。空の機雷で顔のほぼ全面をつぶされており、まぎれもなく死んでいた。機雷はまだゆっくり前後に振れていて、そのつど遺体から数インチのところまで戻ってきていた。

教授はどうやら、物理の法則をめぐる賭けに負けてしまったように思われた。

グレートレークス相互会社の保険請求調査主任として、ベン・ジョイスは数々の難事件を解決してきた。だが、かの有名なエネルギー保存の法則が唯一の容疑者だという事件は、これまでにも例がなかった。いわば弁護団としてこちらに立ち向かってきているのは、ヘルムホルツ（エネルギー保存の法則を確立した、十九世紀のドイツの物理学者）、マクスウェル（十九世紀のスコットランドの物理学者）、ケルヴィン卿（十九世紀後半から二十世紀初頭にかけて活躍した、英国の物理学者・数学者）といった――そうそうたる顔ぶれだった！

ジョイスは男やもめで、同業者のだれよりもやっかいな問題を家庭内に抱えていた。それはほかならぬ娘のメリッサで、十二歳にして知能指数二百近くを誇り、科学をひどく信奉していた。きょうび女の子を育てるだけでも並大抵のことではないのに、独り者のうえ、天才児を抱えているとなれば、事態は急を要するというよりきわめて深刻に近かった。

ジョイスはメリッサを聞き役として用いるという過ちを犯した。妻が死んでから最初の事件で、聞き役がいないことに当惑するあまり、娘に妻の代役をやらせてしまったのだ。そのあとはもう手遅れだった。並はずれて頭のいいメル（メリッサの愛称）がそれを心から楽しんだため、もはや娘をがっかりさせることができなくなってしまった。

「パパの助手にただでずっとなってあげる」と彼女はきっぱりいい——以降もそれが続いていた。

いつものように、ジョイスはケンダルの死をめぐり、それが事故と自殺と殺人の三つのいずれかに該当するかをつきとめることになった。自殺であれば、保険金を払う必要はなく、会社にとっては五万ドルの節約になる。事故でも殺人でもないとなれば、グレートレークス相互会社には金銭的な心配はなかったが、社の基本方針として、自然死以外の死を奨励するわけにはいかなかった。

ジョイスは一週間にわたって情報を集め、関係のあることを知っていそうな大学関係者をだれかれとなく質問してまわった。話を聞き出すのは彼の得意とするところで、それは彼のような仕事には不可欠の才能だった。この予備的な調査をようやくし終えたある夜、彼はメリッサとテーブルをはさんで座り、娘と自分自身のために基本的な情報をかいつまんで述べ始めた。

「おまえはずっと密室がらみの事件を待ち望んできたよな、メル」彼はそう切り出した。「そしてこいつは、ちくしょう！——正真正銘、それに該当するもののようだ」

メリッサは赤い髪のやせっぽちの少女で、大きな鋼青色の瞳をしていた。口はかなり大きめだったが、表情豊かで、ふくよかだった。ふだんの声は快活そのもので、ジョイスをほのぼのとした気持ちにさせてくれる。稀有な知能の持ち主でありながら、生意気なところはなく、それをジョイスはうれしく思っていた。おそらくは自分と共に現実の事件に関わることで、ほかの若き天才たちの一部を毒しているような、世間知らずにも陥らずにすんでいるのだろう。

「やったぁ！」彼女は顔を輝かせて叫んだ。「パパがこの一週間なんだかんだ書き留めているあいだ、うずうずしてたのよ。ねえ、うるさく質問するようなことはなかったでしょ？」

「ああ、いい子にしてたとも」彼は茶化すようにいった。「さあ、そのご褒美をやろう」

彼女は興奮のあまり、身をくねらせた。「新聞でこの振り子のことは読んだわ。だから密室のほうの話を聞かせて」

「いいやお嬢さん、そいつはだめだ。まずはおまえのほうが——」彼は手帳をちらっと見やった。「——エネルギー保存の法則について、講義してくれ。なにせ、物理にはとんとうといものだからね」

「要するに、とっても簡単なことなのよ、パパ」彼女はいった。「一定の高さにまで持ちあげられた振り子の重りは、それをそこまで運ぶのに必要なだけの、一定量のエネルギーを有しているの。そして、そこから落下していった重りが弧を描き、ふたたび折り返そうとするあいだに、そのエネルギーは消費されることになる。かりに摩擦も空気抵抗もないとすれば、重りは最初とまったく同じ高さにまで達する。でも実際にはそんなことはありえないので、わずかに低いところで止まるのよ。だから、戻ってきた重りが教授にあたるはずはないわ」

「だが、現にあたったんだ！」

彼女は小首をかしげ、相手を鋭く見やった。「温度計が上昇していくのと池が凍っていくのを同時に目の当たりにしたとしたら、だれかが温度計の水銀球を熱してるんだと見当がつくはずよ。違う？」

「つまり、だれかが振り子の重りをもっと重いものにすり替えといたということかい？」

彼女はため息をもらした。「違うわ、パパ。そんなことをしてもだめ。重りの重さが十ポンドだろうが千ポンドだろうが、絶対に元の高さにまでしか達しないのよ。持ちあげられたあとに、それを押すか、さらなる重量を加えた場合にのみ、元のところより高くにまで戻ってくるの」

「まいった！」

「それに」彼女は容赦なく先を続けた。「その部屋がほんとに施錠されてたんだとしたら、ケンダルが重りを持ちあげたあと、振り子に細工できた者はだれもいなかったということになるわね。いい、それじゃあ、そのことについて聞かせてもらえる？」

「わたしがほとほと困りはててるさまを想像してみてくれ」ジョイスはにやりとした。「そう、つまりはこういう状況さ。振り子装置のある部屋に通ずるドアはひとつしかない。実験室で働いていたふたりの学生は、教授以外にはなかに入っていった者はいないと断言した。屋根裏への階段についても同様だ。したがって、おまえのいうすばらしい法則が突如くつがえされてしまった際、ケンダルはまちがいなくひとりきりだった」

彼女は渋い面をした。「窓はどう？」

「屋根裏にはひとつもなく、振り子装置のある部屋にも小さなのがふたつあるだけだ。全開にしたとしても、ひとひとりがくぐり抜けるのは無理だし、どのみち、半開きにしかすることができん。実験室には高価な品々があり、それをこそ泥から守る必要があると感じて、ケンダルは窓に頑丈な止め具を取りつけたらしい。それらの窓から侵入した者はだれもいないのは保証するよ」

青い瞳はきらきら輝いていた。とうとう正真正銘の密室事件に出会えたのだ！

ジョイスは娘といっしょに三時間にわたって書き留めておいたことをふり返ってみた。自殺は問題外だった。ケンダルは学者としてもまさに絶頂にあり、学内の権力もほしいままにしていた。きわめて冷酷に力をふるい、本来ならば自分に関係のないほかの学部にまで影響をおよぼしていた。

「たとえばほら、ケント博士がいい例だ」ジョイスはいった。「気の毒な男さ。生物学を長いあいだ教えてきて——もう六十一で、あと四年もすれば定年だというのにな。もともとケンダルが関わるべきことではないのに、わざわざ理事会に圧力をかけて博士を退職へと追いこんだんだよ。『あんなやつは生物学者でもなければ、そうであったこともない。いいところ、動物園の飼育係だ！』と、くだんの物理学者は理事会でまくし立てたそうだ。学生たちには好かれていたが——

大学側としては、彼らの教員に対する評価は割り引いて考える必要があった。連中には、優秀できびしい教員より、甘かったり面白かったりする教員をよしとするところがあるからね」

「ケンダルは大学で多くの人々の反感を買い、数えきれないほどの敵を作ったに違いないわね」娘がいった

「そう、まさしくな。化学と地質学のほとんどの教授を退職させると同時に、ほかの学部の人間も何人か追い出した。博士号を持っていない、論文を発表していない、無名だという理由で。とっとと首にしろ！　うちの大学にはあんなやつを置いておくだけの余裕はない、というわけさ」

「わたしもそれには賛成せざるをえないかも」若さと偏見から来る冷淡な理想主義に駆られて、メルはいった。「ねえ、もしも払うとしてよ――だれが彼の保険金を受け取ることになるの？」

「やつのかみさんさ。だが、彼女は問題ない。ふたりの仲はきわめて良好だったし、彼女自身、金を持ってるからね」

「部屋そのものになにか手がかりは？」

「警察やわたしの捜した範囲ではなにもなかった――たったひとつ、ささいなものをのぞいては」

「いったい、それはなんなの？」彼女は訊いた。「もったいぶらないでよ、パパ」

「部屋はひどくきちんとしており、重りも黒くぴかぴかに塗ったばかりだったが、べとべとした染みが一箇所だけついていたんだ。わたしはティッシュで、その一部をこすりとった」彼はシャツのポケットに手を伸ばし、くしゃくしゃになった白い紙の塊を取り出すと、それをさし出し

た。「嗅いでごらん」

彼女はティッシュに鼻をあてた。

「エステル（酸とアルコールから水を分離してできる化合物）？　でも、かなり果物っぽい香りがするわね。バナナ油（バナナに似た香りの液体エステル）かしら？」

「ああ、たしかに」ジョイスは同意した。「さあ、なにか思いついたことはあるかね？」

「いまはまだなにも。もう少し時間をちょうだい」

「いいとも。だが、きょうのところはこれで終わりにしよう。もうへとへとでね。あとは明日にしようじゃないか」


次の日の晩、ふたりはふたたび書類をうず高く積みあげたテーブルをはさんで座った。父親といっしょにミッドウェスタン大学を見学するために、メルは学校を休んだ。ふたりは犯行現場を見ただけでなく、学内のほかの建物もすべて見て回った。なかでもケント博士の〝動物園〟は、その動物好きの娘を喜ばせた。そこにはウサギやハツカネズミ、モルモット、ミミズク、さまざまな種類の猿やチンパンジー、蛇などに加え、ひどくいたずら好きでかわいい小動物のコーティマンディさえもいた。ケントのほんとうの興味はリボ核酸や遺伝子といった最先端の研究にではなく、むしろ動物の行動や心理学といった分野にあるということは、すぐに見てとれた。彼がナメクジウオのリンパ組織について説明できるかどうかは疑わしかった。

「わたしはあのひとのことが好きだわ」メリッサはあとで父親にいった。「だって、感じがいいもの」

「博士号もなく、論文も発表してないうえ、無名ときてる」ジョイスはかなり皮肉っぽい口調でいった。「あの男をお払い箱にするというケンダルの意見に、おまえも同調してるもんだと思ったが」

「考えが変わったの」彼女は甘ったるい声でいった。「生意気をいわせてもらうと、それはわたしたち女性の特権よ」それから彼女は「ケント教授はどこに住んでるのかしら?」と思案げにつけ加えた。

「町はずれに牧場か古い農場のようなものを持ってるんだ。そこでかみさんと暮らしてる。かみさんがもう何年も寝たきりなもんだから、ぎりぎりまで仕事にしがみついてるんだろう。年金制度はあてにならないとはいえ、この大学のほとんどの教員は六十歳で退職するからね」

「その農場とやらをのぞいて見たほうがいいわ」メルは真顔でいった。

ジョイスははっと息を飲んだ。「いったい、なんのために?」

「はっきりとはいえない。でも、たぶん――いえ、やめとくわ。とにかく出向いて、目についたものを教えてほしいの。家畜小屋や、それに類する建物を調べてみて」

「でも、ちくしょう、いったいなにを捜せというんだ?」

「わからない」彼女は慎み深くいった。「そういうことはそっちの専門でしょ。わたしの考えすぎかもしれないし」

彼は娘のことをよくわかっていた。もっかのところ、それ以上はなにもいうまい。

「いいだろう。月曜にやっこさんが教えてるすきに、農場をこっそりのぞいてみよう」彼はいくつもの線が引かれている、ふたりで出し合った仮説をちらりと悲しげに見やった。「これらがだめだというのは、まちがいないんだろうね？　〝窓越しに棒で重りをつっつく〟——距離がありすぎるうえ、角度も合わない。〝窓越しになにかを重りめがけて発射ないしは投げる〟」

「銃声はしなかったし」彼女はいった。「銃弾であれ石つぶてであれ、力がぜんぜん足りないわ。たぶん、なにかがあの重りに二十ポンドかそこらの推力を与えたんだと思う」

「〝屋根裏で鎖をひっぱる〟——あそこにはだれもいなかったし、出入り口はひとつしかない。それに実際問題、あまりに鎖を高くひっぱりあげてしまうと、望むような働きは得られない。ふーむ。なるほど、どれもだめだ。だから手がかりは農場にあると、おまえはいう。了解と、わたしは答える。さあそれじゃあ、お開きとしようか。父さんはもうくたくただよ」

翌日の午後、メルが学校から戻ってくると、父親は彼女の帰りを待ちかねて、床の上を行ったり来たりしていた。なにを考えているかは顔に書かれていたので、彼女はそれを見ていたずらっぽく笑った。

「なにか見つけたのね！　ねえ、なにを？」

「それがなんなのかはわかるが——〝なぜ〟そこにあるのか、それが〝なにを〟意味してるのかとなると、さっぱりだ」と彼はひどく悲しげにいった。「家畜小屋には安楽椅子があった。ケンダルのと似た、重量のあるやつだ。それから屋根に取りつけたばかりの、新品の鉤。でも、それだけさ。おまえの話からしても、なにか意味があるのはたしかだが、それはいったいなんなんだね？」

「怖れてたとおりだわ」彼女は暗い顔をしていった。「そうでないことを願ってたんだけど。だって、ケント博士のことが好きなんだもの」

「きのうもおまえはそういってたな。でも、わたしのことを彼よりもちょっぴり好いてくれてることを望むよ。なにせ、この事件には手を焼いてるもんでな。さあ、さっさと教えてくれ」

「事件を解く鍵は、バナナ」彼女はいった。「それから窓といった——そう、いくつものささいなことがらに加え——ケンダルが老教授に意地悪だったこと。ケント博士は自前の振り子を家畜小屋にしつらえたのよ。ねえ、重りらしきものは見かけなかった？」彼女は尋ねた。

「いいや。自前の振り子をしつらえ……だが、いったい全体なんのために？」

「小さなかわいらしいチンパンジーを訓練するためよ。ねえ、彼らが聡明な生き物だというのはわかってるでしょ——ひょっとしたら、霊長類のなかでいちばんかも。彼らは飛んだりぶらさがったりするのが大好きなの。ケント博士は椅子に座って重りを放し、それが弧を描いていままさに折り返そうというときに、チンパンジーにそれをつかませ、博士のほうに戻ってくるまでぶらさがってるよう教えこんだ。バナナはおそらくそのご褒美と、愛情のしるしだったのよ」

「メル！　つまり、おまえがいおうとしてるのは——？」

「ケント博士は〝動物園〟への行き来の途中に、あの振り子装置のある部屋の後ろを通ったに違いないわ。ケンダルが一週間のあいだなににかかりっきりになってたかは、だれもが知ってたことだし。そもそも猿にとってはごく自然な行動だから、何度か練習すれば頭のいいチンパンジーに教えこむのはわけないと、博士には思えた。

殺人のあった夜——そう、残念だけど、あれは殺人だったのよ」彼女は重々しくつけ加えた。「窓のところで待機してた博士は、ケンダルが自分自身を縛りつけ、重りを放したあと、チンパンジーに窓をくぐり抜けさせ（そんなのはお茶の子さいさいよ）、『さあ、行け！』とかなんとかいったのよ。チンパンジーは重りに飛びつき、三十ポンドばかりの重量がそれに加わることになった。ケンダルはその姿を目に留め、余分な重量が加わるとどういうことになるかを見てとった。そう、それが『ばか！　おい——どくんだ！』という叫び声があがったときよ。慌てて留め具をはずそうとしたものの、間に合わなかった。チンパンジーの重みで、重りは出発点よりも数インチ上にまで達する。二百ポンドの重りがよ！」彼女の顔は蒼白になっていた。「考えだけでもぞっとする！」

「すると、チンパンジーがあのバナナの小さな染みを残したというわけだな」

「そうよ。チンパンジーを部屋のなかに入れるまで、ケント博士はたぶんバナナでごきげんを取ってたんでしょう。部屋から出てきたときも、ご褒美としてあげたに違いないわ」

「どうやら、これで謎は解けたようだな。そう、まちがいない」とはいったものの、ジョイスはまゆをしかめた。「だが、法廷には持ち出せるだろうか？　そう、安楽椅子があるし、重りを見つけ出せれば——」

だが、彼はそれを発見できなかった。ケント博士は自分の家畜小屋を調べていた者がいたことをどうにかして知ったらしく、くだんの保険調査員が警察と捜索令状を伴って戻ってくると、証拠はあとかたもなく消え失せていた。

「やれやれ」彼はメルに大儀そうにいった。「これであの老いぼれは、六十五までいまの仕事にしがみつくだろうよ——残念だが、またしても殺人者の勝ちというわけだ」

「ケンダルは森羅万象が合理的に説明できるということに賭けたし」娘はいった。「それはたしかに正しいのかもしれない。でも殺人者のなかには理屈で割りきれない人間もいるから、ケンダルはインチキをされて賭けに負けることになったのよ！」

消えた六〇マイル

森英俊訳

シドニー・パインが人里離れた週末用バンガローで魚釣りの前に質素な昼食をとろうとしていたところ、共同経営者のニール・ポッターがなんの前ぶれもなく戸口に現れた。

「いったい、なにをしに来たんだ?」パインはつっけんどんに訊いた。ふたりの仲はこれまでも芳しくなかったが、もう何ヶ月にもわたって口げんかが続いていたため、もはやはげしく憎み合う域にまで達していた。ここ数年で何度目かになるもっかの争いの原因は、パインが事業を売却して引退したがっていることにあった。年齢はまだ五十八だったが、体調はいいとはいえず、独身であるため、いまの収入の半分でも楽に暮らしていけた。大企業であるゴールデン・ステート・エレクトロニクス社はまずまずの買収金額を提示していた。少なくともパインはそう考えており、自社株の過半数を有していることから、彼には自分の思うようにすることができるのだ。

ポッターのほうは大反対だった。彼は自分たちが製造しようとしているコンポが数年のうちには会社の利益を飛躍的に増大させるだろうと思っていた。引退するには若すぎ、新たなスタートを切るには歳をとりすぎている。それにゴールデン・ステート社は彼を重役として迎え入れるつもりはないと明言していた。パインが共同経営者の反対意見を無視して買収に合意するのは、もはや時間の問題だった。まだそうしていないのはただ単に、共同経営者が同意しないといって、買い手側からさらに有利な条件をひき出すためだというのを、ポッターは承知していた。

「きみに会うために車で三〇マイル（約四十八キロ）もの道のりをやってきたんだ」パインの詰問に答えてポッターはいった。「往復六〇マイルさ。ここまで九十分もかかったよ」

「いったい、なにがいいたい？」コーヒーをごくりと飲みながら、パインはうなるようにいった。ポッターにはコーヒーを出そうともしなかった。「はるばるここまでやってきたのは、わたしが恋しかったからだとでもいうのか？　まったく、長生きはしてみるもんだな！」

「仕事のことなんだ」ポッターは胸を高鳴らせながらいった。「きみに見てもらったほうがいいと思ってね――わが社の売れ筋商品を脅かす、新たな特許品をさ」

「なんだと！」パインは叫んだ。「見せてみろ。さあ、それをこっちによこせ」

ポッターはテーブルの上に紙を広げた。パインがそれを見ようと頭を下げると、大きいほうの男は渾身の力を右の握りこぶしにこめて、共同経営者のうなじを一撃した。パインは皿の上につっぷし、ぶざまに顔をべとつかせたまま、すっかり意識を失った。

ポッターは腕時計を見やった。十時四十分だ。とにかくスケジュールどおりにやらなくては。逃げおおせるためにはそれがなにより重要だ。さあ、まだやっかいな仕事が残ってる。さっきのパンチで息を止めることができなかったのは、計算外だった。とはいえ、人間をこぶしの一撃で殺すのは、小説家連中がいうほど容易なことじゃない。

彼はベッドからパインの枕を取ってくると、テーブルのところまで戻り、自分より小柄な男の汚れた顔を持ちあげ、柔らかな部分をその鼻と口に押しあてた。数分してからそれをどかすと、パインはまぎれもなく死んでいた。時刻は十時四十五分になっていた。

次なるステップは、時間を浪費することだった。ここでどんな人間でも最低五十分はかかるようなことをしなければならない。ポッターはバンガローをめちゃくちゃにする仕事に取りかかった。手早く懸命に作業しつつ、彼はそれを五十三分かけてやった。大きくて力の強い自分でもこのありさまだから、どんなにまぬけな警官でも一時間近くかかったと思うだろう。時刻は十一時三十八分になっていた。

ポッターはバンガローにほど近いところに駐めてある車に戻り、〝ゼロ地点〟と呼んでいるところをめざした。目的地まで三〇マイル——そこで計画は新しい局面に入る。パインは死んだ。ふたりの共同経営に関する取りきめによれば、もう会社は自分ひとりのものだ。そう、資産が倍になっただけでなく、会社を売却することなく事業を続けることができるのだ。冷血な殺人というこのささやかな問題を切り抜けることができればの話だがと、彼はけわしい顔でひとりごちた。

表向きは写真を撮るために車を駐めたという体《てい》でゼロ地点に戻ると、あと戻りできない一連の作業に取りかかる前に、ポッターはいま一度、頭のなかで計画をふり返ってみた。これによって、自分がどんな犯罪をも行なうことができなかったと証明されるはずだが、しくじれば死刑は免れまい。

彼は走行距離計に目をやった。千マイルの検査のあと、午前十時に整備工場から車をひき取ったときには、走行距離はぴったり一〇四八になっていた。それがいまは一一一二になっていて、そのあと六四マイル走行したことを示している。彼の命運を握っているのはまさにこの数字だった。彼は整備士たちが朝の数字を目に留めるのを確認しておいた。被害者のバンガローまでは往復六〇マイル。警官どもがこの計器を一瞥さえすれば、こちらの車にはまさにそれだけの走行記録が残っている。動機もじゅうぶん。それでは死刑囚棟までご同行いただこうか、ということになるだろう。

いや、そんなことにはなるものか。絶対に警察をだしぬいてみせる。

ポッターは車外に出て、車の下にもぐりこむと、手ごろなサイズのスパナーでクランクケースを開け、なかのオイルをこのために持ってきた古い缶へと移し変えた。そのあとくだんのオイルを数百フィート先まで運び、やぶに覆われた古い溝に流しこみ、土と葉っぱを上からかぶせてから、車のところに戻った。それからエンジンをかけ、ギアをニュートラルに入れたまま、十分ばかりのあいだアクセルを踏み続けた。そうこうするうちに、当然のことながら、空ぶかしをしすぎたせいで、オイル切れの酷使された金属の塊は鈍いエンジン音と共に完全に停止した。これなら、この車でのそれ以上の走行は不可能だったとだれしもが思うだろう。

さあ、これからがふたつのきわどい点のうちのひとつだ。ポッターはダッシュボードの上にぞんざいに布切れをかけ、走行距離計が隠れるようにした。危険は承知のうえだが、どんな詮索好きな警官でも、走行距離をたしかめるべき理由はないはずだ——そう、いまのところは。それに警官——感じのいい、ハイウェイ・パトロールのきちんとした警官——には、証人としてアリバイを立証してもらうために、どうしてもいてもらわねばならないのだ。

ポッターはハイウェイまで半マイルほど歩き、十五分して巡回パトカーを呼び止めた。パトロール巡査は若くはなかったが、仕事熱心で注意深く、それがなにより彼の目的に適っていた。

「車が故障してしまいましてね」ポッターは相手に申しわけなさそうにいった。「機械のことはさっぱりわからないもので。見ていただくわけにはいきませんか？」

彼は口のききかたを心得ており、情けないやつと思われない程度に相手に訴えかけた。巡査は熱心とまではいかないものの、そうしてくれることになり、無線で手短に報告したあと、車を離れ、ポッターのあとについて現場へとやってきた。明らかすぎる故障の原因を見抜くには三十秒もあれば十分だった。

「エンストだな」巡査はうんざりしたようにいった。「オイル抜きで走ったせいさ。なんでそんなことになったんだね？」

ポッターがぽかんとした顔をしているのを見て、巡査は口をすぼめると、制服が汚れないように気をつけながら、おそるおそる車の下にもぐりこんだ。「オイルプラグがはずれてる」と彼は叫んだ。「エンジンが止まっちまったのも無理はない」

「あの整備工場の連中のせいだ」ポッターがいった。「あそこで締め忘れたに違いない」

パトロール巡査は立ちあがって、服のほこりをはらった。「この状態じゃ、まずまちがいなく、どこにもたどりつけやしないぜ。なあ、町まで乗っけてってやろうか？」

ポッターは首を横にふった。「ここに残って、予定どおり写真を撮ることにしますよ。でも、エース‐ハイ自動車整備工場に電話をかけ、わたしがここにいて車を牽引してもらいたがってると伝えてもらえれば、非常に助かります」

「好きにするがいいさ」巡査はぶっきらぼうにいった。「だが、迎えが来るまで数時間はかかるぞ」

「まだ十二時十八分じゃありませんか——それとも、まさかこの腕時計まで故障してるというんじゃないでしょうね？」

パトロール巡査は自分の腕時計に目をやった。

「合ってるようだな。そう、十二時十八分といったところだ」

ポッターは自分自身を抱きしめたいくらいだった。相手は走行距離計にはなんの興味も示さず、時間のほうはきっちり確認してくれた。すべてが計画どおりに進んでいる。

巡査は立ち去った。サム・コリガンがレッカー車でここまでやってくるには少なくとも九十分はかかるだろう。それが第二のきわどい点だった。ここはまさに理想的な場所だ。これからあることをするのをだれかに見られる危険性はほとんどない。六、七十分ひとりきりにしておいてさえくれれば、あとは警官どもにどんなにきびしく追及されようと、捕まる心配はない。ポッターはトランクを開け、作業に取りかかった。


ピート・デントン保安官はかなり無口なたちではあったが、けっして無愛想なわけではなく、目と温かなほほえみが、そのひとのよさを物語っていた。だが難事件にあたっているときは、おかしなほどおしゃべりになり、ふたりの保安官補のうちのひとりを聞き役にして、頭に浮かんだことを次から次へとまくし立てるのが常だった。保安官補がどちらも近くにいないときは、書類入れの奥に隠してある滑稽なフィギュアに臆面もなく話しかけた。

だが、保安官補はもっかふたりとも揃っており、上官にいわれて話に熱心に耳をかたむけていた。ふたりはそれを苦に感じてはいなかった。聞きこみをするのは彼らに任されていたにせよ、事件を解決するのには多分にデントンの指示や経験がものをいったからだ。

「どうやら」保安官はいっていた。「最有力容疑者は無関係なことが判明したようだな」

「判明したどころじゃありませんよ」ビル・アルヴァレッツがいった。アルヴァレッツは、陰気な物腰をしている、金髪のフレッド・ヒックスとは対照的な、小柄で浅黒い、陽気な色男だった。ヒックスにしても実際に陰気なのではなく、憂鬱げな表情を浮かべていたほうが顔の筋肉にも楽だし女性にももてると考えて、そんなふうにしているだけだった。

「このポッターほど、堅固なアリバイのあるやつはいませんよ」アルヴァレッツは先を続けた。実際にはそう思っていなかったとしても、デントンのいうことにいちいち反論するのがおのれの務めだというのを心得ていた。老保安官はそうしてもらいたがっており、それがひいては解決へと結びつくのだった。「やつが整備工場を出発したとき、車の走行距離計が一〇四八マイルを示してたことは、工場の連中によって裏づけられてます。さて、事情聴取のために拘引《こういん》されたとき、その計器の数字はさらに一一五マイル増えてました——少なくとも二時間は車を走らせてたということですよ。あんなふうにめちゃくちゃにするためには、殺人者はパインのバンガローで一時間ばかり過ごさねばならなかったはずです。ポッターが犯人だとすると、やつは一時間ほどのあいだに一〇〇マイル以上も車を走らせた計算になります——それも、ここらの道でですよ！」

「わたしもビルの意見には賛成です」ヒックスがいった。「スターリング・モス（英国の名レーサー。F1レースなどで活躍した）

でもやれんでしょうよ」

「どうやらおまえさんたちは」デントンはおだやかな口調でいった。「あの手の計器は細工することができるというのを失念しとるようだな」

「そんなことをしたら、いじった跡が必ず残りますよ。なにせ新車も同然で、計器の蓋の上にはきっちりシールが貼られてますから。そう、あれをいじったものはだれもいません。車のことならくわしいので、自信を持ってそういえます。それに整備工場の連中もこちらと同意見です」

「車をジャッキで持ちあげて、まったく走らせることなく距離を増やしていったとしたら?」保安官が示唆した。

アルヴァレッツは小さく口笛を吹いた。「な、なるほど——」といいかけたところで、デントンの瞳がきらめくのを目に留めたヒックスのじゃまが入った。

「それはだめですよ、保安官!」ヒックスはいった。「そう——うまくいきっこありません! どのみち、そうするには、実際に道路の上を走らせるのと同じかそれに近いくらいの時間がかかりますから。ポッターのやつにいつ、そんな時間があったというんです?」

「あきらめるのは早すぎる」アルヴァレッツがふたたび口をはさんだ。「ハイウェイ・パトロールの巡査が立ち去り、レッカー車が来るまでのあいだひとりでカメラをいじっていた時間がある。その間にジャッキで車を持ちあげたのさ。なあ、これでやつのアリバイも崩れるんじゃないか?」

「どう思う、フレッド?」ヒックスにほほえみかけながら、デントンが訊いた。

保安官補は一瞬、困惑の体を見せたが、やがて首をはげしく横にふった。

「なあ、ビル、パトロール巡査の立ち去ったときには、ポッターの車のエンジンは故障して完全に停止してたということを、おたがい忘れてたようだな。車の後部を一日中ジャッキで上げておくことはできだろうが、車輪を回そうにもエンジンは使いものにならないときてた」

「手を使ったんじゃ？」アルヴァレッツが自信なげに示唆した。

「まさか！」ヒックスがいった。「六〇マイル分も手で回し続けたというのか？　大型車でもふつうの車でもいいけど、そんなふうにして後部車輪を回そうとしてみたことはあるかい？　一〇マイル分もそうしようものなら、どんなに絶好調のプロフットボール選手でもばてちまうだろうよ」

「とはいえ」保安官はおだやかな口調でいった。「要はこういうことだ。殺人容疑でポッターを逮捕できない唯一の理由は、走行距離計に残された六〇マイルというささいな問題だ。それをのぞけば、やつがわれわれの目ざす犯人に違いない。動機もなにもかも揃っとる」

「たしかに」ヒックスが同意した。「でも、走行距離計の数字を増やす方法はたったひとつ――車を走らせることしかありません。やつが走行距離一〇四八マイルの車で整備工場を出てから二時間十八分たった十二時十八分には、それ以上の走行は不可能だったことは、警察官が裏づけてます。走行距離計の数字はおよそ一二〇マイル増えてましたから、必然的にポッターにはバンガローを荒らし回ってめちゃくちゃにするだけの時間はなかったということになりますね」

「手で回してないというのは、絶対にまちがいないのかい？――ほら、ギアはニュートラルに入ってたじゃないか」アルヴァレッツはなおもくいさがった。

「不可能さ」ヒックスは荒々しい口調でいった。「レッカー車が到着したとき、やつは汚れてもいなければ疲れはててもいなかったしな。だが、計算尺でそいつを証明するとしよう」彼はおずおずと机のなかから鉛筆と紙といっしょに計算尺を取り出した。「さあ、いいか、何回転させなければならなかったか計算してみよう。計算を簡単にするためにタイヤの直径は二フィートだとしよう。要はだいたいのところがわかればいいんだからな。したがって、タイヤの円周はおおよそ――」彼はすばやく計算尺を操作した。「六・三フィート。一マイルが五千二百八十フィートだから、一マイルあたりの回転数は、それ割る六・三で、約八百四十。六〇マイルとなると、五万を超える計算だ」彼はにやりとしてみせた。「ポッターがあの車の車輪を五万回も回し、まったくくたびれたふうもなかったなんて、想像できるかい?」

アルヴァレッツはうなり声をあげた。「お手あげですね、保安官」

「そいつはおまえさんだけさ」デントンが口元をひきしめながらいった。「どうやって車輪を回したかなんてことは、わしはひと言もいっとらんぞ。違うか?」

「レッカー車が来るまで、やつには二時間近くもありましたよ」アルヴァレッツがいった。

「たとえ六時間あったとしても、並大抵のことじゃないさ」ヒックスが反論した。「両手はひどく汚れ、汗まみれになってたろう。手で重いタイヤをそんなに回せるとも思えないしね。ギアがニュートラルであろうがあるまいが、ほどなく腕が筋肉痛になるのがおちさ。ひと押しでスムースに回転したとしても、それをし続けなければならないんだからな」

「まあ」保安官が静かな口調でいった。「やつが手でやらなかったのなら、ほかの方法を用いてわれわれをだましたに違いない。さあ、ふたりとも、もう一度すべての数字をふり返ってみるんだ。わしもそうするから、その件についてはあすまた話し合うことにしよう」

たまにあることだったが、翌朝のデントン保安官は饒舌そのものだった。ふたりの保安官補の向かいに座り、机の上に両足を載せながら、一見するととりとめのない話にふけっていた。

「ポッターがあのバンガローに行ったことは証明できるか?」彼は尋ねた。「そう、たしかにできる。だが、あれはやつの共同経営者のものであり、ふたりとも以前にもそこに行ったことがあるから、なんの役にも立たん。殺人のあった日に行ったことが証明できれば、きまりなんだが」

彼は脚を組み替え、咳ばらいをしてから、先を続けた。

「その二時間あまりのあいだ、やつはなにをしてたと主張しとるのか? やつがいうには、写真に撮れそうなものを捜して車を走らせてたそうだ。だが、目撃者は見つけ出せなかった。とはいえ、それもたいして役には立たん。あのあたりはもともと人気のない場所だからな。たしかに、写真は撮ってあった。だが、そんなものは何日も前に撮っておける」

「光線のぐあいかなにかを基に、あの日に撮られたものでないことを証明できるかもしれませんよ」

「同じ週に撮ったものなら、違いはごくわずかだろうな」アルヴァレツがそう指摘すると、デントンもうなずいて同意を示した。

「あまりに弱すぎる」保安官はいった。「そんなものだけで有罪を宣告する陪審員はおるまい。それに加えてなにか、よりいっそうの証拠があれば、話は別だが」

「やつが殺害におよんでるあいだに、ほかのだれかが車を走らせてたという可能性は？」ヒックスが訊いた。

「ありそうもないな」保安官が答えた。「ポッターは離婚してるうえ、子どももいない。死刑になる危険を冒してまで共犯になってくれるのは、よほど仲のいい友人だ。それにほら、相手のほうにはほとんどメリットがない。ポッターにそんな友人がいたとは思えん。そう、ひどく冷たいやつだからな。

それからもうひとつ」デントンはつけ加えた。「あのバンガローはなぜめちゃくちゃにされたのだろう？　魚釣り休暇用のバンガローに大金を持っていく人間のいないことくらい、だれでも知っとるはずだ。殺人犯はなにを捜してたのか？　さあ、なにか考えはあるか？」

「なにか仕事に関係のあるもの、ポッターの有罪を示すような書類では？」アルヴァレッツが示唆した。

「かもしれん。かもしれんが」保安官はむっつりといった。「わしは時間をつぶすためにああしたんだと思う。そう、ポッターのやつが往復六〇マイルもの距離をはるばる車でやってきて、あんなふうに荒らし回ったうえに、さらに六〇マイルも車を走らせられたはずはない、と示すためにな。

それから、あのエンジン故障。レッカー車を待ってるあいだ、車をジャッキで持ちあげて車輪を回転させるようなことはしなかったという、なによりの証拠だが、あまりにもできすぎとる。工場側は整備士のひとりがオイルプラグを締め忘れたという見方には否定的だ。どんなに新米の整備士でもそれについては気をつけてるというんだ。そんなことをすればエンジンは完全にいかれちまうし、へまですませるにはあまりにも重大すぎるからな」

「あなたはまだやつが自分で車輪を回したと思っておいでなんですね」ヒックスがいった。「どうしたら納得してもらえるんでしょう?」

「手でやったのでないことはわかっとるさ。まるまる二時間近くにわたり、一秒あたり一回は回し続けにゃならんからな」保安官は瞳をきらめかせながら、なごやかな笑みを浮かべた。「わしにも計算くらいはできるさ」それからもっと真剣な口調になって、こういった。「やつがハイウェイ・パトロールの巡査に嘘をついたことには、気づいたろうな?」

保安官補はどちらも自信なさげに顔を見合わせた。

「やつは車のことなどまるでわからんといった。なぜだ? やつは専門的な教育を受けた、電子機器メーカーの共同経営者じゃないか。整備工場の連中は、やっこさんはだれよりもエンジンのことにくわしいといっとる。もちろんプロの整備士ほどではないが、やつが自分でいってたようなど素人でないことはたしかだ」保安官は机から両足をおろすと、ため息をつきながらそれらを伸ばし、アルヴァレッツの椅子の端に載せた。「昔ほど血行がよくはなくてな」とぼやく。「前は一日中、机の上に載っけといても平気だったんだが」ひと息ついたあと、ふたりを交互に見やってから、彼は尋ねた。「オイル切れになったエンジンのことはどうだ? あの車には油圧計はついとらんかったのか?」

「警告灯がつくようになってました」ヒックスがいった。「油圧が下がりすぎると、それが点滅する仕組みです」

「思ったとおりだ」デントンが満足げにいった。「車の心得がありながら、わざとそれを無視したというわけだな。エンジンがいかれるまで、やつは車を走らせ続けた。そう、やつがそうしたのなら、それは意図的だったということになる」

「やつが有罪だと、どうしてそうはっきりいいきれるんです？」アルヴァレッツが無表情で訊いた。

「車が故障してアリバイができるなんざ、あまりに好都合すぎるからさ。それから会社の売却をめぐるパインとのいい争いや、やつの嘘の数々を見てみろ。バンガローの周りの土が乾ききってたのは残念だな。さもなければ、やつがハイウェイから車をそらしたときのタイヤ跡が残ってたろうに」

「やつがそうしたとすればですがね」ヒックスはそういったあと、デントンがにらみつけるのを見て、慌ててつけ加えた。「きのうの雨がもっと早いうちに降らなかったのは、かえすがえすも残念ですよ」

「ポッターのやつが罪を免れるようなことがあれば最悪だ。だが、もっかの状況ではそうなる可能性が高いがね。フレッド」保安官はぶっきらぼうにいった。「やつの車が故障した場所に出向き、徹底的に捜索してくれ」

「なにをです？」

「望んだ時間に望んだ場所でエンジンを停止させるにはどうする？」デントンはさらなる質問

をすることでそれに答えた。

「オイルを抜き取り、エンストを起こすまでしばらく空ぶかしすればいいでしょう」

「まさしくな。そしてオイルはどこか――近すぎないところに捨てるだろう」

「まあ、そうでしょうね」

「それからプラグはどうする？　そう、はずれて落ちたことになっとるんだからな」

「ふーむ」ヒックスは考えをめぐらせた。「やぶのなかに放り捨てるか、ポケットに入れて家に持ってかえったあとで隠すでしょうね」

「そいつを見つけるのはむずかしかろうな」保安官はいった。「だがオイルのほうは――可能性がある。おそらくは数クォートあって、べとべとする代物だからな。さあ、そいつを捜すんだ」

「あのあたりはぬかるんでそうですが」

「そいつは気の毒だな」デントンは心から同情をこめていった。「とはいえ、その可能性を見逃すことはできん。なあ、違うか？」

「えええええ、そうでしょうとも」そっけない返事が返ってきた。「それでは、またあとで」ヒックスはそういうと、ゆっくりと出ていった。

保安官は自分にはなにをさせるつもりだろうとアルヴァレッツは心のなかで思いながら、椅子の上でもじもじしていた。どうせ、ろくなことじゃあるまい。

「ビル、おまえさんはポッターのところに行き、のぞき見をしてくるんだ。なにをなんてことは訊くな。ただ、ガレージや家のなかを盗み見すればいい。ただし、あくまでも法にのっとってだぞ」

「ご存じでしょうが、令状なしではなにをやっても実際のところ非合法になりますよ」

「そんなことはわかっとるさ」デントンは冷淡にいった。「だが、表向きわしは、おまえさんがあそこでなにをするつもりなのかを知らん。とにかく、法の範囲内できっちり行動せよとはいっておく」彼は目くばせをしながら、そうつけ加えた。

「それじゃあ、出かけるとしましょうか」アルヴァレツはにやりとしながらいった。「保安官補を首にされたら、推薦状を書いてもらいますからね」

「文言が思い浮かぶよ」保安官は愛想よくいった。「くだんの青年は食欲旺盛にして、容姿にもかなりの自信を持っております。以上――」満面の笑みをふたりして交わしたあと、アルヴァレツは出ていった。

デントンはひとりになると、しばらく考えにふけってみたが、これという成果はあがらなかった。ついには、ほほを紅潮させながら例の滑稽なフィギュアを取り出し、それを自分の机の端に置いた。「なあ、ヒルダ」彼は大まじめな口調でいった。「あのふたりは、ポインターのとこの未亡人のガチョウがブランデーをこぼした穀物を食べちまって以来の、困難な捜索に出かけとる。だが、どちらかがうまくいってくれれば、まだあの野郎を捕まえることができる。殺されたほうの人間も気むずかし屋で、たいしてりっぱな人物とはいえんが、だからといって殺人は好ましくない。そうだろ、ヒルダ？」

一時間近くにわたってとりとめのない話をし、事件のことをふり返ってみたものの、新しい考えはなにも浮かんでこなかった。ポッターが問題の車輪を回転させ、走行距離計の数字を六〇マイル増やしたとしても、その方法は保安官とふたりの保安官補の考えのおよぶところではなかった。そう思うと、悔しかった。しまいには頭がからっぽのタンクのようになった状態で、デントンはフィギュアをしまうと、机の上に両足を載せ、居眠りをし始めた。

だが数時間後ヒックスが戻ってきたときには、保安官は苦手なデスクワークをせっせとこなしていた。そうした雑用はいつもなら自分の役目だったので、保安官補はそれを見て喜んだ。だが、保安官は泥まみれの仕事の埋め合わせをしているのにすぎなかった。

「どうだった?」ことさら熱意を示すこともなく、デントンは尋ねた。実のところ、なにか成果があるとは思っていなかった。

「ついてましたよ」ヒックスからは予想外の答えが返ってきた。「あのオイルは十エーカーものイラクサだらけの茂みのどこに捨てられててもおかしくなかったのに、溝の近くで虹色に光ってるのを見つけることができたんですから」

「でかした!」保安官は大声でいった。

「そうですとも。まさしくてかてかした、オイルの跡ですよ。それをたどっていき、オイルのたまりというより、雨に流されたあとのその名残を発見したというわけです」

「雨が降ってなければ、野外で見分けのつくような色にはなっとらんかったろうな」

「そんなことはわかってますよ。だからこそ、〝ついてた〟といったんです」

「さあ」保安官は満足げにいった。「これでやつがオイルを抜いて、車をわざと故障させたということがはっきりした。だが、それだけでは陪審員に示すのに十分とはいえん」

「ビルのほうもなにか幸運に恵まれてるかもしれませんよ」ヒックスがいった。

「ビルは幸運に恵まれず」アルヴァレッツが戸口からいった。「やつの家にはなにもあやしいものはありませんでした。ここに書き留めてあるのが、やつの家とガレージにあったものの一覧です」

彼は保安官に手帳を放ってよこした。

「わしはこれにゆっくり目を通してみる」デントンはいった。「おまえさんたちはもう帰っていいぞ」

「こいつは驚きだ！」ヒックスがいった。「四時五十二分に帰らせてくれるだなんて、定時より八分も早いじゃないか！」

「保安官の気の変わらないうちに、ここからとっとと出ていこうぜ」アルヴァレッツがいった。

これ見よがしに急いでいるふりをして、ふたりは忍び足で出ていった。クックッと笑いながら、保安官は手帳に目を通し始めた。

十五分後、ある品物に目が留まり、彼は椅子の上で身体をこわばらせた。これがトリックの種だろうか？　そう、この機具が用いられた可能性はある。だが、まずはこれについてもう少し調べてみねば。あす保安官補のひとりにあたらせてみることにしよう。ポッターのやつがこれを始末するとは思えん。そんな愚かな過ちは犯すまい。ガレージにただきりげなく置いておくだけだろう。なにせ、どの家庭にもあるものだからな。

「ビル」デントンは翌朝アルヴァレッツに訊いた。「ガレージにあった動力芝刈り機のことだが、ガソリンと電気のどっちで動くやつだ？」

「うーん、どっちだったでしょう。でも、待ってくださいよ。コードがついてなかったから、ガソリンのはずです」

「しめた！」

「おやおや！」ヒックスが叫んだ。「まさか、あなたは――？」

「なんでいかんのだ？」保安官は訊いた。「やつはそれをトランクに入れておけた。なあ、あの手の芝刈り機のなかには、車輪が刃といっしょに回転するものがあるんじゃないか？」

「ええ、でも回転はかなりゆっくりですよ。人間が歩くような速度で、芝生の上をゆっくりと進むだけですから」

「なまけ者どもが」保安官は非難するようにいった。「わしのガキのころは、一区画につき十セントで、百万エーカーは芝刈りをしたもんだがな！」

「車輪は交換することができます」アルヴァレッツがいった。「性能のいいガソリン式芝刈り機であれば、ギア装置に細工するのはたやすいことです。それにゆるい車のタイヤを回すのには、そんなに馬力は必要ないでしょう。おそらくボスの考えは当たってますよ」

「芝刈り機を押収してこい」デントンが命じた。「隅から隅まで調べて、細工の跡がないかどうか見つけ出せ。そう、ごく最近モーターをフレームから取りはずしたり、ギア比が変えられたりはしてないかだ。元に戻してあったとしても、傷になったり、ゆるんでたり、色のきれいすぎる部分があるはずだ」彼は目を見開いて、ヒックスのほうをじっと見やった。「あそこにあったオイルのサンプルは持って帰ってきたんだろうな？」

「もちろんです。わたしがそこまでまぬけだとお思いですか？　いつ必要にならんともかぎりませんからね」

「女に対してはまがぬけとるようだがね」保安官はしれっと答えた。「だったら、そいつをやっこさんの車のオイルと比べてみることができるな。いまは空になってるとはいえ、少しくらいは痕跡が残っとるだろう。焦げてようが、こびりついてようが、問題はあるまい」

「分光器さえあれば」ヒックスがもったいぶっていった。「どんな代物であろうと、小数点第九位まで照合することができますよ」

「それに、問題のオイルは道路の上にはこぼれとらんかったと思うが」

「ええ」保安官補が請け合った。「ジープやランドローヴァーでさえたどりつけないような溝のなかにあっただけです」

「やつがどうやったのか、いまだにわからない」アルヴァレッツがつぶやいた。

「おまえさんはどうだ？」デントンがヒックスに水を向けた。

「だいたいの見当はつきます。やつは車をジャッキで持ちあげ、あとは摩擦の力を利用すればよかった——つまり、芝刈り機の車輪をタイヤに押しつけたんですよ。車輪をタイヤにぎゅっと押しつけて固定したうえで、芝刈り機をなにかの上に載せる——そう、木枠かなにかで十分でしょう。ギアに細工して芝刈り機の回転数があがるようにするのは、さほどむずかしいことではありません。車の車輪がいったん回転し始めればごくわずかな力でもすみますから、あとは芝刈り機のシャフトに直結させてもいい。いずれのやりかたでも、うまくいったはずです」

「だれかに見られようものなら、一巻の終わりじゃないか」アルヴァレッツがぼそっといった。

「やつは安全な場所を選んだのさ」ヒックスは相手に思い起こさせた。「ほとんど人気のない場所だったから、まず危険はなかった。いずれにせよ、犯行の残りの部分に比べたらたいしたことはない」

「よかろう」保安官はいった。「どうやらミスター・ポッターの尻尾をつかんだようだ。くだんの芝刈り機のエンジンが自動車の車輪を二時間あまりのあいだに五万回、回転させることができると法廷で示すことができ、オイルが一致しさえすれば、やつももう逃れることはできまい」

「巧妙きわまりないトリックでしたね」アルヴァレッツがいった。「おそれいりましたよ」

デントンの足はいつのまにかまた机の上に載っていた。彼は目を閉じ、「さあ、これからすべきことはわかっとるな」と聞こえよがしにあくびをしながらいった。「だったら、とっとと取りかかるんだ」

戸口のところで、ふたりの保安官補はふり返った。すると、保安官は深い寝息を立てていた。

「寝ちまったのかな?」アルヴァレッツが小声でいった。「それともたぬき寝入りだろうか?」

「おれにどうしてわかる?」フレッドはにやりとした。「探偵でもないのに」

ふたりは部屋をあとにした。

悪魔はきっと来る

森英俊訳

マーティン・エイルワードはなすすべもないまま、自分の若い妻が火あぶりにされるのをじっとながめていた。炎に身を包まれる前に絞め殺されるという慈悲を与えられるはずだったが、死刑執行人がしくじりをやらかしてしまった。火の回りがことのほか早かったので、その臆病者はやけどを恐れるあまり、マーティンの妻を恐怖から解放してやらずに飛びのいてしまったのだ。ただ幸いなことに、予備審問や投獄や裁判によって疲労困憊し弱りきっていたために、炎がぱっと燃えあがるやいなや、彼女は息をひきとった。

マーティンは顔色ひとつ変えずに、まっすぐ前を凝視していた。そのほとんどがフランスでのものだったが、これまでずっとすさまじい殺戮を伴う戦《いくさ》に明け暮れてきて、もはやなにごとにも動じないようになっていた。心のうちではエリザベスと共に叫び声をあげていようとも、はた目には身動きひとつしなかった。城代《じょうだい》のジョン・ピピンは妻と共にマーティンをも陥れようとしたが、サー・ウォルター・ハーコートはそれをはねつけた。彼はマーティンの十字軍での活躍ぶりが悪魔のしもべでないことのなによりの証《あかし》であると指摘した。サタンのまぎれもない協力者である異教徒たちに、まことこの男ほど数多くの致命的な矢を放った者はいない。ジェームズ神父もマーティンの妻を救うのに全力をつくしてくれた。だが大修道院長が城代のいとこであり、その嘘を信じているとなれば、いっかいの田舎の僧侶にはたちうちのしようがなかった。

ふたりとも火あぶりになろうがなるまいが、城主のサー・ハリー・ピーコックにはどちらでもよかった。マーティンはいまや六十歳になっており、いまだに州内では並ぶ者なき弓矢の名人だったが、若いころの力はもう失われていた。その最盛期には、五百歩先まで矢を飛ばし、銀杯を勝ち取ったこともあった。だが、歳月と共に肩のたくましい筋肉もさすがに衰えを隠せなくなっていた。マーティン・エイルワードはもはや野戦には向かぬ——ゆえに魔女である妻もろとも火あぶりにせよ、というわけだった。

サー・ハリーはただ無関心なだけだ——君主というのはみなそんなものだと、マーティンは思っていた。そう、真の元凶は城代のジョン・ピピンだ。あいつが正直な射手たちの食糧をごまかしているのに抗議するなどとは、思えばばかなことをしたものだ。そして、これが城代——あの下劣漢!——の復讐というわけだった。根も葉もない話をでっちあげ、罪もない乙女を火あぶりにするとは……。

貪欲な炎もようやく収まった——もうこれ以上、妻を傷つける力はない。目ににじんできた涙を、マーティンは眼をしばたたいて追い払った。悲しんでいる暇はない。もはや復讐のための時があるのみだ。

ジョン・ピピンはこれ見よがしにこの射手の前を大股で通っていったが、そのさまたるや、エイルワードの家で魔法を操るのはエリザベスばかりではないといわんばかりだった。

相手の筋張った首根っこをへし折ることなど、いともたやすかった——マーティンの年老いたごつごつした手にも、まだそれくらいの力は残っていた。だが、そういった直截的な手段は賢明とはいえない。まだ三歳にしかならない娘の行く末も考えてやらなくては。ジョン・ピピンを殺したら、まずまちがいなく絞首刑になるだろう。そうなれば、幼いアンはよるべのない身で残されることになる。繊細な子だから、魔女と殺人者の子どもに与えられるようなぞんざいな扱いのもとでは生きてゆけまい。

だからこそマーティン・エイルワードは城代を無視して、ぶっきらぼうな慰めの言葉を述べ立てているサー・ウォルター・ハーコートのほうを向いた。この老騎士にもかつてのような影響力はなくなっていた。さもなければ、サー・ハリーをして大修道院長に異を唱えさせ、エリザベスの命を救うことができていたろう。

サー・ウォルターが立ち去ると、ジェームズ神父が苦行者めいた顔を青ざめさせ、うちしおれたようすで近寄ってきた。

「そなたには気の毒なことをした」神父はいった。「奥方は嬰児《みどりご》のように無辜《むこ》だった」

「ピピンのやつが嘘をついたのだ」マーティンはなんの感情もこもっていない声でいった。

「あやつの元には悪魔が必ずややってこよう」神父はきっぱりいった。「証言台で二度、あやつははっきりといいおった。『真実以外のことを述べしときには、悪魔よ、この身を奪うがいい』となし

「そうして宣誓したうえで、黒ミサに向かう途中のエリザベスがほうきに乗ってやつの窓の前を飛んでいくのを見たと、ぬかしおった。さらには、レディ・ピーコックの乗用馬に呪いをかけるところも見たと。どちらも、まったくの——でたらめだ！」

「悪魔はきっとやってくる」ジェームズ神父はくり返した。「偽りの神はおのれの同類をよく知っておるからな」

「翼がないと無理だろう」切り立った城壁の百フィート上にあるピピンの小さな部屋の窓のほうを手ぶりで示しながら、マーティンは苦々しげにいった。

なんとも皮肉な状況だと、彼はむっつり思った。もうずいぶんと前のことになるが、ピピンのやつはかつて悪魔など信じないと公言していた。マーティンがはげしい口調で、どんなに身ぶりをまじえてサタンの存在を力説してもだ。とはいえ、神がどうしてそのようなものの存在を許しているのかは、彼にもわからなかった……。

その晩、既婚者の射手にあてがわれた小さな草ぶきの小屋に腰をおろしながら、マーティンはアンを抱きしめ、城を抜け出したものかどうか思案していた。城代がふたたび自分を陥れようとするのはまちがいないし、今度ばかりはサー・ウォルターにもジェームズ神父にも自分を助けることはできまい。そうなれば、アンはどうなる？

すると、彼は悪魔が必ずやジョン・ピピンの元にやってくるということを思い出した。サタンはいつまで待つだろう？　よもや一週間以上ということはあるまい。たしかに、悪魔にもほかにやるべきことはあるだろう。だが思うに、これ以上にさし迫った仕事はないはずだ。

だが二週間たっても、サタンがおのれの同類を迎えにくる気配はなかった。ジェームズ神父はその聖職に守られ、ピピンが嘘をついたと公言してはばからなかった。「悪魔はきっと来る」と、教区のだれかれなしに向かって告げた。その結果、いまだにいとこのことを気にかけているトーマス大修道院長の命を受けた主教によって、ついにはそれを口にすることを禁じられてしまった。

エリザベス・エイルワードが火あぶりの刑に処せられてから十六日後のある朝、城は大いなる驚きに見舞われた。切り立った城壁を地面のところからまっすぐ百フィートのぼっていき、ジョン・ピピンの部屋の窓にじかに達している、ひと続きの足跡が残されていたからだ。それがどんな類のものなのかは、まったく疑問の余地がなかった――そんな足跡をつけることのできるのは、割れた蹄《ひづめ》だけだった。

なかには地面に近いところの足跡を調べようとした剛の者たちもいた。だが、いずれも恐怖で飛びのくことになった。黒ずんだ足跡は硫黄の臭いがしたからだ。

噂が広まると、ジョン・ピピンは急いで下に降りてきた。ひと続きの足跡を目にし、顔面蒼白になりながら、小さなすぼんだ口をゆがませる。

「ペテンだ!」彼はあえぎながら、ようやくそう口にした。「わしはなにも見ていないし――なにも耳にしておらん」

「ペテンだと?」兵士のひとりが吐き捨てるようにいった。「こんなふうに城壁をよじ登れる人間がいれば、お目にかかりたいもんだな」

「てっぺんから縄をたらしたのだ」ピピンは叫んだ。

「きのうの晩、歩哨以外に胸壁にあがっていた者のいなかったことは誓ってもいい」衛兵長が断言した。

「ペテンなんかであるものか」別の兵士がぼそぼそいった。「硫黄の臭いがしてるからな」

「あんたがあの女について嘘をついていたのなら——悪魔はきっとやってくると、ジェームズ神父もいっていたしな」

「嘘などついておらん！」

「おまえは嘘をついた」と落ちつきはらった声がいった。マーティン・エイルワードの声だった。「さあ衛兵長、この件をサー・ハリーに伝えなくていいのかね？」

「もちろん、そうしますとも」

「やめろ！　後生だからやめてくれ！」ピピンが金切り声をあげた。「これがペテンだとわかってはいただけまい。お願いだから——サー・ハリーには伝えんでくれ！」

「あんたのためにわが身を危険にさらせというのか？」衛兵長は鼻を鳴らした。「鞭打ち五十回の刑などごめんだ」彼は「ここに留めておけ！」と部下に命じ、つかつかと歩み去った。

マーティンの冷たい灰色の目が城代の目と会った。それは恐怖に駆られていた。

「悪魔よりはサー・ハリーのほうがまだましというものだ」マーティンがいった。「この次は窓のところで止まらんだろうからな」

「ペテンだ！」ピピンはしわがれ声でくり返した。「だが——おお、神よ、わたしは火あぶりに処せられるでしょう！」

「ここでも地獄でもな」マーティンはそう請け合うと、きびすを返した。

マーティン・エイルワードはジョン・ピピンが火あぶりにされるさまをながめた。この件に関する世間の風あたりがあまりにはげしかったため、さしもの大修道院長も口をはさむことができなかった。切り立った城壁を百フィートもあがっていく不可思議な悪魔の足跡は、否定しようがなかった。

エリザベスの裁判のおりに城代自身が招いたのでなければ、どうして悪魔がやってくるはずがあろう？　そう、ピピンは嘘をついた。神の子のひとりがサタンの僕《しもべ》として火あぶりにされてしまったのだ。彼らのなかにそのような僕がいるとすれば、それは城代自身にほかならない。ふだんは平民たちのいうことになど耳をかたむけないサー・ハリーも、さすがにそのような誤審がなされたということに動揺を隠せなかった。そのため、せめて火あぶりにされる前に絞め殺してやってほしいという大修道院長の弱々しい懇願をきっぱりとはねつけた……。

その日の晩、燈心草ロウソク（イグサを干したものを芯にしたロウソク）のうす明かりのなか、幼いアンが目を丸くして見つめている前で、マーティン・エイルワードは悪魔の蹄の仕掛けをひとつ残らず処分した。かつてサー・ハリーのマントの襟の一部をなしていた、けばだった厚いビロード――それは老射手にはまさにうってつけのものだった――から、彼はそれをこしらえたのだった。

柔らかな生地は糖蜜と硫黄の濁った混合溶液をよく吸い、足跡をいくつか残すのに十分だった。彼はそれをとっておきの矢――鵞鳥《がちょう》の羽のついたまっすぐな矢――の先端につけた。あとは名射手としての四十年以上の経験がものをいった。

手の届かないところには、矢で正確に狙って足跡をつけた——それはこの州内きっての名射手マーティンにしてはじめてなしうるものだった。月明かりのもと——歩哨が頭のはるか上にある銃眼つき胸壁に近づいてきたときをのぞき——マーティンは完璧にコントロールされた矢を幾度となく放っては、矢に結んでおいた太い毛織りの糸でそのつどそれを手元にひき戻した。

すべての矢が狙ったところから半インチと狂わずに命中し、悪魔が実際に城の側壁を大股でのぼっていったとしても、これほどには思えぬほどの、りっぱな足跡を残した。足跡を四つつけ終えるたびに、マーティンはビロードのたんぽをねばねばした混合液の入った壺にふたたび浸しては、やや上に狙いをつけた……。

心のなかで、マーティンはサタンに釈明した。なすべきことをするために悪魔がしまいにやってくるのはまちがいないが、それをただ待っているのはあまりに危険が大きすぎた。ジョン・ピピンのほうが先にマーティンを始末することに成功していたかもしれない——そう、実直な射手があえて悪魔の先回りをしたのは、ひとえにアンを護りたいがためだった。

迷宮入り事件

森英俊訳

退職してから一年たったある日のこと、コーベット元警部は一通の手紙を受け取り、その文面にとまどうと同時に興味をかき立てられた。刑務所を出た復讐心に燃える前科者が報復のために仕掛けたなんらかの罠ではないかと、三十秒ばかりのあいだは思ったりもした。だが、憎しみをつのらせた犯罪者から送られてきたにしては、あまりにもまともなことが書かれている。コーベットはまゆをしかめながら、ふたたびそれに目を通した。

コーベット元警部殿

雑誌であなたについての記事を読み、十二年前のステープルトン・アイソトープ事件に関してあなたが述べられていたことにとりわけ興味を惹かれました。在職中の唯一の未解決事件についてのあなたのご説明には、かなりの無念さが感じられましたから。

実をいえば、わたしはこの事件に関していくつか重大なる情報を握っています。それは必ずやあなたのためになるはずです――法律的には無価値であるにせよ、少なくとも、お気持ちのうえでは。

金曜日の七時に夕食をごいっしょしていただければ、くだんの犯罪について知っていることを喜んでお話しいたしましょう。

敬具
マックス・フランコウ

コーベットはマックス・フランコウなる名前にはまるでおぼえがなかった。有能な警察官の常として、記憶力にはかなりの自信があるはずだったが、それでもその名前はぴんとこなかった。だが、もっかのところ退職後の暇をひどく持て余しており、ステープルトン・アイソトープをめぐる奇妙な事件の手がかりになるものならなんであれ大歓迎だったので、勇んでその招待を受けることにした。

マックス・フランコウは四十代前半の、うすら笑いを浮かべた浅黒い小男だった。その顔も名前同様、コーベットにはなじみがなかった。

夕食のあいだじゅう招待主の顔を盗み見ていたせいで、元警部のすばらしい夕食はすっかりだいなしになってしまった。そのうえ、まったくなんのひらめきも浮かんでこなかった。さらにいらいらさせられたことに、フランコウは未解決事件について話し合うことを、礼儀正しくはあったものの、きっぱりと拒否した。

コーヒーが運ばれ、捜査課の課長であってもそうおいそれとは吸えない長くて黒っぽい高級葉巻をコーベットに差し出したあと、フランコウは椅子にゆったりともたれ、いい匂いのする煙をもくもくと吐き出してから、ようやく重たい口を開いた。「ステープルトン事件を解決するにあたって、ふたつだけ約束していただきたいことがあります」

コーベットはいささかふいをつかれた。ささいな事実が少しでも判明すればいいと思っていたところ、招待主が謎をあますことなく解き明かしてくれるというのだから。

「まず」元警部に返事をする間を与えず、フランコウは先を続けた。「その当時のあなたご自身の捜査のもようを細大漏らさず聞かせていただきたい。それから、わたしがこれから申しあげることはけっして他言しないと誓ってください」

コーベットは目をぱちくりさせた。

「犯罪が遂行されたんだぞ」元警部はおもむろにいった。「それも、ちんけなやつじゃない――なにせ二十万ドル相当もの品物が消え失せたんだからな」

「厳密にいえばたしかに犯罪でしょう」フランコウは落ちつきはらって認めた。「でも、情状酌量の余地はありましたし、あなたも事実をお知りになれば、わたしに同意なさると思いますよ。それに」彼は笑みを浮かべながらいった。「十二年が経過したことでもはや時効が成立しているということを、おたがい承知しています。あとは、いったいわないの水掛け論になるのがおちですよ」

コーベットはなによりも現実主義者だった。

「どうやら、ほとんど選択の余地はないようだな」彼はやや皮肉っぽくいった。「よし、あんたのいうとおりにしよう。ここまで聞いておきながら、真相を知ることなく終わってしまったら――おちおち眠ることもできなくなってしまう。あの事件があって以来、わたしがこれまでどんなに頭を悩ませてきたか、あんたには見当もつかんだろう。なにせ、わたしのしくじった唯一の事件だからな。そうはいっても」と彼は慌ててつけ加えた。「ほかの連中ならもっとうまくやれたとは思えんがね」

「未解決に終わったわけは、もうじきわかりますよ」フランコウは黒い瞳をいたずらっぽくきらめかせながらいったが、コーベットはそれを聞いてもべつだん気分を害さなかった。「さあ、まずはあなたの側から事件のことを聞かせてください」

「いいとも。いつもいつも自分の愚かな頭だけで考えをめぐらすのでなく、だれかといっしょにあのいまいましい事件のことをふり返れると思うと、ほっとするよ」彼は葉巻を二度ふかしてから、話し始めた。「まず手始めにいうと、ステープルトン・アイソトープ社はプラチナの特殊な粉末――従来金属のアイソトープを製造していた。それは触媒としてすこぶる貴重なものだった――というのも、他の物質の化学作用を助ける役割をするからだ。スモッグの除去や硫酸の製造をはじめとする数えきれないほどのものに、飛躍的な進歩をもたらした。わたし自身は科学者ではないが」と彼は慌ててつけ加えた。「少しばかり知識を習得する必要があったものでな。なあ、アイソトープがどんなものか知りたいかね?」

「遠慮しておきます」フランコウが口元をきゅっとひきしめながらいった。「そういったことにはいやというほど精通していますから」

「わかったぞ!」コーベットは叫んだ。「なるほど、そういうことか!　おまえさんは社員名簿では〝フランクリン〟になっていた——だから、ぴんとこなかったんだ」

「おっしゃるとおりです——気づかれるのは時間の問題だと思っていましたよ。ステープルトン社は〝外国風の〟名前にいい顔をせず、わたしに〝フランクリン〟と名乗ることを強要しました」

「あんたはあそこにいた研究員のひとりだな——そうそう、あそこには五十人ばかり、その手の人間がいた」

「そしてもちろん、あなたご自身がわたしの事情聴取にあたられた」

「ああ……そうだった。とはいえ、そんなにくわしく調べたわけじゃない——なにせ、五十人もの似たような連中が同じようなことをやっておったんだからな。あくまでも保安上の一手段、ステープルトン社のための予防措置として行なったまでだ。だが、それらのことはいまさら説明するまでもあるまい。なぜいまさら訊くんだ？」

「くわしいことは知らないからですよ——というのも、捜査情報は警察とお偉がたとのあいだの秘密にされていたからです。おそらく、泥棒に捜査の方針をさとられたくなかったからでしょう。ですから、わたしがあそこで働いていなかったつもりで話を続けてください」

コーベットは相手をきっと見やり、肩をすくめた。

「いいだろう。なにしろ決定権はそちらにあるんだからな。製造が始まってから数週間すると、粉末がなくなり始めた。国内でも一オンス（約三十一グラム）あたり五万ドル、共産圏ではそのほぼ倍はするという代物だ。当然のことながら、製品は厳重な監視下に置かれていた。理由はよくわからんが、アイソトープを大量生産することはできなかった。したがって、おのおのの研究員がそれの製法を発見した者と同じように、研究室にこもらねばならなかった。もっともステープルトン側の説明によれば、その粉末の製法は共同研究のたまものだそうだがね。

いずれにせよ、われわれは粉末を持ち出しうる方法をあらいざらい調べてみた。研究員たちはすべて服を着替えたうえで工場内に入るし、それはそこを出るときも同様だ。なにも持ちこまず、なにも持ち出していない。いいかね、医者の手で連中に対する身体検査さえ行なわれたんだ。胃の中をX線撮影もした。だれかが飲みこんでいれば、光を通さない金属ははっきりと写るからな。

連中は社員食堂で食事をし、弁当の持ちこみは禁止されていた。社員のうちで糖尿病を患っている者には専用の食事が出され——丸薬やインシュリンも支給された。したがって、外から持ちこまれたものは——文字どおりなにもない。

窓には網戸がつけられていた。そしてだれかが窓の外になにかを落としたとしても、それは塀の内側にとどまることになるし、泥棒がそうやって持ち出した盗品を回収しようとしても、警備員がいたるところで目を光らせている。

その製品に関わった者をひとり残らず調べた結果、いずれも無関係であることが判明した。金回りがひどくよくなった人間もおらず——とりわけ、多額のローンやその他の借金を抱えている連中には監視の目を怠らなかった。そうこうするうちに六週間が過ぎ、三オンスが紛失したあとで、ようやく盗難もおさまった。そして事件のほうもそれでおしまいだった。以来それは未解決のままだ」

「だったら、だれかがそろそろ解決してもいいころですね」フランコウはにやりとした。「そう、盗んだのはこのわたしです」

「そうじゃないかと思ったよ」コーベットはそっけない口調でいった。「さあ、今度はあんたの話を聞かせてもらおうか」

「まず申しあげておきたいのは」フランコウがいった。「ステープルトンがあなたに嘘をついたということです。アイソトープは共同研究の成果ではありません。わたしひとりでやったものを、あいつがだまし取ったんです。わたしは大金持ちになるかわりに、名前を変えるよう勧告されたうえで昇進しただけでした。相手のやり口が巧妙だったので――裁判でもなにひとつ証明できませんでしたよ。そのあと、わたしは自分の取り分を取り戻すためだけにあそこに残りました。そう、少なくとも二十万ドル相当のものをいただいてから、立ち去るつもりだったんです。それにはかなりの困難が予想されましたが、なにぶんわたしは研究員ですし、全力であたれば必ずや会社側の警備体制の裏をかくことができるに違いないと確信していました。

ところが、会社側があした予防策を導入してからというもの、さしもの自信もゆらぎ始めてきました。というのも、アリのはい出る隙もないほど厳重な警備が敷かれてしまったからです」彼は瞳をきらめかせながらコーベットのほうを見て、つけ加えた。「そんな矢先、わたしはすばらしい協力者たちを見つけたのです」

「すると、やはり単独犯ではなかったんだな」コーベットのその言葉には満足そうな響きがこめられていた。「そうではないかとずっと思ってきたよ。警備員たちの買収は困難だったし、たがいのことを監視してもいた。それに、いつだって交代制がとられていたからな」

「いいえ、まぎれもなく単独犯ですよ。ただ、わたしには数千もの共犯者がいました――分け前などいっさい欲しがらない共犯者がね」コーベットが目をぱちくりさせるのを見て、彼は笑い声をあげた。

「先ほどあなたがおっしゃったように、われわれは社員食堂でお昼を食べていました。でも、こちらが望めば、そこでおやつを買ったり、ランチのセットを研究室に持ちこむこともできたんです。

お気に入りのデザートを研究室に持ちこむのは、いとも簡単なことでした。でも、おかしなことに、わたしはそれにはめったに手をつけませんでした。そのかわりに、アイソトープを数グラムふりかけ、そいつを窓の出っぱりの上に置いたんです――そう、網戸の内側に。窓を開け閉めしているふりをして、さっとそれを置いたというわけですよ」

彼はコーベットにもの問いたげなまなざしを送った。

「わたしの修士論文のテーマがなんなのか、ご存じですか?」

元警部は首を横にふった。

「蜜蜂ですよ」

「蜜蜂?」コーベットは困惑のあまり瞳を曇らせた。

「十二年前、わたしはあのあたりの商業地域には珍しい蜜蜂の巣箱を所有しており――工場のすぐ近くに住んでもいました。九月も終わりになると咲いている花もまばらになり、蜜蜂たちには食糧を必死に捜し回る必要が出てきます。彼らはほどなく、アイソトープをふりかけたわたしの特製の蜜を見つけ出しました。自分たちでそれを思う存分むさぼったあと、巣箱に戻ってほかの仲間にそれを伝えると、たちまち典型的な流れ作業が始まりました。当然のことながら、網戸や塀や警備員といったものはなんの障害にもなりません！」

コーベットははっと息を飲んだ。

「それじゃあ――？」

「お察しのとおりです。それがわたしの五千もの共犯者たちですよ。彼らは幼虫たちの元にほぼ全量を持ち帰ってきました。あとはただ、粉を回収するために不要なものの塊と蓄えられた蜜とをより分けさえすればよかったんです。そうした重い顆粒――そう、実際にはあれは顆粒だったんですよ――を選別するのはいとも簡単なことでした。あれがただの粉であれば、わたしの計画はうまくいっていなかったかもしれません。蜜蜂というのはけっこう好き嫌いがあって――なんでもかんでも飲みこむわけではありませんから」

「ひとつ――いや、ふたつ解せないことがある」コーベットはいった。「ひとつは窓の網戸のことだ。あんたは蜜の塊が網戸の内側――つまりその、室内にあったといったと思うが」

「いいえ、あれは虫除けのためのものではなかったんですよ。蜜蜂ではなく、人間の泥棒や浮浪者を近づかせないための――ごくふつうの金網でした。さあ、ふたつめはなんですか？」

「あんたはけっして金を浪費しなかった――そうした者はだれもいなかった」

「当然じゃないですか。わたしは三オンスを一年間手元に置いておいてから、それを売却しました――ただし、ロシアにではありませんよ。連中にならもっと高く売れたでしょうけどね。そう、国内でも秘密を守ってくれる買い手は難なく見つかりました。どの製造業者もアイソトープをのどから手が出るほど欲しがっていましたからね――実際、注文に製造が追いつかないような状況でした。質問はいっさいなく、こちらのいい値で、場合によってはそれ以上の高値で売れましたよ。番号の控えられていない少額紙幣ではありましたが、わたしはその金に五年間はいっさい手をつけませんでした。急ぐ必要はありません。金もうけもさることながら、会社に目にものを見せてやることが目的だったんですから。蜜蜂たちに持ち逃げされ――巣箱に半分しか持ち帰ってこなかったとしても、気にはならなかったでしょう。でも幸いなことに、そうしたことは起こりませんでした。腹を空かせた幼虫たちが待っているんですから、窓枠にもっと大きな蜜の塊を置いておけば、わたしの小さな共犯者たちは、それこそステープルトン社をからっぽにしてしまったことでしょう。あなたには想像もつかないでしょうが、蜜蜂というのは一心不乱に、実にすばやく仕事をするものなんです。あの連中にかかれば三オンスなんか、へでもありませんよ」

彼は言葉を切ると、コーヒーをひと口すすって、待った。「ほら、だれにも解決することのできなかった犯罪も、いざ種明かしをされてみれば、こんなにも簡単なものですよ」

元警部はしばらく押し黙っていたが、やがてアイルランド人特有の明るい笑みが自然と顔に浮かんできた。

「わたしもステープルトンのことはなんだか虫が好かなかった」と彼はいった。「それに、もう退職した身だしな。なにぶん事件は時効を迎えているし――わたし自身も蜂蜜には目がないときている！」

静かなる死

森英俊訳

校友会主催の晩餐会の席上、主賓であるトリンブル判事はその数々の功績について話すかわりに、いかにもこの人物らしく、自分のたった一度の大失敗を採りあげることにした。かれこれ二十年にわたって事件のことに頭を悩まされてきたので、彼にとってそれは浄化法（言葉や行動によってトラウマによるしこりを外に放出させることで症状を緩和させる、精神療法）のようなものだったのかもしれない。

「十二人もの人々が謎の死を遂げたのです」トリンブルは聴衆に向かっていった。「一家全員――両親とその十人の子ども――がベッドで死んでいるのが発見されました。ご存じのように、その当時のわたしは地方検事をしていたので、事件を担当することになりました。われわれには有力な容疑者がおりました――ここではその老人のことを〝ザウアー〟と呼ぶことにしましょう。そう、名前ではなく、その性質を表すために（ドイツ語で「怒っている、不機嫌」という意味がある）。やつはバートレット一家を憎んでいました。というのも、それまで金でなにひとつできなかったためしはないのに、その一家だけは金で思いどおりにすることができなかったからです。

さて、このザウアーなる男は、五十エーカーにおよぶ一等地をのぞいた、谷間《たにあい》の土地の大半を所有していました。その一等地を所有していたのはニューマー医師で、べらぼうな値段で売却する気まんまんでしたが、バートレット一家がどういうわけか、九十九年間ないしは最後のひとりがなくなるまで有効という、ばかげた借地権を持っていたので、そう簡単にはいきません。山の民である頑固な一家は、立ち退こうとしなかったのです。子どもたちはすべてスリーピー・ホロウで生まれ育ってきた以上、そこで死ぬべきだというのが、彼らの両親の言い分でした。ザウアー老人は甘言で釣ったあと、うるさく責め立て、しまいには脅迫さえしましたが、バートレット一家は頑として屈しませんでした。

何年かそのような状態が続き、その間にわたしは弁護士から警察署長、そして地方検事へと昇りつめていきました。すると、ある暖かで静かな夏の夜、バートレット一家とわたしを災難が見舞いました。朝がた親戚の者が立ち寄ると、十二人の一家は暴力を受けた形跡もなく、ベッドのなかで安らかに死んでいたのです。

暑い静かな夜の明けたあと、短い雷雨があり、その雨と風のせいで、くだんの親戚以外の足跡は発見されませんでした。その親戚というのは人畜無害な人物で、実をいえば、頭が少し足りなかったのです。こういった巧妙でとっぴな犯罪を計画するようなやからではなく、一家を皆殺しにしたところで、なにひとつ得られるものはありません。やっこさんより前に相続人は何人かいましたし、どっちみち財産と呼べるようなものはありませんでしたから。

まあ、わたしも最初のうちは解決の望みを抱いていました。なにぶんまだ若くて、自信にあふれておりましたから。一ダースもの人間を殺しておいて、まんまと逃げおおせるとはとうてい思えなかったのです。死体の数が多ければ多いほど、殺人者がへまをする確率も多くなると、わたしは――愚かにも――考えました。それに、そのときの状況からしてだれが犯人なのかは明らかだと、確信してもいました。バートレット一家になにか含むところがあったのはザウアー老人だけで、この男ときたら、あのあたりでももっとも無慈悲で横柄な地主のひとりでしたから。乱暴で意地が悪く、むごい男で、目的を妨げられるのをなにより嫌っていました。

その当時われわれの郡では、法医学——毒物学、スペクトル写真、最新の化学——はかなり遅れていましたが、それでも検死官のマーフィー博士は最善をつくしてくれました。ただ博士にはっきりいえたのは、暴力の形跡はない——いかなる外傷もなければ、鼻や口を枕でふさがれて、窒息させられてもいない、ということだけでした。それに、毒もまったく検出されませんでした。眠っているあいだに静かに息をつまらせて死んだ——ただそれだけです。

ところが、事件のあったのはやや暑いくらいの夜で、窓はひとつ残らず開け放たれており、いじられた形跡もありませんでした。その点に関していえば、どんなにすべてのドアや窓を閉め切ろうと、あのぼろ家には一連隊に酸素を供給するに足りるだけのすきまや割れ目がくさるほどありました。

われわれは当然ながらザウアーをきびしく尋問したものの、それはまるで羽ぼうきで頑丈な巨岩をたたいてこなごなになるのを期待するようなものでした。やつはしたたかでふてぶてしく、ほくそ笑んですらいました——少なくともわたしには、そのように見えたのです。あれがそもそも犯罪だったとしても、われわれにはそのおそるべき犯罪をやつに結びつけることができませんでした。

『まったく、あの不愉快な連中どもときたら!』そのうち十人はまだほんの子どもにすぎない、十二人もの人間の死が、まるで大きな冗談でもあるかのように、やつはにたにたしながら、われわれに向かっていい放ちました。『しょっちゅう熱を出し、豚の塩漬け肉やグリッツ（トウモロコシの粉末を水とミルクで煮て、塩と胡椒で味つけしたもの）、ポットリカー（肉と青菜を煮たスープ料理）といった、粗末なものばかり食ってやがる。あいつらはビタミンのことなど聞いたこともないし、そんな連中がふいに死んだからといって、あんたはこのあたりでもきわめつけの大物であるおれんとこに来て、うるさく悩ませやがる。この落とし前はきっちりつけてもらうからな、トリンブル。いいか、よくおぼえとけよ』

やつはそれを実行に移そうとし、あやうく成功するところでした。州知事もザウアー老人のことをいささか苦手にしておりましたから。

さて、実のところ、わたしがお伝えできるのはここまでです。われわれは何ヶ月にもわたって断続的に事件の捜査にあたりましたが、なんの成果も得られませんでした。結局のところ自然死だったのではないか、バートレット一家は五十年前にも見られた進行の早い致死的な熱病のひとつにかかり、遺伝学的に似かよっていたために、それでほぼ同時に命を失ったのではないかと、わたし自身にも思われてきました。

ばかげていると？　それには異論がありませんが、ほかになにが考えられます？　そして、あれから二十年たったいまにいたっても、いまだに解決の糸口すらつかめていないときています。ザウアーはスリーピー・ホロウの所有権を手に入れました——その際、ニューマー医師は売り値をふっかけるようなまねはしなかったようです。ことによると、バートレット一家がザウアーによって殺害されたのではないかと怖れ、ザウアーのおいぼれにごり押しするのは賢明でないと考えてのことだったかもしれません。

それでは」ゆがんだ微笑を浮かべながら、判事はしめくくった。「どんな突拍子もない推理でも、謹んで拝聴いたしましょう」

ただちに数多くの推理が披露されたが、どれもこれも説得力にとぼしかった。それらはおなじみの〝まったく検出不能な、未開地方の毒〟から、いっさいの空気を遮断するように、プラスチック製のシーツ——事件当時にはまだ発明されていなかった——で、バートレット一家の家をすっぽり覆ってしまうというものまで、さまざまだった。

トリンブル判事は楽しげに、長きにわたる判事としての訓練のなかで培われた確固たる論理を用いて、これらの奇抜な推理をかたっぱしからくつがえしていった。

《ロー・クォータリー》誌の創刊百周年を祝う席で、ガンターという名の、年とってしなびた、頭のはげあがった小男と隣り合わせになったときも、判事はべつだんなにも期待していなかった。

「あんたの話を聞いたよ。まあ、実のところは、ダチからそいつを聞いたんだが。ほら、校友会主催の晩餐会での話をだよ。おれ自身は大学なんてもんとはまるで縁がなかったもんでね」男はさえた青色の瞳をきらめかせ、トリンブルのほうを見やった。「おれがここでなにをしてるのかと、思ってるこったろうな。おれにも参加資格はあるんだよ、判事さん。おてんとうさまに誓ってもいい。モートンヴィルで保安官をやってたもんでね。そう、あそこさ。あんたが地方検事をしてたオークリッジから北東に四十マイル行ったとこだよ」

「なるほど」トリンブルはいった。「われわれの仲間のおひとりというわけですな。だったら、バートレット事件のことはおぼえておいででしょう。少なくともモートンヴィルのあたりまでは、騒ぎが伝わったに違いありませんから」

「そうとも」ガンターが請け合った。「びっくり仰天させられたよ。それと時同じくして、おれんとこでもかつてない大事件が勃発してたが、だれもそんなもんには注意を払おうとしなかった。まあ、かえってそれでよかったのかもしれん。おれもそいつを解決することができなかったからな」彼はほほえみを浮かべながらつけ加えた。

それは温かな、きらりとしたほほえみで、そのおかげでしわくちゃの顔全体がぱっと輝いた。判事はたちまちこのガンターのことが気に入った。

「ねえ保安官」トリンブルもほほえみ返した。「おたがいに事件を解決することは、もはやできそうにもないですな」

小男はずる賢そうに、しし鼻の脇を指でなでた。「ほんとにそう思うかい？　このふたつの事件はまるで手袋と手のようにたがいにぴったり収まる。あんたの話のことを耳にするまで、そんなことは思いもしなかったがね」

トリンブルは椅子の上で身体をこわばらせた。「なんですと！」

「まあ、おれの話を聞いてくれ、判事さん。あんたのほうの事件は七月九日に起こった。一方、七月一日にはデミング社が泥棒に入られている。小型トラックを乗りつけた単独犯の仕業だろうと、わしは考えた。なあ、そこではなにを製造してたんだと思う？　警察や消防署向けの特殊な器具をやまほど造ってたのさ。斧やホース、消火器といったものをな。で、犯人はなにを盗んでいったと思う？　聞かせてやろう。大きな消火器を二十個——ただそれだけさ。金庫には現なまが入ってて、ケーキ用ナイフでもありゃ開けられたろうに、信じられないことに、やっこさんは試してみようともしなかった。それに、デミングの名前の記された消火器よりも故買屋で金になりそうな製品もくさるほどあった。まったく、想像してもみなかったよ――いまのいままでな」

「わたしにはなにがなんだか――」トリンブルがそういおうとするのを、ガンターは身ぶりでもって黙らせた。

「スリーピー・ホロウをおぼえてるか？　バートレット家の五十エーカーの地所にあった、まさに名前どおりの深いくぼ地《ホロウ》で、うす暗くてすずしい穴に近かった。

とにかく、あの手の消火器には炭酸ガスが大量に含まれていて、栓をひねれば、それが雪のように白い大きな泡になって噴射される。あんたの話が昔の事件に関するおれの記憶を呼び覚ましてからというもの、おれはじっくりと考えてみた。すると、いっさいが明らかになった。ザウアー――それはいうまでもなく、ルーサー・ウェストのこったろうが――いやウェストは、くぼ地を見おろせるところまで行って、消火器を次から次へと噴射させ、くぼ地を炭酸ガスの泡で満たしたのさ。

そいつは空気より重いので、水のように家のなかへと流れこんでいった。こうしてバートレット一家は寝ているあいだに息絶えた。そう、くぼ地に酸素がなくなったためにだ。なあ、簡単だろ？」

判事は茫然自失の体で相手を見つめた。「なんということだ！　つまり――」

「なあ、簡単だろ？」ガンターはくり返した。「その気になりさえすりゃ、二十年後のいまからだって空《から》の消火器を捜しあてることができるかもしれん。ウェストの地所のどこかにあるさ。ただ、やつ自身はもう十四年も前に死んでて、いまはやつのガキどもがそこを所有してる。だから、そんなことをしてなんになる？　まあ、真相がわかったからよしとしようじゃないか。そう、ようやくことの真相がな」彼はトリンブルに向かってふたたびにやりとしてみせた。「それにしても、あんときに事件のすり合わせをしてればなあ」

愛と死を見つめて

森英俊訳

庭内にいるふたりの男はひどく歳をとっていたが、それでも、緑青《ろくしょう》をふいている、気品にあふれた青銅のエロス像に比べると、赤ん坊も同然だった。像はりっぱな大理石の台座の上に立ち、人間が愛というものにあまりにものめりこみすぎるのを面白がるかのように、謎めいた微笑をほのかに浮かべていた。

この見渡すかぎりの燃え立つような花壇とあざやかな緑の生け垣とはかつて、個人の地所の一部をなしていた。時代の移り変わりと死亡税（遺産税と相続税）のおかげで、いまは国のものになっており、かつてここを所有していた貴族の一族の生き残りも英国国内には皆無となり、世界各地にも数えるほどしかいなかった。

ここでたまたま出会ったふたりの老人は、外見の違いが際立っていた。ひとりは骨太でかなり背が高く、若いころは筋骨たくましい大男だったに違いない。いまや、よれよれの服が肉の落ちた身体の上でだらしなくはためいており、鬚が剃られてつるつるの長くてへこんだあごは、茶色い歯のあいだにはさまったものを取りのぞこうとするかのように、ひっきりなしに動いている。うす青色の目は哀愁をたたえ、深くくぼんでいた。

もうひとりの老人はそれよりはるかに小柄で、ぽっちゃりしていた。冷凍保存したリンゴのように顔は赤らみ、関節はややこわばってはいるものの、えさを捜している腹の空いた捕食者のように、ちっちゃな灰色の瞳であちこち見やりながら、野生動物のような機敏な動きを見せた。とはいえ、コマドリのように元気で、愛嬌があった。実をいうと、この老人は広々とした野原と暗い隠れ場の申し子であり、もはや第一線を退いたとはいえ、心のなかではいつまでも密猟者のつもりでいたのだ。

背の高いほうの男は最初のうちはほかにひとがいることに気づかず、大きな、こぶだらけの手の指先で、小さなエロス像をなで回していた。一度だけ、はた目にもわかるほどの力をこめて、台座の上の像をゆすろうとしたが、ほどなく不思議そうに首を横にふると、あごをいっそう早く動かし始めた。

見たところあてもなく庭内をぶらついていた小男は、小さく鋭い瞳でこれを目に留め、しばらく立ちどまってながめてから、もうひとりの男のほうへ歩み寄った。柔らかな芝生の上で足音ひとつ立てなかったが、この男なら乾燥した葉っぱの上であろうと、音もなく歩くことができたろう。

「なあ、重たいだろ?」彼は低くくぐもった声でいった。

感覚が鋭いとはおせじにもいえない長身の男はすっかりふいをつかれ、慌ててふり向いた。そうして、なにか恥ずべきことをしているところを見つかったかのように、彫像からあとずさりした。

「たしかに」かくもりっぱな胸には似つかわしくないかん高いしゃがれ声で、彼はいった。弱々しい、ヒューヒューいう音もそれにまじっていたので、密猟者だった男は相手を鋭く見やった。肺だな、と小男はひとりごちた。気の毒だが、かなりやられちまってる。

「おい、あそこにあるあの彫像は目を惹くな」大男はいった。

「もうずいぶん長いことここにある」小男はいった。「たぶん、あんたの生まれる前からな」彼は息を切らすと、しばらく咳こんだ。

「おれは見た目より年齢がいってってね」もうひとりの男は誇らしげにいった。「先月で八十七になった」

背の高いほうの男は、息を切らせるたびに聞こえる、低い口笛のような、調子はずれの音を出した。ふたたび咳きこみ、全身を震わせる。

「だったら、わたしより三歳も年上だ」彼はあえぎながらいった。「おまけに肺もわたしより丈夫ときている」

「おれは九歳からずっと屋外で寝てた」密猟者は満足しきった声でいった。「そのおかげで、丈夫になったのさ。おれには風通しの悪いむっとする家などなかった。雨、雪、霙《みぞれ》がやってくると——それをそのまま受け入れるしかなかった」

「どうやらあんたは、ここのこいつと同じくらい野外にいたに違いないな」もうひとりの男がエロス像を軽くたたきながらいった。

「ばかをいえ！」こばかにしたような返事が戻ってきた。「いいか、こいつが作られたのは、おれたちのじいさんが生まれる前だ。こいつはイタリアからやってきた。エロスというのが、その名前さ。そう、ギリシャ神話の愛の神だよ。なあ、こいつについてなにか知ってるのかい？」

「イタ公かなにかの神としては知らんが、あんたの知らんことを知ってはおるよ。そう、これが若い貴族を殺すのに使われたということをだ。ずいぶんと昔の一九一〇年のことだから、いまとなってはもう、よその国の出来事のようだがね」

小男は身体をこわばらせると、話をしているほうの男を落ちつきのない目で用心深げに凝視した。

「ふん、そいつはなんとも奇妙な話だな。殺しといったかい——よりによって、この庭で。それも、五十年以上も前にだ。そんなことをいまだに憶えてるやつはそうはいまい。ただし——」

「だが、それは本当にあったことだし、わたしにはそのすべてを記憶しておくだけの理由があった」

「殺されたのはどこのどいつだ？」

「ケイトンの若君だ。困ったおかただったよ」

「で、犯人は？」

「ああ！」大男は肩をすくめ、あごをもごもごさせた。「だれも有罪にはならなかった」

「でも、裁判はあったんだろ？」

「ああ」彼はふたたび台座の上の彫像をゆすった。「当局は小間使いを犯人に仕立てあげようとした。美しい娘で、アイルランド人特有の、赤い髪と気性をしておったよ。ケイトン青年は彼女にうるさくつきまとっていたが、身持ちがかたく、御者《ぎょしゃ》の青年と結婚の約束もしていた。貴族など眼中になかったし、相手が自分と結婚することもできず、その気もないとあれば、なおさらだ。

事件のあった朝、一家は海辺で一日過ごすために、使用人たちともども出かけていた。あとに残ったのは、気分の優れなかったくだんの小間使いだけだった。猟場管理人もキジを見張るためにやはりそこに残っていた。その時期には密猟者がぞろぞろ出没しておったものだからね」

「ふむふむ」小男はよくわかったといわんばかりの口調でいった。

「午後遅くになって一家が戻ってくると、ケイトンはいまわれわれの立っているまさにこのあたりに、頭を陥没させて死んでいた。そのかたわらにはこの彫像が横たわり、血にまみれていた。みなが出発したあと、被害者はほかの連中の元からそっと離れ、小間使いへの思いを無理やり遂げるために戻ってきたに違いないことが、判明した。彼女にはそれを否定することができなかった。というのも、被害者はひどいひっかき傷を負っていたからだ。抵抗を続けるうちに、彼女は相手の顔をめちゃくちゃにしてしまっていた。だが、彼女はどうにか自由になって使用人部屋に逃げこんだと主張した。そのあとは、そこに閉じこもっていたと。

一家の者たちは彼女がケイトン青年をこの彫像で殺害したものときめつけ、裁判にかけるよう主張した。ところが、公判のさなかにくだんの彫像が重すぎることが判明した。ほら、わたしでも持ちあげることができないじゃないか。たしかに、いまのわたしは歳をとっている――だが、若いさかりでもそうすることは困難だった。これをふり回して、あんなふうに青年の頭をたたきつぶすのは、生身の娘にはとうてい不可能だ。それにどのみち、きゃしゃな身体をしておったからね。

そのあと猟場管理人の関与が取りざたされたが、やっこさんには自分が地所の向こうはしに一日中いたことを証明してくれる証人たちがいた。教区牧師もそのひとりだった。かくなるうえは、家族も警察もどこかのならず者の仕業に違いないと結論せざるをえなかった。頭のおかしい、とてつもない大男の仕業だろうと。それにしては、ケイトンの宝石や財布は手つかずのまま残されていたがね。こうして、事件は未解決の謎として残されることになったというわけだ」彼は大きな咳をしてから、長い指先で彫像をふいに突いた。「これがしゃべれさえしたらな」

「おれにはそうしてもらう必要はねえ」小男はいたずらっぽくにやりとしながらいった。「こいつがなんというかはわかってるからな」

大男はあごを小刻みにもごもごさせながら、相手をまじまじと見つめたあと、ぜいぜい息を切らしていった。「本当かね?」その口調には疑いがこめられていた。「それで、どんなことを話すというんだ?」

「警察の連中がよくいうところの犯罪の再現ってやつを、おれにやらしてくれ。おれが思うに、その小間使いとやらは頭の回転が速いうえに必死だった。ケイトンの若造は彼女がひとりでいるところを捕まえ、思いどおりにしようとした——なあ、その当時はそういうお上品ないいかたをしただろ。なにせ、一九一〇年のこったからな。彼女はやつをこっぴどくひっかいたが、いかんせん相手は大きな図体をした好色漢で、雄牛のように力も強かった。すると、この彫像が彼女の手にふれた。やつのほうはそんなものは予期しておらず、彼女はそれで相手を思いきりぶん殴った」

「でも、重すぎるじゃないか。さっきもいったように――」

「ふん」もうひとりの男がいらいらしたようにさえぎった。「いまはそうだ。だが、やつが娘に殴られ、頭を砕かれて倒れこんだ際に、彫像の背のまんなかあたりからかけらがぽろりと落ちた――そう、だれもそこにあることすら知らなかった、栓のようなものがだ。ひとたびまともに考えることができるようになると、彫像が実際にはなかをくり抜かれて空《うつ》ろになってることに、彼女は気づいた。さっきもいったように、娘は聡明で、窮地に追いこまれていた。たしかに正当防衛ではあったが、当時の英国では貴族を殺せばただではすまなかった。貧しい連中には法廷で頼れる者もいない。それに、彼女の言い分を裏づけてくれるような証人もいなかった。

かくして彼女は破れた服のままそこに立ちつくし、どうしたらいいだろうと泣きながら考えをめぐらせた。すると、解決策がひらめいた。この彫像を小娘が扱うには重すぎるように変えることができたら、ケイトン卿はどこかの大男によって殺害されたと、みな思うに違いない。なにせあたりじゅうの娘を追いかけ回していたから、敵はくさるほどいた。

だが、その空ろな彫像になにを詰めるか――それが問題だった。水では重さが足りないし、ゴボゴボ音も立ててしまう。なにか、最初から彫像はどっしりしていたと思わせるようなものでなくてはならない。もう何世代にもわたってそれをいじくり回した者はいないから、疑いを持たれることはないだろう。

そこで、なにか使えそうなものはないかと、娘は猟場管理人の小屋へ向かった。当然ながら、猟場管理人は不在だった。大切な鳥と腐らせてしまうことの多いその卵の番をしてたのさ。彼女はそこで、詰め物にはうってつけのものを見つけた。そう、袋に入った鉛の弾だよ。当時はそうした弾を大量に使ってた。一日で何百羽という鳥を撃つことも珍しくなかったからな。おまけに、あらゆる大きさのものが揃ってた。賢い娘だったので、ぎっしり詰めこむのにもってこいで、最重量になるような弾を選んだ。

彼女は彫像を死体のかたわらに置くと、ちっちゃな鉛の弾を背の穴から注ぎこみ始めた。小屋から庭に鉛の弾の入った五ポンドの袋を運んでは作業を続け、それを仕上げるのに数時間かけた。彫像をふっては鉛の弾をぎっしり詰めていき、それが重くなりすぎて動かせなくなると、突き棒でも使ったんだろう。鉛は弾性に富み、どんどんと押しこんでいくことができるから、カチャカチャ音を立てることもない。

彫像のなかが満たされたと思われた時点で、娘は栓を元のところにセメントで固め、そんなものがそもそもあることをだれにも疑われないように、そこのところに泥や油脂をなすりつけた。警官どもがやってきてそいつを持ちあげようとしたが、ふたりがかりで動かすのがやっとだった！」

ここで彼は大男が自分を驚いたように見つめているのに気づいた。「どうしたんだ？」

「いったい全体、どうしてそれがわかった？」あごをもごもごさせながら、もうひとりの男が訊いた。

密猟者のほうも同じように相手をじっくりとながめてから、つっけんどんにいった。「ほほう！　すると、あんたも知ってるんだな。おい、否定しようたってむだだぜ。なあ、あんたはこの件にどうからんでたんだ？」

「いいかね、わたしは彼女と結婚した。そう、御者の青年というのはこのわたしのことだ。そうして彼女からすべてを聞いたというわけだ」

「こいつは驚いた！」小男は心底から動揺を見せた。「するとあんたは、トム——トム・ヒギンズだな！」

「ああ、たしかにそうだ。そうだとも！　だが、そういうきみはだれなんだ？」

「猟場管理人ってのがおれさ。なあ、ハリー・マーシュを忘れちまったのかい？」

「ハリー・マーシュだと！　あれからもう五十年かそこらになる」

「五十四年だよ。ぴったり五十四年さ」

「だが、きみのほうはどうしてわかったんだ？」ヒギンズが訊いた。

「おれんとこから鉛の弾がいっぱいなくなってたわけを、頭を働かせてある程度までつきとめたのさ。おれが問いつめると、残りは彼女が教えてくれたよ」

「それなのに、きみはだれにもいわなかった」

もうひとりの男はほほえみを浮かべた。唇が奇妙な形にゆがむ。

「あんたより前におれも彼女のことを愛してたんだよ、トム・ヒギンズ。彼女はおれの気持ちに応えてはくれなかったがね。あんたみたいにがたいが大きくいかしたやつにはかなわんさ。でも、おれは一度でもそれを恨みに思ったことはない。まったくすばらしい女だったよ、あのモリー・パターソンというのは。おれは彼女が刑務所に入れられるとこも、絞首刑になるのも見たくなかった」

「あいつは死んだよ」大男はぜいぜい息を切らしながらいった。「わたしは先月モリーをなくした。そう、たしかにきみのいうように、あいつはまれに見る女だった。交際中にはいつもふたりして、まさしくこの彫像のかたわらで逢いびきをしたものだ」並はずれて大きな手でほほえみを浮かべている小さな青銅像の頭をなでているうちに、庭内に夕闇が迫ってきた。

生涯短編作家

森　英俊（ミステリ評論家）

かつて《ヒッチコック・マガジン》や《ミステリマガジン》といった翻訳ミステリ雑誌の誌面を飾り、パズラー・ファンのハートをがっちりつかんだ短編作家がいた。それが一九一五年にシカゴに生まれ、二〇〇六年になくなったアーサー・ポージスで、生涯に手がけた短編の数は三百編以上を数える。九十歳を迎えてもなお新作が雑誌に掲載されていたし、二〇〇八年に入って続々と作品集が刊行されていることからしても、けっして過去の作家ではなく、いまだに短編の名手として高い評価を得ていることがうかがえる。わが国では、二〇〇七年に刊行された北原尚彦編訳の『シャーロック・ホームズの栄冠』（論創海外ミステリ）にステイトリー・ホームズの登場する傑作パロディの数々が収録されたことで久々に注目を集め、その作品集を求める声が高まった。本書が少しでもその熱い期待に応え得たものになっていれば幸いである。

ポージスの作品を俯瞰してみて感じられるのは、この作者がまちがいなく理科系の人間であるということだろう。「消えた六〇マイル」に見られる執拗なまでの数字へのこだわりは、数学を長年教えていたというバックグラウンドからごく自然に生じたものだし、パズラー短編の多くで披露される難解ではないが意表をつく物理トリックの数々にも目を瞠らされる。さらには、メインのシリーズ探偵たちも科学者であったり病理学者であったり数学者であったりと、理科系の人間であることが多い。

大学でも数学を専攻し、イリノイ工科大学で数学の学士号と修士号を取得したのち、博士号をめざしたものの、そのさなかに徴兵され、第二次大戦中は米国国内で兵士たちに数学を教えることになった。終戦後の一九四五年に生まれ故郷のシカゴに戻り、一年間、地元の大学で数学を教えたあと、ロサンゼルスに移り住み、同地の大学で九年間、数学の教鞭を執った。デビュー作となるファンタジー"Modeled in Clay"が雑誌《Man to Man》に掲載されたのはこの間の一九五〇年のことで、そのあと親交のあったアントニー・バウチャーの勧めでバウチャー自身が編集をしていたSF雑誌《The Magazine of Fantasy and Science Fiction》にコンスタントに寄稿するようになってから、有望な新人SF作家として世間に認知されるようになる。この時代の代表作が同誌に掲載されたのち、アンソロジーの定番となった「一ドル九十八セント」(註1)で、一と百分の九十八インチしか身の丈がなく、一ドル九十八セント相当のことしかできない神が、知恵をふりしぼって青年の望みをかなえてくれるという、愛すべきファンタジー掌編である。

大学で数学を教え、空いた時間を短編の執筆にあてるという二足のわらじ生活は、ポージスが大学教授の職を辞し専業作家に転じる一九五七年まで続いた。ミステリ短編が初めて活字になったのはその前年で、パルプ雑誌《Famous Detective Stories》に"The Diamond"が掲載された。ポージスがミステリの分野でもめざましい活躍を見せるようになったのは、パロディ精神満載の密室物短編が《Ellery Queen's Mystery Magazine（以下EQMM）》の編集長だったエラリー・クイーンのかたわれフレデリック・ダネイの目に留まってからで、くだんの短編はダネイの助言をもとに改稿したうえで「ステイトリー・ホームズの冒険」（註2）として同誌に掲載された。その後、《Alfred Hitchcock's Mystery Magazine》や《Mike Shayne's Mystery Magazine》といったミステリ専門誌から《Arogosy》といった一般誌にまで活躍の場を広げていき、一九六〇年代には百七十余りものさまざまなジャンルの短編がさまざまな雑誌に発表されている。プロットと設定さえきまれば、二、三時間で楽に一編を書きあげることができたとか。

エドガー・ライス・バローズの評伝作者として知られる兄のアーウィン・ポージス（Irwin Porges）と合作もしており、一九六〇年代前半には共同脚本を当時大人気だった探偵物の連続テレビドラマ『サンセット77』向けに執筆している。

孤独を愛するポージスは生涯独身を貫き、一九六〇年代終わりにカリフォルニア州モンテレー郡のパシフィック・グローヴに小さな田舎屋を構えてからは、隠遁者同然の生活を送った。ステイトリー・ホームズ物とシャーロキアン・パスティーシュとをまとめた*Three Porges Parodies and a Pastiche*（一九八八）の出版に際して、同書の編者が地元のシャーロキアン団体の会合へ招待したときにも、丁重なお断りの手紙が送られてきたという。

一九七〇年代から八〇年代にかけて小説誌自体が衰退し、活躍の場が少なくなってくると、ポージスの新作も断続的にしか発表されなくなった。その一方で、一九八〇年代に入ってからは地元の新聞向けにさまざまなテーマでエッセイを寄稿するようになり、二十一世紀に入ってからは、

《EQMM》で突如ステイトリー・ホームズを復活させ、オールド・ファンを喜ばせた。

ポージスのシリーズ物は大まかにいって、ふたつに分けられる。ひとつはミステリのパロディやパスティーシュの類で、そこには子どものころからミステリに親しんできたすれっからしのミステリ・ファンとしての側面がうかがえる。シャーロック・ホームズをおちょくったステイトリー・ホームズ物は、言葉遊びの面白さ（註3）に加え、古今の名探偵たちの競演が楽しい。「ステイトリー・ホームズの冒険」「ステイトリー・ホームズの新冒険」（註4）でステイトリー・ホームズの元に事件の依頼を持ちこむのはほかならぬヘンリー・メリヴェール卿で、密室のなかで殺害されて見つかるのはあろうことか、ミス・マープルとフレンチ警部！である。実効性という点ではほとんどゼロに近いが、どちらの短編でも奇想天外きわまりないトリックが炸裂する。

わずか二編にしか登場しないが、セラリー・グリーン（註5）は名前の響きからもわかるように、エラリー・クイーンをおちょくっている。発表されたのも《EQMM》誌上であったから、さぞかしダネイを喜ばせたことだろう。「イギリス寒村の謎」「インドダイヤの謎」（註6）というように、オリジナルのひそみにならって国名が題名に冠されているのも、クイーン・ファンにはうれしいところ。そのうち「イギリス寒村の謎」は、ひとつの村で十二人もの住民が殺害され、捜査に行きづまったスコットランド・ヤードの警部がたまたまロンドンに滞在していたセラリー・グリーンの助力を求めるというもの。ところが、さらなる殺人が起き、その村の住人はほとんど全滅してしまう。エラリー・クイーン物のみならず、黄金時代のヴィレッジ・ミステリのパロディにもなっている傑作だ。

ポージスのシリーズ物の多くを占めるのが、もうひとつの理科系の探偵が活躍する作品群で、不可能犯罪がらみのものがほとんどである。本書に登場するユリシーズ・プライス・ミドルビーとシリアック・スキナー・グレーは、どちらも科学が専門の元大学教授。ミドルビーが六十五歳のときに定年退職したのに対し、グレーのほうは不慮の事故に遭い（註7）、車椅子生活を余儀なくされるようになったため、大学教授の職を退いた。両者とも元教え子のために警察の非公式の相談役を無料で務め、グレーのほうは天才的な知能を誇る息子のサポートを得て、もっぱら安楽椅子探偵として機能する。その車椅子は彼自身の設計によって高度にオートメーション化されており、数々の仕掛けが備わっている。たとえば、車椅子のひじ掛けの上のボタンを押すだけで、最上級のコナ・コーヒーをマグカップに注ぎこんだり、ハバナ葉巻を取り出すことができるといったぐあい。

このほか、パスツール病院の病理学主任で、地元警察に医学的アドバイスを与えるジョエル・ホフマン博士、数学者のジュリアン・モース・トローブリッジ教授といった、理科系のシリーズ探偵がいる。

「ある聖職者の死」で不可能事をなしとげるOSSのデヴィッド・セルビー中尉もシリーズ・キャラクターのようだが、ほかのシリーズ作品が未見のため、そのすべてが戦時中を舞台にしているのかどうかは不明。

さて、本書では〈第一部　ミステリ編〉〈第二部　パズラー編〉として、前者では広義のミステリに属するもの、後者では不可能犯罪物を中心にトリッキーな作品を集めてみた。以下は各作品の簡単な解説だが、ストーリーやプロットに言及している部分もあるので、必ず本編を読了後にお読みいただきたい。

〈第一部　ミステリ編〉

銀行の夜（Bank Night）
みずからの横領事実を湖塗しようとする銀行頭取の巧妙な犯罪計画の顚末を描く、クライム・ストーリー。予想だにしなかったことが連鎖的に起こった末の、皮肉な結末が利いている。

跳弾（Ricochet）
ロイ・ヴィカーズの傑作中編「百万に一つの偶然」（註8）の例を見てもわかるように、さしもの完全犯罪も百万に一つの偶然から足のつくことがある。本編もその典型で、この犯人にはお気の毒というしかない。

完璧な妻（The Perfect Wife）
主人公兼語り手が九人もの中年女性を手にかけている連続殺人鬼《リッパー》自身だというのが斬新な、クライム・ストーリー。今後の展開に含みを持たせる結末も秀逸。

冷たい妻（Cool Wife）

こちらも連続殺人鬼物。風呂に入っている女性を中身の詰まったソフトドリンクの瓶で殴っては殺害する〝バスタブ殺人鬼〟の新たな犠牲者が出たという通報を受け、警察が大学教授宅に捜査にやってくる。警察小説と本格物とをミックスしたような好短編で、読み返してみると、表題を含め、二重に意味のとれるところがいくつかあり、叙述のテクニックもさえわたっている。ひとつ残念なのは、犯人捕縛の決め手となる捜査陣のつかんだもっとも重要な手がかりが、事前に読者に知らされていないところ。

絶対音感（Perfect Pitcher）

限られた時間のなかで警察が天才少年と共に誘拐された少女のゆくえを追う、デッドライン物。ベストセラーになった最相葉月の『絶対音感』（一九九八）によってわが国でも広く知られるようになった〝絶対音感〟の持ち主によって誘拐捜査が一歩一歩、進展していくのが、面白い。

小さな科学者（Match for a Killer）

同じくデッドライン物。こちらでは残された時間はわずかに一時間半で、刻一刻とタイムアップが迫ってくるにつれ、サスペンスも増大していく。

絶望の穴（Pit of Despair）

古い炭坑穴に突き落とされた男の必死の脱出劇を描く、究極のシチュエーションの、サスペンス物。

犬と頭は使いよう（Lester Uses His Head）

ＳＦ作家としてデビューした作者が、その本領を遺憾なく発揮したＳＦミステリ。替え玉ならぬ替え首という着想も抜群だし、完璧な犯罪計画に酔いしれる主人公をあまりにも皮肉な運命が襲うラストも秀逸。全体的にとぼけたユーモラスな味わいもあり、本作品集を代表する傑作のひとつになっている。

ハツカネズミとピアニスト（The Second Debut）

こちらもＳＦミステリ的な味つけの好短編。弟をなんとかピアニストとして大成させようとする、生化学者の過度の愛情と執念とが、すさまじい。

運命の分岐点（Two Lunchdates with Destiny）

たったひとつの信号の色が運命の分岐点となり、はてに待ち受けているものはどちらも……という、運命に翻弄されるさえない中年男の悲劇譚。前半と後半とで結末の異なる二つの物語が楽しめるという構成が斬新。

ひとり遊び（The Lonesome Game）

だれしもが一度くらいは経験したことがあるであろう、このまま夢が覚めなかったら……という恐怖をテーマにした、奇妙な味の掌編。

水たまり（Puddle）

封印されていた子どものころの恐怖の思い出が何十年ぶりかによみがえるという、奇妙な味のホラー。深い水たまりをめぐる恐怖はリアルで、ことによれば作者自身の実体験から来たものかもしれない。いじめっ子を見舞った恐ろしい運命は、特撮テレビ番組『ウルトラQ』のケムール人の回（「二〇二〇年の挑戦」）の衝撃的な結末を思わせる。

フォードの呪い（The Fanatical Ford）

「水たまり」と共に数々のアンソロジーに採られている、奇妙な味の傑作ホラー短編。退役軍人の単なるほら話に思われたものが実は……という内容で、そのほら話のなかに出てくるあるものが結末への伏線になっているなど、ストーリーテリングもさえわたっている。

〈第二部　パズラー編〉

八一三号車室にて（In Compartment 813）

作者のパズラー短編の代表作のひとつ。宝石の消失トリックそれ自体も単純かつ巧妙だが、深夜急行の車室内の乗客たったふたりのあいだで展開される安楽椅子探偵さながらの謎解き、最後の最後に明かされる老乗客の正体（原文ではまさに結びの言葉がその乗客の世に知られた別名になっている）など、短いなかにも数々の趣向が凝らされている。

誕生日の殺人（The Birthday Murders）

ステイトリー・ホームズ物にも通ずる、本格ミステリのパロディ。ここで揶揄されるのは、アガサ・クリスティのミス・マープル物に代表される英国伝統のヴィレッジ・ミステリで、連続殺人の被害者たちをつなぐ隠された環はなにかという、ミッシング・リンク物にもなっている。それにしても「ステイトリー・ホームズの冒険」といい本編といい、作者はよほどミス・マープルのことがお気に召さなかったのだろうか？

平和を愛する放火魔（Fire for Peace）

ミドルビー教授物。化学兵器製造工場を狙った不可解な放火騒ぎをめぐる奇想天外なトリックが読みどころで、作中には愚かというしかない兵器の開発競争に対する作者のメッセージもこめられている。

ひ弱な巨人（The Puny Giant）

ミドルビー教授物。コンクリート塊で撲殺された中年女性の事件の唯一の容疑者が、その塊をとうていふり回せたとは思えない、被害者の養子の非力な少年だという、不可能犯罪物としてほかにあまり例のないユニークな状況が提示される。真相はトリックメーカーである作者の面目躍如たるものがある。

消えたダイヤ（The Scientist and the Two Thieves）

グレー物。犯人の隠匿トリックに思いがけない第三者の手が加わり、不可能状況が増幅されているのがみそ。エラリー・クイーンの某長編を想起させるところがあるが、巧みな原題という点ではこちらのほうが上かも。

横断不可能な湾（The Impassable Gulf）

グレー物。前半が倒叙、後半が謎解きという構成の中編。犯人の偽装工作によって、鉄壁のアリバイと同時に〈足跡のない殺人〉の不可能状況も出来してしまうところが面白い。

ある聖職者の死（Murder of a Priest）

セルビー中尉物。主人公が不可能犯罪を解決するのではなく、不可能犯罪を遂行するというプロットが独創的。こんにちまで数々の人々の頭をひねらせてきた、世界的に有名なパズルを小道具にしているところも心憎い。

賭け（The Bet）

物理学的にありえない不可能犯罪という着想がすばらしい。唯一の容疑者がエネルギー保存の法則だというのも、おそらく前代未聞だろう。保険調査員をしている男やもめの父親と知能指数が二百近い十二歳の天才少女のコンビは魅力的で、単発作品に終わってしまったのが惜しまれる。

消えた六〇マイル（The Missing Miles）

これも前半が倒叙、後半が謎解きという構成の中編。走行距離計を用いたアリバイがユニークで、アリバイ崩し物のなかでも特異な地位を占める作品といえよう。事件の捜査にあたる、保安官と保安官補ふたりとのユーモラスなやりとりも楽しい。

悪魔はきっと来る（The Devil Will Surely Come）

中世を舞台にした、時代ミステリ。魔女裁判を背景にしているせいか、陰鬱な雰囲気が全編を覆い、それが悪魔の足跡をめぐる不可思議な謎とみごとにマッチしている。

迷宮入り事件（The Unsolvable Crime）

迷宮入りした事件の真相が後年明らかになるというもの。それにしても、ミステリで描かれた犯罪事件で、かつてこれほどの数の共犯者がいたことがあったろうか。

静かなる死（The Silent Death）

こちらも迷宮入りした事件の真相をめぐるもので、十二人もの人間がひと晩のうちに死を遂げてしまうという状況が、数あるポージスの不可能犯罪物のなかでも群を抜いている。

愛と死を見つめて（Love and Death）

これまた迷宮入りした事件を扱ったもので、青銅のエロス像の前でふたりの老人が出会う冒頭の場面から、事件の真相と共に老人たちの正体が明らかになる終盤にいたるまで、まるで一幕の劇を観させられているかのような、ドラマティックさにあふれている。余韻の残る結末は、本作品集の掉尾を飾るのにふさわしい。

（註1）伊藤典夫訳で『世界ショートショート傑作選1』（講談社文庫）および『吸血鬼は夜恋をする』（文化出版局）の両アンソロジーに収録されている

（註2）北原尚彦編訳『シャーロック・ホームズの栄冠』（論創海外ミステリ）所収

（註3）たとえば、探偵の名前ステイトリー・ホームズ（Stately Homes）を文字どおり訳すと「堂々とした家々」となる

（註4）北原尚彦編訳『シャーロック・ホームズの栄冠』所収

（註5）セラリー・グリーン（Celery Green）を文字どおり訳すと「青々としたセロリ」となる

（註6）「イギリス寒村の謎」は山口雅也編『山口雅也の本格ミステリ・アンソロジー』（角川文庫）に、「インドダイヤの謎」は二階堂黎人・森英俊編『密室殺人コレクション』（原書房）に、それぞれ収録されている

（註7）作者がどうやら記憶違いをしていたらしく、ロッククライミング中の事故と交通事故というように、作品によって事故の種類に齟齬がある

（註8）『百万に一つの偶然』（ハヤカワ・ミステリ文庫）所収

【収録作初出一覧】

＊AHMM=Alfred Hitchcock's Mystery Magazine（米版）
EQMM=Ellery Queen's Mystery Magazine（米版）
MSMM=Mike Shayne's Mystery Magazine（米版）

Bank Night「銀行の夜」Signature 1966-1
Ricochet「跳弾」Shell Scott Mystery Magazine 1966-9
The Perfect Wife「完璧な妻」AHMM 1965-7
Cool Wife「冷たい妻」MSMM 1964-10
Perfect Pitcher「絶対音感」AHMM 1961-9
Match for a Killer「小さな科学者」AHMM 1962-5
Pit of Despair「絶望の穴」Ed McBain's 87th Precinct Mystery Magazine 1975-4
Lester Uses His Head「犬と頭は使いよう」AHMM 1965-9
The Second Debut「ハツカネズミとピアニスト」AHMM 1968-8
Two Lunchdates with Destiny「運命の分岐点」AHMM 1990-8
The Lonesome Game「ひとり遊び」AHMM 1968-4
Puddle「水たまり」AHMM 1972-6
The Fanatical Ford「フォードの呪い」AHMM 1960-4

In Compartment 813「八一三号車室にて」EQMM 1966-6
The Birthday Murders「誕生日の殺人」EQMM 1965-1
Fire for Peace「平和を愛する放火魔」Ed McBain's 87th Precinct Mystery Magazine 1975-5
The Puny Giant「ひ弱な巨人」AHMM 1964-11
The Scientist and the Two Thieves「消えたダイヤ」AHMM 1974-6
The Impassable Gulf「横断不可能な湾」MSMM 1975-10
Murder of a Priest「ある聖職者の死」EQMM1967-9
The Bet「賭け」AHMM 1967-3
The Missing Miles「消えた六〇マイル」AHMM 1965-2
The Devil Will Surely Come「悪魔はきっと来る」EQMM 1963-10
The Unsolvable Crime「迷宮入り事件」EQMM 1964-3
The Silent Death「静かなる死」MSMM 1968-7
Love and Death「愛と死を見つめて」MSMM 1963-6

【著作リスト】

作成にあたっては北原尚彦氏に貴重なるご教示をいただきました。なお、The Battered Silicon Dispatch Box のポージスの作品集にはさらなる続刊が予定されているもよう。

Three Porges Parodies and a Pastiche（一九八八／Magico Magazine）マイケル・キーン（Michael Kean）編　＊ステイトリー・ホームズ物とシャーロキアン・パスティーシュを収録

The Mirror and Other Strange Reflections（二〇〇二／Ash-Tree Press）マイク・アッシュリー（Mike Ashley）編　＊ホラー系統の作品を集めたもの

Eight Problems in Space: The Ensign De Ruyter Stories（二〇〇八／The Battered Silicon Dispatch Box）リチャード・シムズ（Richard Simms）編　＊シリーズ物のSF作品を集めたもの

The Adventures of Stately Homes and Sherman Horn（二〇〇八／The Battered Silicon Dispatch Box）リチャード・シムズ編　＊*Three Porges Parodies and a Pastiche*に収録された四編に、二〇〇一年から四年にかけて発表された新たなステイトリー・ホームズ物五編を加えたもの

The Calabash of Coral Island and Other Early Stories（二〇〇八／Richard Simms Publications）リチャード・シムズ編　＊一九三〇年代から四〇年代にかけて執筆された、未発表原稿を集めたもの

『八一三号車室にて』（二〇〇八／論創海外ミステリ）森英俊編　＊本書

（参考）

The Arthur Porges Fan Site（http://www.geocities.com/arthurporges/index.htm）

The Battered Silicon Dispatch Box Home Page（http://www.batteredbox.com/）

〔編訳者〕

森英俊（もり・ひでとし）

1958年東京都生まれ。早稲田大学政経学部卒業（在学中はワセダミステリクラブに所属）。翻訳・評論活動のかたわら、ミステリ洋書専門店Murder by the Mailを運営。『世界ミステリ作家事典［本格派篇］』で第52回日本推理作家協会賞を受賞。訳書にライス『眠りをむさぼりすぎた男』、バークリー『シシリーが消えた』、ディクスン・カー『幻を追う男』、タルボット『絞首人の手伝い』、編書にパウエル『道化の町』など多数。

〔訳者〕　五十音順

定木大介（さだき・だいすけ）

1966年東京生まれ。早稲田大学法学部中退。訳書にデイヴィッド・マレル『苦悩のオレンジ、狂気のブルー』（柏艪舎）、デイヴィッド・アリグザンダー『絞首人の一ダース』（論創社）ほか。

白須清美（しらす・きよみ）

早稲田大学第一文学部卒。英米文学翻訳家。訳書A・バウチャー『タイムマシンの殺人』、C・ブランド『ぶち猫 コックリル警部の事件簿』（共訳）、J・パウエル『道化の町』（共訳）、M・イネス『霧と雪』、G・ミッチェル『タナスグ湖の怪物』など。

土屋光正（つちや・みつまさ）

1981年生まれ。2005年早稲田大学卒。

八一三号車室《はちいちさんごうしゃしつ》にて
——論創海外ミステリ 80

2008年9月15日 初版第1刷印刷
2008年9月25日 初版第1刷発行

著 者 アーサー・ポージス
編 者 森英俊
装 丁 栗原裕孝
発行人 森下紀夫
発行所 論 創 社
〒101-0051 東京都千代田区神田神保町2-23 北井ビル
電話 03-3264-5254 振替口座 00160-1-155266

印刷・製本 中央精版印刷

ISBN978-4-8460-0788-1

論創海外ミステリ

順次刊行予定（★は既刊）

★70　パーフェクト・アリバイ
　　A・A・ミルン
★71　ノヴェンバー・ジョーの事件簿
　　ヘスキス・プリチャード
★72　ビーコン街の殺人
　　ロジャー・スカーレット
★73　灰色の女
　　A・M・ウィリアムスン
★74　刈りたての干草の香り
　　ジョン・ブラックバーン
★75　ナポレオンの剃刀の冒険　聴取者への挑戦Ⅰ
　　エラリー・クイーン
★76　サーズビイ君奮闘す
　　ヘンリー・セシル
★77　ポッターマック氏の失策
　　オースティン・フリーマン
★78　赤き死の香り
　　ジョナサン・ラティマー
★79　タナスグ湖の怪物
　　グラディス・ミッチェル
★80　八一三号車室にて
　　アーサー・ポージス
★81　知りすぎた男　ホーン・フィッシャーの事件簿
　　G・K・チェスタトン